Une alliance de choc

Du même auteur
aux Éditions J'ai lu

LA SÉDUCTRICE INATTENDUE
N° 3491
LA DAME VOILÉE
N° 3612
ÉTRANGE PASSION
N° 3921
FIANÇAILLES POUR RIRE
N° 4398
LE CHANT DE LA SIRÈNE
N° 4587
RENDEZ-VOUS MANQUÉ
N° 4781
AU-DELÀ DE TOUT SOUPÇON
N° 4936
PARFUM DE SCANDALE
N° 5043
LA DAME DE LUMIÈRE
N° 5214
LES CLÉS D'APHRODITE
N°5303
UN DUO INATTENDU
N° 5410
LE MYSTÈRE DE LA VEUVE NOIRE
N° 5871

Les enquêtes de Lavinia et Tobias
L'INTRIGANTE DE LONDRES
N° 6293
LE MYSTÈRE DU BRACELET BLEU
N° 6448

AMANDA
QUICK

LES ENQUÊTES
DE LAVINIA ET TOBIAS

Une alliance de choc

ROMAN

Traduit de l'américain
par Daniel Garcia

J'AI LU

Titre original
LATE FOR THE WEDDING

Éditeur original
A Bantam Book, published by Bantam Dell
a Division of Random House, Inc., New York

Pour Frank,
avec tout mon amour

Tous mes remerciements à Donald Bailey, du département des Antiquités grecques et romaines du British Museum, pour ses précieux conseils.

1

Dès qu'il ouvrit la porte pour quitter sa chambre, Tobias comprit que ses plans pour la nuit risquaient d'être compromis. Devant lui se tenait une jeune femme déguisée en Cléopâtre.

— Bon sang! fit-il à mi-voix. Je m'attendais plutôt à trouver Minerve!

Ses espoirs de partager une merveilleuse nuit d'amour avec Lavinia, sa maîtresse et partenaire occasionnelle en affaires, s'effondrèrent. Son passé venait de le rattraper au moment le plus inopportun.

— Bonsoir, Tobias, dit Cléopâtre, en abaissant le loup qu'elle tenait devant ses yeux.

Ses cheveux étaient ornés d'un diadème à tête de cobra qui étincelait de mille feux.

— Cela faisait une éternité, n'est-ce pas? ajouta-t-elle, une note d'amusement dans la voix. Je peux entrer?

Cela faisait très exactement trois ans que Tobias n'avait pas revu Aspasia Gray. C'était toujours une superbe femme, dont le profil de médaille s'accordait parfaitement à son déguisement de reine d'Égypte, en l'occurrence, une robe vert pâle, rebrodée d'or, qui soulignait l'élégance de sa silhouette.

Tobias n'avait jamais caressé l'idée de renouer avec elle. En la voyant soudain devant lui, un flot de souvenirs encombrants lui revint en mémoire.

— Je suppose que je n'ai pas le choix, répondit-il à contrecœur avant de s'effacer pour la laisser entrer.

— Je constate que tu n'as pas changé, Tobias. Toujours aussi aimable.

La jeune femme franchit le seuil de la chambre dans un bruissement de soie, laissant derrière elle un sillage délicieusement parfumé. Tobias referma la porte et vint se planter devant elle.

Il ne se rappelait pas avoir aperçu de Cléopâtre pendant le bal, mais cela n'avait rien d'étonnant. Beaumont Castle était si vaste qu'on s'y perdait facilement. Et ce soir, il y avait foule.

Tobias et Lavinia avaient été invités par l'entremise de lord Vale, leur nouvel ami. Tobias avait commencé par refuser. Les mondanités n'avaient jamais été son fort. Sans parler des bals costumés. Mais Vale lui avait habilement vanté les charmes d'un week-end dans ce somptueux château campagnard. *Mme Lake et vous aurez chacun votre chambre. Et personne ne se souciera de savoir qui couche où. L'intérêt de ces petites sauteries, c'est justement d'offrir une très grande liberté de mouvement à chacun.*

Et quand Vale, qui n'avait pas l'intention de se rendre à la fête, avait offert de prêter sa voiture, Tobias avait rendu les armes.

À sa grande surprise, Lavinia avait accepté avec enthousiasme. Sans doute, suspectait Tobias, parce que cette réception serait pour elle l'occasion de rencontrer de nouveaux clients potentiels. Il n'avait cependant pas voulu s'en attrister. Après tout, et c'était là l'important, pour la première fois depuis qu'ils se connaissaient, ils pourraient profiter deux nuits de suite d'une chambre tranquille et d'un vrai lit.

C'était presque trop beau pour être vrai. Pour une fois qu'ils n'en seraient pas réduits à des rencontres furtives dans quelque recoin isolé de Hyde Park ou dans le petit bureau de Lavinia, qu'ils ne seraient pas obligés de compter sur la complicité de la gouvernante de la jeune femme. Pour excitants qu'ils fussent, ces brefs intermèdes quasi clandestins commençaient à peser à Tobias. Il n'était pas rare qu'il se mette à pleuvoir alors qu'ils se trouvaient au parc, ou que la nièce de Lavinia, Emeline, rentre à la maison à l'improviste. Quant au bureau, ils étaient à la merci des clients qui pouvaient frapper à la porte à tout moment – ce qui n'avait rien d'extraordinaire quand on tenait une officine de détective privé.

— Que diable fais-tu là ? lança-t-il à Aspasia. Je te croyais à Paris ?

— Je sais que tu as une tendance à la franchise qui frise parfois la grossièreté, Tobias, mais je mérite tout de même un accueil un tantinet plus chaleureux. Nous ne sommes pas de simples connaissances, que je sache.

Elle avait raison. La mort de Zachary Elland les avait en quelque sorte liés l'un à l'autre d'une manière définitive.

— Je m'excuse, fit-il. La vérité, c'est que je ne m'attendais vraiment pas à te voir ici. D'autant que je ne t'ai pas aperçue pendant le bal.

Aspasia ôta ses gants avec une grâce languide et tendit les mains vers la cheminée pour les réchauffer.

— Je suis arrivée en fin de soirée, quand les festivités battaient déjà leur plein. Je t'ai vu au bal, mais tu étais trop préoccupé par la petite rousse pour remarquer qui que ce soit. Qui est-ce, Tobias ? J'aurais juré que ce genre de femme n'était pas du tout ton genre.

— Il s'agit de Mme Lake, répliqua Tobias, sans chercher à dissimuler son agacement.

Aspasia contemplait les flammes dans l'âtre.

— Ah, je vois. Vous êtes amants.

C'était un constat, pas une question.

— Nous sommes également associés en affaires, compléta-t-il. À l'occasion.

Aspasia lui lança un regard intrigué.

— Je ne comprends pas. Tu veux dire que vous avez des investissements en commun ?

— Façon de parler. En fait, Mme Lake et moi-même gagnons notre vie de la même manière. Et il nous arrive d'enquêter ensemble.

Aspasia sourit brièvement.

— Je suppose que l'étape qui suit celle de détective privé, c'est espion. Mais c'est certainement loin d'être aussi respectable que ta carrière d'homme d'affaires.

— Il se trouve que ce travail convient à mon tempérament.

— Je ne te demanderai pas comment ta « partenaire » gagnait sa vie avant d'embrasser cette curieuse profession.

Tobias considéra que cela suffisait. Il y avait des limites à la courtoisie.

— Explique-moi plutôt la raison de ta présence ici, Aspasia. Figure-toi que j'ai d'autres projets pour la nuit.

— Des projets qui incluent Mme Lake, devina-t-elle, avant d'ajouter d'un air contrit : Je suis vraiment désolée, Tobias. Crois-moi, je ne me serais pas permis de venir frapper à ta porte à une heure si tardive sans un motif urgent.

— Tu es sûre que ça ne peut pas attendre demain matin ?

La jeune femme se détourna du feu et s'approcha de lui.

— Je crains que non.

Aspasia Gray était une authentique femme du monde, qui possédait à un degré extrême l'art de dissimuler ses véritables sentiments. Cependant, il décela dans son regard et dans ses gestes des indices qui ne trompaient pas. Aspasia avait peur.

— Que se passe-t-il ? s'enquit-il d'un ton moins sec.

La jeune femme soupira.

— Jusqu'à la nuit dernière, je n'avais pas du tout prévu de passer le week-end à la campagne. Mais les circonstances m'ont obligée à changer d'avis. La vérité, c'est que je t'ai suivi.

Tobias jeta un coup d'œil à sa montre gousset, posée sur un guéridon, et constata qu'il était presque 1 heure du matin. Dans quelques minutes, Lavinia viendrait frapper à sa porte. Il fallait qu'il se soit débarrassé d'Aspasia d'ici là.

— Pourquoi m'avoir suivi jusqu'ici, à six heures de route de Londres, alors que tu aurais pu m'y trouver encore hier ?

— Je n'ai pas eu le choix. Ce matin, je me suis rendue chez toi, sur Slate Street, mais tu étais déjà parti. Ton valet m'a expliqué que tu étais invité chez les Beaumont et que tu ne rentrerais pas avant lundi après-midi. Je me suis souvenue qu'il y avait un bal costumé ; j'ai donc cherché en hâte un déguisement et je suis venue.

— Tu étais invitée ? voulut savoir Tobias, curieux.

— Bien entendu, répliqua Aspasia sur le ton de l'évidence. Lady Beaumont a convié toute la bonne société. Elle adore recevoir, et son mari est trop heureux de lui passer tous ses caprices. Mais j'avais décliné l'invitation. Je me suis donc ravisée à la dernière minute.

Tobias avait bien conscience de ne pas appartenir à *la bonne société*. Et Lavinia pas davantage. C'était uniquement parce que d'anciens clients richissimes, comme Vale ou Mme Dove, les honoraient de leur amitié qu'ils étaient admis à certaines réceptions. Mais on ne les invitait certes pas systématiquement.

En revanche, Aspasia pouvait se targuer de posséder un pedigree impeccable. Fille unique, elle disposait d'un confortable héritage reçu à la mort de son père. À dix-sept ans, elle avait épousé un homme qui avait quarante ans de plus qu'elle, et qui avait eu la bonne idée de mourir six mois plus tard, lui laissant sa fortune. La naissance, la richesse et la beauté cumulées faisaient qu'à seulement vingt-huit ans, Aspasia était l'une des femmes les plus en vue de la bonne société londonienne.

— On a pu te trouver une chambre au dernier moment ? Le château est plein comme un œuf.

— Les domestiques ont fait merveille. Je les soupçonne d'avoir déplacé une autre invitée, moins prestigieuse, pour m'installer dans sa chambre.

— Explique-moi ce qui t'amène, Aspasia.

La jeune femme se mit à faire les cent pas devant la cheminée.

— Je ne sais pas trop par où commencer. Il y a un mois, je suis rentrée de Paris et j'ai loué une maison en ville. Évidemment, j'avais l'intention de t'envoyer une invitation en bonne et due forme dès que j'aurais terminé mon installation.

Tobias ne se laissa pas abuser par cette dernière précision. Il se doutait que si Aspasia avait pu ne jamais le revoir, elle n'aurait pas songé à s'en plaindre. Du reste, il ne pouvait lui en tenir rigueur. Dans l'esprit de la jeune femme, il resterait toujours associé aux tragiques événements qui s'étaient déroulés trois ans plus tôt.

— Qu'est-ce qui t'a poussée à précipiter nos retrouvailles ?

Aspasia s'immobilisa devant la cheminée et se perdit dans la contemplation des flammes.

— Il s'est passé quelque chose ce matin. Quelque chose de si troublant qu'il m'a semblé indispensable de te consulter au plus vite, Tobias.

— Puis-je te suggérer d'en venir au fait ?

Aspasia soupira.

— Oui, bien sûr. Mais avant toute chose, il faut que je te montre ce que j'ai trouvé sur mon perron ce matin.

Elle ouvrit son réticule et en tira un petit objet emballé dans un mouchoir qu'elle tendit à Tobias. Ce dernier s'en saisit, s'approcha d'une chandelle, et dénoua le mouchoir. Tandis qu'il regardait la bague qu'il contenait, un frisson lui parcourut l'échine.

— Bon sang… murmura-t-il.

Aspasia demeura silencieuse. Elle avait croisé les bras et attendait.

Tobias examina le bijou avec attention. Des pierres noires scintillantes entouraient un petit cercueil en or.

Il en souleva le couvercle. Une minuscule tête de mort finement sculptée dans l'ivoire lui décocha un sourire narquois. Tournant la bague entre ses doigts, Tobias découvrit une inscription en latin gravée dans l'anneau. Sa traduction tenait en quatre mots : *La mort s'en vient*.

— Et tu dis que tu as trouvé ça sur ton perron ?

— C'est ma gouvernante qui l'a trouvée. Elle était dans un écrin de velours noir.

— Il n'y avait pas de message ?

— Non. Juste cette maudite bague, murmura la jeune femme.

Et, sans plus chercher à cacher son inquiétude, elle ajouta d'une voix mal assurée :

— Tu comprends, à présent, pourquoi j'étais si pressée de te parler ?

— C'est impossible, déclara Tobias catégoriquement. Zachary Elland est mort, Aspasia. Nous avons tous deux vu son corps.

Aspasia ferma un instant les yeux, comme pour contenir son chagrin, puis les rouvrit.

— Inutile de me le rappeler.

Tobias sentit la vieille culpabilité remonter à la surface.

— C'est vrai. Excuse-moi.

— Mais je me souviens, reprit-elle, que tu avais évoqué un autre assassin, qui signait aussi ses meurtres avec ces bijoux macabres, et qui aurait inspiré Zachary. Sauf que lui, personne ne l'avait jamais coincé parce qu'il se débrouillait toujours pour maquiller ses crimes en accidents.

— Aspasia...

— Il rôde peut-être encore dans les environs, Tobias. Qui sait si...

— Écoute-moi, la coupa-t-il. S'il vivait encore, ce type auquel tu fais allusion serait très, très vieux. Il est probablement mort depuis longtemps. Les rumeurs sur son compte datent de plusieurs dizaines d'années.

Crackenburne les avait entendues lorsqu'il était tout jeune.

— Oui, je sais.

— Et comme personne n'a jamais pu l'identifier, Crackenburne et quelques autres ne sont pas loin de penser qu'il n'a jamais existé. C'est probablement une légende colportée dans les tavernes, et qui a frappé l'imagination de Zachary.

Aspasia hocha la tête.

— Sans doute. D'autant qu'il a toujours eu un penchant pour le mélodrame. C'était sa faiblesse. Apparemment, quelqu'un semble vouloir l'imiter.

— On dirait, en effet.

— Tobias, je dois t'avouer que tout ceci m'effraie.

— Tu es vraiment certaine qu'aucun mot n'accompagnait la bague ? Celui qui t'a envoyé cela connaissait forcément tes liens avec Zachary.

La jeune femme secoua la tête.

— Non, il n'y avait rien. Ce type, quel qu'il soit, a laissé cela sur mon perron pour me terrifier.

— Mais pourquoi faire une chose pareille ?

— Je n'en sais strictement rien. Je n'ai cessé d'y penser toute la journée, en vain. À moins que... Et s'il s'agissait de quelqu'un qui m'en veut de la mort de Zachary et cherche à se venger ?

— Mais tu n'y es pour rien. Zachary s'est suicidé quand il a compris que j'étais sur le point de l'arrêter pour meurtre.

— La personne qui m'a envoyé la bague l'ignore peut-être.

— C'est possible, en effet, concéda Tobias sans avoir l'air d'y croire vraiment.

Il étudia de nouveau la bague avant de reprendre :

— Il ne faut pas négliger la possibilité que cet envoi soit une façon d'annoncer un événement.

— Que veux-tu dire ?

— Très peu de gens sont à même de comprendre la signification de cette bague. Il se trouve que tu fais partie du nombre, parce que tu sais que Zachary se servait de bijoux semblables pour signer ses crimes. Peut-être un gredin a-t-il souhaité nous avertir qu'il allait prendre sa succession ?

— Tu penses qu'un autre assassin chercherait à égaler Zachary ? Quelle horreur ! se récria la jeune femme. Mais, à supposer que tu aies raison, il aurait été plus logique de t'envoyer la bague à toi. Puisque c'est toi qui as mis la main sur Zachary.

— À vrai dire, je ne serais pas étonné qu'une bague semblable m'attende à Londres, répliqua Tobias tranquillement. Je suis parti très tôt, ce matin, ce qui explique que je ne l'ai pas trouvée.

Aspasia fit un pas vers lui. L'éclat de ses prunelles traduisait son anxiété.

— Tobias, celui qui a fait cela nourrit probablement d'affreux projets. Si ton hypothèse est la bonne, tu as intérêt à le démasquer très vite, avant qu'il ne commette un meurtre.

2

Lavinia entendit une porte s'ouvrir à l'instant où elle atteignait l'étage. Une silhouette masculine munie d'une chandelle apparut dans le couloir, obligeant la jeune femme à se cacher dans un recoin obscur.

Ce n'était pas la première fois, du reste. Cette nuit, les couloirs de Beaumont Castle étaient au moins aussi fréquentés que les rues de Londres. Toutes ces allées et venues d'une chambre à l'autre n'auraient pas manqué d'être amusantes, si Lavinia n'essayait pas elle-même de se rendre à un rendez-vous clandestin.

En fait, depuis le début, rien ne se passait comme prévu. Tobias lui avait proposé de venir la rejoindre dans sa chambre dès que les invités se seraient retirés pour la nuit. Elle avait évidemment approuvé ce plan, d'autant que sa chambre était confortable et très spacieuse. Mais, pour une raison assez obscure, les domestiques l'avaient obligée à déménager dans l'après-midi, lui allouant une chambre beaucoup plus modeste, sous les toits. Le lit était si étroit qu'il serait fort inconfortable d'y dormir à deux. Lavinia avait donc prévenu Tobias que ce serait elle, finalement, qui se rendrait dans sa chambre. Mais elle ne s'était pas imaginé que cette petite expédition se révélerait si délicate à mettre en œuvre.

Elle n'ignorait pas que la plupart des invités se moquaient de savoir qui couchait avec qui et dans quelle chambre. Ces week-ends à la campagne étaient souvent l'occasion pour la bonne société de s'accorder quelques libertés. Cependant, Lavinia était convaincue que cela ferait très mauvais effet, sur le plan professionnel, qu'une personne censée conduire des enquêtes le plus discrètement possible soit aperçue se livrant à un commerce nocturne aussi peu discret. Il ne fallait jamais perdre de vue que quelques-uns des invités présents au château ce week-end étaient peut-être de futurs clients.

Heureusement, elle avait eu la présence d'esprit de ne pas ôter son déguisement de Minerve avant de quitter sa chambre. Elle attendit donc dans sa cachette que l'homme à la chandelle ait disparu au bout du couloir. Mais alors qu'elle s'apprêtait à reprendre son chemin, une autre porte s'ouvrit.

— Zut ! marmonna-t-elle.

À cette allure-là, elle n'atteindrait jamais la chambre de Tobias.

Une femme et un homme sortirent de la chambre. La femme gloussa :

— Suivez-moi donc, milord. Je vous promets que vous ne le regretterez pas.

L'une des servantes, devina Lavinia. Visiblement, les invités n'étaient pas les seuls à s'accorder du bon temps. Refrénant son impatience, la jeune femme attendit dans l'ombre de l'escalier.

— Je ne comprends pas pourquoi tu ne veux pas faire ça dans ma chambre, remarqua l'homme d'une voix pâteuse. J'ai un grand lit, bien chaud.

— Je vais vite vous réchauffer. Ne vous inquiétez pas pour ça.

L'homme ricana.

— Bon, d'accord, je te suis. Où est ta chambre ?

— Oh, on ne peut pas l'utiliser, milord ! Je la partage avec trois autres servantes. On va monter dans le grenier. C'est un peu frais, mais il y a des couvertures.

— Tu veux dire que je vais être obligé de monter jusque sous les toits juste pour me payer un peu de bon temps ?

— Vous ne le regretterez pas, milord. J'ai là-haut quelques accessoires qui devraient bien vous plaire.

— Quelle sorte d'accessoires, petite ? interrogea l'homme d'une voix où perçait à présent l'excitation.

La servante chuchota quelques mots que Lavinia n'entendit pas.

— Hum, très intéressant, commenta l'homme. J'ai hâte d'avoir une démonstration.

La servante l'entraîna dans l'escalier.

L'homme avait une soixantaine d'années, nota Lavinia. Il était chauve et corpulent, et portait encore son habit de soirée.

La fille quant à elle était habillée comme n'importe quelle domestique de son rang, robe noire et tablier blanc. Lavinia ne put voir son visage, car il était en partie dissimulé par un bonnet à large bord. Elle retint seulement qu'elle avait les cheveux très blonds.

Quand le couple eut disparu en haut des marches, Lavinia émergea enfin de sa cachette. Cette fois, la voie était libre. Elle se hâta jusqu'à la chambre de Tobias, songeant qu'un verre de sherry lui ferait le plus grand bien après toutes ces émotions.

Un rai de lumière filtrait sous la porte. Lavinia hésita à frapper de crainte que le bruit n'alerte l'occupant de la chambre voisine. Retenant son souffle, elle tourna la poignée, qui n'opposa aucune résistance. Dieu merci, Tobias n'avait pas fermé à clé ! Après un dernier coup d'œil par-dessus son épaule, pour s'assurer que personne n'était en vue, Lavinia poussa le battant.

Elle s'immobilisa sur le seuil en découvrant un couple enlacé devant la cheminée. L'homme lui tournait le dos. Il avait ôté sa veste, et sa stature lui sembla vaguement familière. Devant lui se tenait une femme brune qui avait les bras noués autour de son cou.

— Je vous demande pardon, balbutia Lavinia, mortifiée, en reculant. Je me suis trompée de chambre. Désolée de vous avoir dérangés.

— Lavinia ?

Elle en resta bouche bée. Elle comprenait, maintenant, pourquoi ce dos lui avait paru si familier.

— *Tobias ?*

— Bonté divine, fit-il en s'écartant prestement de la femme pendue à son cou. Ferme la porte et approche-toi. Je voudrais te présenter quelqu'un.

La femme recula à son tour d'un pas.

— Mon Dieu, dit-elle, une note d'amusement dans la voix, je crois que nous avons choqué Minerve.

Déconcertée, Lavinia referma doucement la porte, cependant que Tobias, le visage sombre, se dirigeait vers la table à liqueurs pour se verser un verre de brandy.

— Lavinia, permets-moi de te présenter Aspasia Gray. Elle est ici ce soir pour raisons professionnelles. Aspasia, voici ma… euh… mon associée, Lavinia Lake.

Lavinia se tourna vers Aspasia.

— Je suppose que vous êtes une cliente de Tobias, madame Gray ?

— Disons que je pourrais le devenir. Mais je vous en prie, appelez-moi Aspasia.

Lavinia la trouva très sûre d'elle et de sa position vis-à-vis de Tobias. Elle eut l'intuition qu'ils se connaissaient depuis longtemps. En tout cas, depuis bien avant qu'elle-même n'entre dans la vie de Tobias.

— Je vois, fit-elle, avant de demander à Tobias : Auras-tu besoin de mon aide pour cette affaire ?

Il avala une gorgée de brandy, avant de répondre, d'un ton sec :

— Non. Je me débrouillerai seul.

Cette réponse lui fit l'effet d'une douche froide. Après leur récent succès dans l'affaire du Bracelet bleu, la jeune femme s'était imaginé qu'ils formaient un véritable tandem professionnel. Visiblement, elle avait pris ses désirs pour des réalités.

En fait, leurs relations de travail étaient à l'image de leur relation tout court. Parfois, ils travaillaient ensemble, de même que, parfois, ils faisaient l'amour. Mais chacun poursuivait aussi de son côté une carrière en solo, de même qu'ils habitaient chacun chez soi.

Lavinia regagna la porte à reculons en s'efforçant de sourire.

— Très bien. Dans ce cas, je ne vous dérangerai pas plus longtemps. Et je vous souhaite une bonne nuit à tous les deux.

Tobias crispa les mâchoires de telle façon que Lavinia n'eut aucune peine à comprendre qu'il était de fort méchante humeur. Tant mieux. Elle-même n'avait pas précisément le cœur à rire.

Un instant, elle crut qu'il allait lui demander de rester. Mais, finalement, il n'en fit rien.

— Je viendrai te voir tout à l'heure, dit-il. Quand j'en aurai terminé avec Aspasia.

En d'autres termes, il venait quasiment de lui ordonner de retourner dans sa chambre. La jeune femme écumait de rage. S'il s'attendait qu'elle lui ouvre docilement sa porte après avoir été ainsi éjectée sans ménagement, il se trompait lourdement !

— Ne prends pas cette peine, répliqua-t-elle, avec un sourire suave. Il est tard et la journée a été longue. Je suis sûre que tu seras fatigué après ta conversation avec Mme Gray et je ne voudrais pas t'achever en t'obligeant à monter deux étages. Nous nous verrons demain, au petit déjeuner.

Tobias ne répondit rien, mais une lueur de colère étincelait dans ses yeux. Satisfaite de sa tirade, Lavinia se glissa dans le couloir et ferma la porte avec plus de force qu'il n'était nécessaire.

À mi-chemin de sa chambre, elle décréta qu'elle détestait Aspasia Gray.

3

Les marches étaient hautes et le couloir mal éclairé. Il serait tombé à plusieurs reprises si la servante ne l'avait solidement retenu par le bras.

— Ne vous pressez pas, milord, lui dit-elle. Ce serait dommage de vous blesser avant d'être arrivé là-haut, non ?

— C'est sacrément sombre, ici, marmonna-t-il, songeant qu'il aurait sans doute dû refuser ces deux derniers verres de brandy qu'elle l'avait invité à boire avant qu'ils ne quittent sa chambre. Pourquoi ne pas avoir pris l'escalier principal ?

— Je vous l'ai déjà expliqué, milord, les maîtres n'aiment pas que les domestiques prennent du bon temps avec leurs invités.

— Beaumont a toujours été un peu collet monté.

La fille était plus solide qu'il ne l'aurait imaginé. Elle était capable de tenir le chandelier d'une main et de le soutenir de l'autre.

— C'est encore loin ? reprit-il, respirant bruyamment.

— On est presque arrivés.

Il soupira intérieurement. Cette ascension l'avait éreinté. Pourvu, au moins, que le jeu en vaille la chandelle…

Le palier apparut enfin. La fille s'arrêta devant une porte et il en profita pour reprendre son souffle. Il transpirait abondamment et pestait contre sa veste et sa cravate qui lui tenaient chaud.

— Tout va bien, monsieur ? s'enquit-elle. Vous semblez exténué. J'espère que vous n'allez quand même pas vous endormir avant de vous être occupé de moi ? Ce serait dommage d'avoir fait tout ce chemin pour rien.

Il fut surpris par son changement de ton. Elle ne parlait plus comme une domestique, à présent. Ses intonations étaient celles d'une femme de bonne éducation. Il voulut lui demander comment elle s'appelait, mais sa langue était si pâteuse que parler lui parut au-dessus de ses forces. Ses jambes le portaient à peine, et il commençait à ressentir de sérieux vertiges.

— Ne vous inquiétez pas, monsieur. Le brandy produit toujours cet effet quand on y ajoute quelques gouttes de laudanum.

— Du laudanum ? répéta-t-il, hébété.

La fille ouvrit la porte.

— Un peu d'air frais vous réveillera.

— No... non, balbutia-t-il, quand elle voulut le faire entrer dans le grenier. Je ne me sens pas très bien... J'aimerais... redescendre dans ma chambre.

— Ne dites pas de bêtises, milord. Ce qu'il vous faut, c'est de l'exercice. Je me suis laissé dire que vous étiez fiancé à une jeune femme. Elle voudra d'un mari en pleine possession de ses moyens.

Il sursauta.

— Comment... savez-vous que je suis fiancé ?

— Les nouvelles vont vite, milord.

L'air frais qui entrait par la fenêtre grande ouverte de la mansarde ne suffit pas à lui éclaircir les idées. Il voulut fermer les yeux, mais la sensation de vertige ne fit qu'augmenter.

— L'heure est presque arrivée d'avoir votre petit accident, milord, annonça la domestique avec entrain.

Il rouvrit les yeux, en proie à une bouffée de panique.

— Qu... quoi ?

— Soyez assuré que je n'ai personnellement rien contre vous. Mais les affaires sont les affaires.

4

Avant même d'avoir regagné sa chambre, Lavinia regrettait la façon dont elle avait pris congé de Tobias. Elle ne s'était pas montrée ni particulièrement originale ni très intelligente.

Sa chambre se trouvait dans l'une des ailes du château réservées aux domestiques et aux invités de moindre condition. Lady Oakes, une grande dame toujours à la dernière mode, était venue au bal avec son coiffeur attitré, à qui l'on avait trouvé un logement tout proche de celui de Lavinia. La pièce dévolue à la jeune femme était du reste meublée de façon très spartiate. En plus du petit lit étroit, qui occupait presque toute la place, il y avait une armoire et une table de toilette.

Lavinia ouvrit la fenêtre. L'air était un peu frais, pour un début d'été, mais la pleine lune baignait le parc d'une lumière argentée presque irréelle. Le calme de ce décor champêtre offrait un contraste si saisissant avec l'agitation londonienne dont elle était coutumière qu'elle se demanda si elle parviendrait à trouver le sommeil.

Elle s'accouda à la rambarde et réfléchit à ce qui venait de se passer. Elle était plus que jamais convaincue d'avoir commis une erreur tactique avec Tobias. Certes, elle avait tous les droits d'être furieuse contre lui. Mais quelle mouche l'avait donc piquée de lui interdire de venir la rejoindre cette nuit ? Résultat, elle serait obligée d'attendre jusqu'au lendemain matin pour savoir ce qui se tramait entre Tobias et Aspasia.

Malheureusement, elle craignait de ne pouvoir contenir sa curiosité jusque-là.

Le seul moyen de résoudre ce dilemme était de retourner dans la chambre de Tobias. Il lui devait une explication, et elle savait qu'elle ne pourrait trouver le sommeil si elle ne l'obtenait pas ce soir. Qui plus est, elle n'aimait pas le savoir seul avec Aspasia Gray.

Restait à savoir combien de temps patienter. Un quart d'heure ? Vingt minutes ? Pas plus de vingt minutes, décida-t-elle en priant le ciel de ne pas être contrainte, une fois encore, de se cacher en chemin. Dire que Joan Dove lui avait assuré qu'elle adorerait ce petit week-end à la campagne. *Vous verrez, personne ne se soucie de savoir où vous allez une fois la nuit tombée.*

Seulement, Joan n'avait pas prévu des complications du type Aspasia Gray. Une pensée angoissante traversa soudain l'esprit de Lavinia : que ferait-elle si cette femme se trouvait encore dans la chambre de Tobias à son retour ?

Elle n'était pas jalouse, voulut-elle se convaincre. Elle était *profondément inquiète*. Toute la soirée, Tobias s'était montré d'excellente humeur. Ce dont sa nouvelle cliente l'avait entretenu devait donc être sérieux, pour qu'il affiche cette expression sombre, presque sinistre, que Lavinia lui avait vue dans sa chambre.

Quelques coups discrets à sa porte la tirèrent brusquement de sa rêverie. Elle alla ouvrir.

C'était Tobias. Il arborait une mine encore plus grave qu'un peu plus tôt, et n'avait même pas pris la peine de remettre sa veste ni de boutonner le col de sa chemise.

— Eh bien, pour une surprise, c'est une surprise ! s'exclama-t-elle.

Il lança un coup d'œil dans le couloir, puis pénétra dans la chambre.

— Promets-moi une chose, murmura-t-il tandis qu'il refermait la porte derrière lui. La prochaine fois que je suggère que nous acceptions une invitation à une partie de campagne, assomme-moi.

— C'est drôle, j'allais précisément te demander la même chose ! répliqua Lavinia.

Elle retourna à la fenêtre et ajouta :

— Qui est cette fille ?

— Je te l'ai dit. Elle s'appelle Aspasia Gray ; c'est une vieille connaissance.

— Il m'a semblé que vous étiez assez proches l'un de l'autre.

— J'ai dit *connaissance*, pas *maîtresse*, riposta Tobias. Mais enfin, Lavinia, tu ne vas pas tirer des conclusions parce que tu l'as vue pendue à mon cou quand tu es entrée dans ma chambre ?

— Eh bien, puisque tu en parles...

— Je peux tout t'expliquer. Aspasia voulait simplement me remercier d'accepter d'enquêter pour son compte. La repousser aurait été impoli.

— Je vois.

— Bon sang, Lavinia ! Elle m'a eu par surprise. Au moment où la porte s'ouvrait, elle s'est jetée à mon cou.

— Mmm.

Tobias s'approcha de la jeune femme et posa la main sur son épaule.

— Lavinia, tu n'imagines quand même pas sérieusement que j'allais l'embrasser ? Je t'aime, tu le sais bien. Je pensais que nous étions d'accord pour avoir une totale confiance l'un envers l'autre.

La jeune femme se détendit enfin. Elle lui caressa la joue.

— Je sais. Moi aussi, je t'aime, Tobias. Et j'ai confiance en toi.

Il exhala un soupir de soulagement.

— Dieu soit loué ! Tu commençais sérieusement à m'inquiéter.

— Je ne connais pas cette Aspasia, et je n'ai aucune raison, a priori, de lui faire confiance.

Tobias haussa les épaules.

— Tu n'as aucun souci à te faire en ce qui la concerne.

Lavinia secoua la tête.

— N'empêche que je m'en fais. Ce n'est pas parce que je crois en toi que je me réjouis de voir une autre femme se pendre à ton cou. Tu n'as pas intérêt à ce que cela se reproduise. C'est compris ?

Il sourit.

— Parfaitement compris.

Puis, effleurant l'effigie de Minerve qui ornait le médaillon en argent qu'elle portait au cou, il ajouta :

— Tu es la seule femme dont j'ai envie d'avoir les bras noués à mon cou.

Sur ce, et sans avertissement, il s'empara de ses lèvres et l'embrassa avec passion. Cette passion profondément enfouie en lui, Lavinia savait qu'il la tenait en bride la plupart du temps, et elle ne put s'empêcher de soupçonner Aspasia de n'être pas étrangère à son réveil.

— Tout à l'heure, chuchota-t-il, quand tu as déclaré que ce n'était pas la peine que je vienne jusqu'ici, c'est comme si tu m'avais plongé ton épée de Minerve dans le cœur.

— Excuse-moi. Je n'en pensais pas un mot. D'ailleurs, quand tu as frappé, je m'apprêtais à redescendre chez toi.

Tobias lui embrassa les lèvres, les joues et la gorge.

— Je reconnais que tu avais le droit d'être furieuse. Mais je te promets qu'il n'y avait aucune raison.

— Elle l'a fait exprès, n'est-ce pas ? Elle s'est pendue à ton cou en entendant la porte s'ouvrir, pour que je vous voie enlacés.

— Non. Je suis persuadé qu'elle souhaitait simplement m'exprimer sa gratitude. Le hasard a voulu que tu entres juste à ce moment-là.

— Balivernes.

— Oublie ce maudit geste, Lavinia. Je me soucie d'Aspasia comme d'une guigne. Personne d'autre que toi ne m'intéresse, souffla-t-il en soulevant la jeune femme dans ses bras.

— Tobias, le lit… protesta-t-elle. Il est trop étroit pour nous deux.

— Nous avons connu bien pire. Je te rappelle que nous avons même fait ça sur la banquette d'une voiture. Nous devrions nous en sortir malgré la taille du lit.

Il la déposa avec précaution sur le matelas, puis s'allongea sur elle. La robe coûteuse que Lavinia avait achetée tout spécialement pour cette soirée serait toute froissée, mais, pour l'heure, elle n'en avait cure.

Tobias tira sur son décolleté et déposa une pluie de baisers brûlants à la naissance de sa gorge. Elle prit son visage entre ses mains et l'embrassa avec une ardeur qui, une fois encore, ne manqua pas de la surprendre. Avant de le rencontrer, jamais elle ne se serait crue capable d'éprouver des sentiments aussi intenses. Mais c'était comme si une force puissante, élémentaire, les poussait l'un vers l'autre. Une force dont ils ne comprenaient pas entièrement la nature ni l'origine, mais qu'il n'était pas possible de nier.

Lavinia n'avait pas osé en parler avec Tobias, car elle savait qu'il ne goûtait pas particulièrement les discussions ayant trait à la métaphysique. Cependant, lors d'étreintes telles que celle-ci, elle avait du mal à croire qu'il ne ressente pas, lui aussi, la force du lien qui les unissait.

Tobias venait de retrousser ses jupes avec un grognement impatient et il immisçait à présent les doigts entre ses cuisses. Mue par un désir égal au sien, Lavinia ouvrit sa chemise pour lui caresser le torse.

Doucement, il entreprit de titiller le délicat bouton de rose qui fleurissait au cœur de son jardin secret, exacerbant son désir au point qu'elle se surprit à lui murmurer à l'oreille des mots délicieusement choquants dont la crudité, en d'autres circonstances, l'aurait effrayée. Des mots qu'elle ne pensait pas connaître avant de rencontrer Tobias...

— Tobias... implora-t-elle, quand elle commença à suffoquer de désir.

Il déboutonnait son pantalon quand un hurlement déchira la nuit. Lavinia rouvrit les yeux à l'instant où une ombre passait devant sa fenêtre ouverte.

— Nom d'un chien ! s'exclama Tobias en bondissant du lit.

Lavinia l'imita.

— Qui a crié ? demanda-t-elle.

Tobias s'était déjà rué à la fenêtre pour jeter un coup d'œil en bas.

— Bonté divine, murmura-t-il.

Lavinia le rejoignit.

— Que se passe-t-il ?

Un autre cri retentit. Cette fois, c'était une voix de femme. Se penchant à son tour à la fenêtre, Lavinia aperçut, sur un balcon à sa gauche, une femme en robe de chambre qui fixait le jardin sans bouger. Courageusement, elle risqua un regard en bas. Un corps pareil à celui d'un pantin désarticulé gisait dans l'herbe. La jeune femme eut un frisson rétrospectif en réalisant que l'ombre qu'elle avait vue passer devant sa fenêtre était en fait la silhouette d'un homme qui venait de basculer dans le vide.

— Il a dû tomber du grenier, hasarda-t-elle.

— Je me demande ce qu'il fabriquait là-haut. Ce n'est visiblement pas un domestique.

Lavinia observa de nouveau le corps. L'homme, chauve, portait en effet un costume de soirée.

Entre-temps, d'autres fenêtres s'étaient ouvertes, et ce fut bientôt un concert de cris et d'exclamations, cependant qu'un valet muni d'une lanterne s'approchait du corps à contrecœur.

— Je vais voir si je peux me rendre utile, déclara Tobias. Attends-moi ici.

— Non, je viens avec toi.

— Je ne préfère pas, Lavinia. Ce ne doit pas être beau à voir.

La jeune femme déglutit péniblement.

— Je ne peux être sûre de rien tant que je ne l'aurai pas examiné de près, mais je crains d'avoir une bonne raison de t'accompagner.

Tobias, qui avait déjà la main sur la poignée de la porte, se retourna, intrigué.

— Que veux-tu dire ?

— Je pense avoir été la dernière personne à avoir vu cet homme vivant, expliqua-t-elle en rajustant sa robe. En dehors de la servante, bien sûr.

Tobias ouvrit la porte.

— Que me racontes-tu là ? Tu connaissais cet homme ?

Lavinia le suivit dans le couloir.

— Pas exactement. Mais je crois que c'est lui que j'ai croisé tout à l'heure, quand j'essayais de gagner ta chambre. Pour être plus précise, je m'étais dissimulée dans un recoin quand il est sorti de sa chambre au bras d'une domestique.

— Tu es sûre que c'était une domestique ?

— Oui. Et tandis qu'ils montaient au grenier, la fille a fait clairement allusion au genre de sport auquel ils allaient s'adonner. Elle semblait si enthousiaste, je ne serais pas étonnée qu'il lui ait promis une jolie récompense. Je me demande si lady Beaumont est au courant de ce qui se passe chez elle.

— Cela ne m'étonnerait pas qu'elle le soit, et qu'elle ferme les yeux.

Ils avaient atteint le palier et commençaient à descendre. Des portes s'ouvraient un peu partout. Les gens sortaient de leur chambre et s'interpellaient.

— Je ne comprends pas comment il a pu tomber, fit Tobias.

— C'est visiblement un accident. Il m'avait l'air très soûl quand je l'ai vu.

Ceux des invités qui n'étaient pas encore couchés s'étaient déjà rués dans le jardin. Quand Tobias et Lavinia débouchèrent dehors, un petit attroupement s'était constitué autour du cadavre.

Lord Beaumont, vêtu d'un pantalon et d'un peignoir de soie, se précipita vers Tobias.

— March, merci d'être descendu. Je me souviens que lord Vale m'a dit un jour que vous étiez d'excellent conseil dans les situations de crise.

Remarquant Lavinia, il ajouta :

— Madame Lake, j'ai peur que ce ne soit pas un spectacle pour une dame. Vous devriez rester à l'intérieur.

La jeune femme ouvrait la bouche pour expliquer la raison de sa présence, mais Tobias l'en empêcha :

— Qui est la victime ? s'enquit-il.

Lord Beaumont jeta un regard vers le corps.

— Lord Fullerton.

— Avez-vous mandé un médecin ?

— Euh… non, avoua lord Beaumont. Tout s'est passé si vite que je… Mais vous avez raison, un médecin saura quoi faire du corps. On ne peut évidemment pas le laisser dans le jardin. Merci du conseil, March. Je vais envoyer chercher un médecin sur-le-champ.

Comme s'il était soulagé d'avoir à s'occuper de quelque chose, lord Beaumont se dirigea à grands pas vers un domestique.

— Je voudrais examiner le corps de près, annonça Tobias à Lavinia. Tu penses pouvoir tenir le coup ?

— Oui.

Les gens s'écartèrent spontanément lorsqu'ils s'approchèrent de la dépouille de lord Fullerton. Un petit homme maigre s'était agenouillé près de la victime et se lamentait :

— Mon Dieu, quel désastre ! Que vais-je devenir ? C'est une catastrophe…

Tobias se tourna vers Lavinia.

— Tu es sûre que ça ira ?

— Oui.

Ce n'était pas la première fois que la jeune femme se trouvait confrontée au spectacle d'une mort violente, mais elle savait que jamais elle ne s'y habituerait. Cette fois, cependant, il n'y avait pas de sang.

Mais la tête de Fullerton formait un angle si étrange avec son cou qu'elle ne put retenir un haut-le-cœur.

Craignant de s'évanouir, elle s'obligea à se concentrer sur des détails. Elle reconnut sans hésitation le visage de l'homme. C'était bien celui-là même qu'elle avait aperçu un peu plus tôt dans la soirée, en compagnie d'une servante blonde.

— Eh bien ? demanda Tobias.

— C'est lui.

L'homme agenouillé continuait à se lamenter.

— C'est bizarre, murmura Tobias, il est entièrement habillé.

— Et alors ?

— Tu m'as bien raconté qu'il était monté avec la fille pour prendre du bon temps, non ? Dans ce cas, pourquoi a-t-il encore sa cravate ?

Lavinia hocha la tête.

— Je suppose que... euh... ils n'auront pas eu le temps de mettre leur projet à exécution.

Tobias secoua catégoriquement la tête.

— Si j'en crois ce que tu viens de me dire, il était là-haut depuis un certain temps. Suffisamment, en tout cas, pour se mettre à l'aise. Et enlever au moins sa cravate.

Lavinia étudia de nouveau le cadavre.

— Serais-tu en train d'insinuer ce que je crois que tu insinues ?

— Je ne suis encore sûr de rien, répliqua Tobias, avant de demander, à l'homme agenouillé : Qui êtes-vous, monsieur ?

Ce dernier posa sur lui un œil hagard.

— Je m'appelle Burns, monsieur. Je suis le valet de milord. Enfin, *j'étais* son valet. C'était un excellent poste, croyez-moi. Nous venions juste de commander une dizaine de nouveaux costumes. Milord allait se marier, figurez-vous. Et il voulait se montrer sous son meilleur jour devant sa future épouse. Je me demande ce que vont devenir tous ces beaux habits.

Il se releva et conclut :

— Je vais devoir me trouver un nouvel employeur.

— Quand avez-vous vu votre maître pour la dernière fois ? voulut savoir Tobias.

— Ce soir, juste avant qu'il ne descende au bal.

— Vous ne l'avez pas revu depuis ?

— Non. Il m'avait demandé de ne pas attendre son retour.

— C'était une requête normale ?

— Oui. Milord aimait bien prendre un peu de bon temps avant de s'endormir. Je n'étais donc pas le bienvenu dans sa chambre à ce moment-là.

Tobias hocha la tête, puis, comme mû par une inspiration soudaine, s'empara du bras de Lavinia.

— Viens.

— Où allons-nous ? interrogea la jeune femme.

— Je voudrais jeter un coup d'œil à la chambre de Fullerton.

— Qu'espères-tu y trouver ?

— Je n'en sais rien.

Tobias demandait au majordome où se trouvait la chambre de lord Fullerton quand lord Beaumont, visiblement agité, les rejoignit.

— Que se passe-t-il, March ? Il est arrivé un autre drame ?

— Non, pas que je sache. Je souhaitais simplement jeter un coup d'œil à la chambre de Fullerton. Ce serait d'ailleurs une bonne chose que vous veniez avec nous.

C'était plus un ordre qu'une suggestion. Mais lord Beaumont était si bouleversé qu'il ne parut pas s'apercevoir qu'il recevait des ordres de quelqu'un qui lui était socialement inférieur.

— Bien sûr, fit-il en s'empressant d'ouvrir la voie.

Lavinia, pour sa part, avait l'habitude de voir les gens obéir à Tobias sans sourciller. Il possédait, semblait-il, une autorité naturelle qui faisait merveille dans les situations où personne ne savait quoi faire.

Beaumont les conduisit au premier étage.

Un petit groupe d'invités s'était rassemblé dans le couloir. Lavinia remarqua notamment une jeune femme à la superbe chevelure brune, mais ce n'est que lorsque celle-ci se retourna qu'elle reconnut Aspasia, qui avait troqué son déguisement de Cléopâtre pour un simple peignoir de soie vert. Apercevant Tobias, celle-ci se précipita vers lui.

— Que se passe-t-il ? s'enquit-elle à mi-voix. On prétend que Fullerton se serait rompu le cou en tombant du toit.

— C'est la vérité, confirma Tobias.

Beaumont, qui s'essuyait le front avec un mouchoir, voulut rassurer ses invités.

— C'est un dramatique accident, expliqua-t-il, mais nous contrôlons parfaitement la situation. Le médecin ne devrait plus tarder à arriver. Vous pouvez regagner vos chambres.

Aspasia s'apprêtait à poser une question. Tobias secoua discrètement la tête et elle s'en tint là.

— Excuse-nous, fit-il, mais nous sommes pressés. Lord Beaumont doit nous conduire à la chambre de Fullerton.

— Tu penses que…

— Je te verrai tout à l'heure, Aspasia, dit-il doucement.

— Oui, bien sûr.

Elle s'écarta avec grâce pour leur laisser le passage, son regard s'attardant pensivement sur Lavinia, qui n'avait rien perdu de leur échange et avait pu mesurer à quel point ils avaient dû être proches l'un de l'autre autrefois. Alors qu'elle jetait un coup d'œil par-dessus son épaule, elle vit Aspasia rentrer dans sa chambre. Et soudain, elle se souvint. C'était la chambre qui lui avait été attribuée à son arrivée…

Lord Beaumont s'arrêta devant une porte.

— Voici la chambre de lord Fullerton, annonça-t-il.

Tobias y pénétra le premier. Il alluma une chandelle, puis balaya la pièce du regard avant d'aller écarter les rideaux.

Lavinia entra à son tour. La chambre était aussi spacieuse que celle de Tobias. Le grand lit à baldaquin avait été préparé pour la nuit, mais, de toute évidence, il n'avait pas servi.

— Je me rappelle qu'il a déclaré à la servante qu'il aurait préféré profiter de son lit, qui était plus chaud et confortable, remarqua Lavinia.

Tobias ouvrait méthodiquement tiroirs et armoires, en inspectant le contenu avec soin.

— Qu'a-t-il dit d'autre ? demanda-t-il tout en poursuivant sa tâche.

— Il voulait que la domestique lui explique pourquoi il était nécessaire de monter jusqu'au grenier.

— Quelle est cette histoire de domestique ? intervint lord Beaumont, resté sur le seuil.

— J'ai croisé Fullerton dans un couloir, cette nuit, répondit Lavinia. Il était accompagné d'une servante blonde, assez grande, et tous deux prenaient la direction du grenier. Je vous en laisse deviner la raison.

— Impossible, répliqua lord Beaumont avec une indignation sincère. Nos domestiques savent qu'il est strictement interdit d'entretenir de telles relations avec les invités. Lady Beaumont ne le supporterait pas.

Lavinia s'était approchée de la table de nuit pour examiner les objets qui s'y trouvaient.

— Je ne vous raconte que ce que j'ai vu, milord. La servante en question paraissait pressée de rendre service à Fullerton. C'est d'ailleurs elle qui a suggéré de monter au grenier, plutôt que d'utiliser sa propre chambre.

— Je vais demander à mon majordome de tirer cette affaire au clair, déclara lord Beaumont. Une grande blonde, dites-vous ? Je ne vois personne parmi mes employées qui corresponde à cette description. C'est peut-être une extra du village voisin, embauchée pour le week-end.

— Peut-être, admit Lavinia, qui n'avait rien trouvé d'autre, sur la table de nuit, que des objets qui avaient toutes les raisons de s'y trouver : un chandelier, une paire de lunettes et une bague.

Elle ouvrit ensuite la penderie. Tobias s'approcha et ils en inspectèrent ensemble le contenu : des costumes taillés sur mesure, des cravates, des mouchoirs...

— J'aimerais parler à cette servante blonde, fit Tobias. Pourriez-vous demander à votre majordome de me l'amener, milord ?

Lord Beaumont s'avança d'un pas dans la chambre.

— Si vous pensez que c'est nécessaire... Mais qu'attendez-vous d'elle ?

— Je veux savoir si Fullerton était encore en sa compagnie lorsqu'il est tombé dans le vide, expliqua Tobias, qui s'était détourné de la penderie pour examiner à son tour la table de nuit. Dans ce cas, elle pourrait nous raconter ce qui s'est passé exactement.

Lord Beaumont hocha la tête.

— Très bien, je m'en occupe.

Tandis qu'il disparaissait dans le couloir, Lavinia ouvrit une valise. Elle était vide, son contenu ayant probablement été rangé dans la penderie. Elle la referma et se tourna vers Tobias, qui s'était agenouillé pour regarder sous le lit. Quand il se redressa, il grimaça de douleur, mais Lavinia se garda de lui demander s'il souffrait. Il détestait qu'on évoque sa blessure à la cuisse, survenue en Italie quelques mois plus tôt. Quoique cicatrisée, depuis longtemps, elle se rappelait à lui de temps à autre. Quand le temps était humide, notamment.

— Qu'espérais-tu trouver sous ce lit ? demanda-t-elle.

Il haussa les épaules tout en se massant la cuisse.

— Je n'en sais fichtre rien. Bon, je crois que nous en avons fini ici. Allons inspecter le grenier, à présent.

— Tobias, qu'as-tu en tête exactement ? Tu ne crois pas à la thèse de l'accident, n'est-ce pas ?

Il parut sur le point d'éluder la question, puis il lâcha avec un soupir :

— Je pense que Fullerton a été assassiné.

— Et comment en es-tu arrivé à une telle conclusion ?

Il se dirigeait déjà vers la porte, une chandelle à la main.

— C'est une longue histoire. Et je n'ai pas vraiment le temps de te la raconter maintenant.

Lavinia préféra ne pas insister, pour l'instant.

— Très bien. Mais compte sur moi pour obtenir des explications plus précises à la première occasion.

Tobias sortit dans le couloir. La jeune femme s'apprêtait à lui emboîter le pas quand, sans raison apparente, elle se retourna pour parcourir la chambre du regard une dernière fois. Un rayon de lune éclairait la table de nuit. Lavinia eut le sentiment que quelque chose avait changé. Puis elle comprit soudain : la bague avait disparu.

Un frisson déplaisant lui vrilla l'échine. Tobias n'était pas un voleur. S'il avait emporté la bague, c'est qu'il avait une bonne raison de le faire – une raison qu'il avait choisi de ne pas leur confier, à lord Beaumont et à elle.

Décidément, son associé se comportait de curieuse manière depuis qu'il avait revu Aspasia Gray…

— Je n'aime vraiment pas cette femme, déclara-t-elle à voix haute, avant de quitter à son tour la chambre.

5

Le quartier des domestiques était en ébullition. Des petits groupes s'étaient formés, qui discutaient à mi-voix.

Dès que Lavinia et Tobias apparurent, les conversations cessèrent d'un coup.

— Où se trouve l'escalier qui mène au grenier ? demanda Tobias à une servante.

Celle-ci se figea, tel un lapin en présence d'un loup. Elle ouvrit la bouche, mais aucun son n'en sortit.

— Eh bien ? insista Tobias. Où est ce bon sang d'escalier ?

La fille parut sur le point de fondre en larmes.

— Tu ne vois pas que tu la terrifies ? intervint Lavinia. Laisse-moi faire.

Tobias haussa les épaules.

— Si tu veux, mais dépêche-toi. Nous n'avons pas toute la nuit.

Lavinia comprenait sans peine la réaction de la domestique. Tobias pouvait se montrer terriblement intimidant, parfois. Ainsi, lors de leur première rencontre, à Rome, lorsqu'il avait à demi saccagé la boutique d'antiquités qu'elle tenait avec Emeline, sous prétexte qu'il la croyait complice d'un réseau criminel.

— Calmez-vous, dit-elle d'une voix douce à la jeune servante. Vous n'avez rien à craindre de nous. Comment vous appelez-vous ?

— Nell, madame.

— Eh bien, Nell, pouvez-vous nous indiquer comment on accède au grenier ?

— L'escalier est au fond du couloir, madame. Mais Drum, le majordome, nous a interdit d'aller là-haut. Il a peur que quelqu'un d'autre tombe dans le vide.

Sans attendre, Tobias fila vers l'escalier. Lavinia allait le suivre, puis se ravisa.

— Connaissez-vous tous les domestiques de la maison, Nell ? questionna-t-elle.

— Oui, madame. Nous venons tous du même village.

— Je cherche une fille un peu plus grande que vous, et plus âgée. Elle a des cheveux longs, très blonds.

Nell secoua la tête.

— Je ne vois pas, madame. Annie est grande, mais elle est brune. Et Betty est blonde, mais elle est beaucoup plus petite que moi.

Lavinia hocha la tête.

— Cela ne fait rien, Nell. Merci de votre aide.

La servante esquissa une petite révérence.

— De rien, madame.

Lavinia s'empressa de rejoindre Tobias, qui avait déjà gagné le grenier. Lorsqu'elle y pénétra à son tour, il était penché à la fenêtre.

— C'est de là que Fullerton a fait sa chute ? s'enquit-elle en s'approchant.

— Oui. Regarde. Les traces de pas sont nettement visibles sur le plancher poussiéreux.

Il baissa sa chandelle pour appuyer ses dires. On remarquait en effet des traces de pas qui s'arrêtaient juste devant la fenêtre. La rambarde était si basse qu'il avait suffi d'une légère poussée pour que Fullerton bascule dans le vide sans avoir la possibilité de se rattraper à quoi que ce soit.

— Si Fullerton était ivre, comme il t'a semblé, reprit Tobias, il n'a pas dû être difficile de lui faire perdre l'équilibre.

— Sans doute. Mais ça ne m'explique toujours pas pourquoi tu penches pour la thèse du meurtre plutôt que pour celle de l'accident.

— Tu as appris quelque chose sur la servante blonde ?

— Nell ne voit personne qui ressemble à ma description, avoua Lavinia.

— Donc, ce n'était pas une domestique, trancha Tobias. Plus vraisemblablement une invitée qui portait encore sa tenue de bal.

Lavinia se remémora la servante telle qu'elle l'avait entraperçue et secoua la tête.

— Ce n'était pas un costume de bal masqué. C'était trop ordinaire, trop réaliste, si tu vois ce que je veux dire. Le tissu de sa robe était trop commun pour être porté par une lady, même pour s'amuser.

— Dans ce cas, ce n'était pas un costume mais un vrai déguisement, conclut Tobias.

— Je crois qu'il serait grand temps que tu m'expliques de quoi il retourne, lâcha Lavinia.

Tobias demeura silencieux, poursuivant son inspection du grenier. Il cherchait sans doute d'autres indices susceptibles d'expliquer ce qui s'était passé, mais Lavinia craignait qu'il n'en profite pour éluder sa question. Finalement, alors qu'il atteignait le coin le plus éloigné, il consentit à parler.

— Je t'ai raconté que pendant la guerre contre la France, j'avais travaillé pour mon ami lord Crackenburne.

— Je sais que tu as été espion.

— Je préférerais que tu évites d'employer ce terme. Il a des connotations si péjoratives.

— Je ne vois pas pourquoi nous prendrions des gants quand nous sommes entre nous. Tu as été espion, et moi j'étais commerçante à Rome. Ni l'un ni l'autre n'avons un passé dont nous nous vanterions dans la bonne société. Mais, en l'occurrence, ça n'a pas d'importance. Continue ton histoire.

Il s'approcha de la fenêtre et contempla les ténèbres.

— Le problème, c'est que je ne sais pas trop par où commencer.

— Eh bien, commence par m'expliquer pourquoi tu as pris la bague qui se trouvait sur la table de nuit de Fullerton.

Tobias ne put retenir un sourire.

— Ainsi, tu l'as remarqué ? C'est bien observé de ta part. Tu fais décidément de grands progrès dans ta nouvelle profession. En effet, j'ai pris cette satanée bague.

— Pour quelle raison ?

Il fouilla dans sa poche et en sortit le bijou en question.

— Je suis convaincu qu'on l'a laissée là pour que je la trouve.

Lavinia sentit son sang se glacer dans ses veines. Elle rejoignit Tobias et examina la bague qui reposait dans le creux de sa main. Elle portait en son centre un petit cercueil en or qui s'ouvrait sur une tête de mort sculptée dans l'ivoire.

— Il y a trois ans de cela, reprit Tobias, deux gentlemen, une vieille comtesse et une veuve richissime, disparurent de façon troublante. En apparence, il n'y avait rien d'anormal. Les deux hommes s'étaient suicidés, la comtesse et la veuve avaient péri dans un accident. Mais chaque fois, leur mort providentielle profitait à quelqu'un.

— Tu fais référence à un héritage ?

— Oui. Dans les quatre cas, des fortunes considérables changèrent de main.

— Je ne vois pas ce que cela a d'extraordinaire. Il en va toujours ainsi quand quelqu'un de riche disparaît.

— Certes. Mais il y avait d'autres aspects troublants qui éveillèrent ma curiosité. Les deux suicides, par exemple, me semblaient bizarres. Crackenburne, qui sait toujours tout sur tout le monde, n'avait jamais entendu dire que les deux gentlemen en question souffraient de mélancolie ou d'une maladie grave qui aurait pu les pousser à attenter à leurs jours. Aucun des deux n'avait non plus subi de revers de fortune qui aurait pu expliquer un tel geste.

— Et pour les accidents ?

— La vieille comtesse se promenait sur un étang gelé quand la glace céda sous son poids. Quant à la veuve, elle se rompit le cou en tombant dans son escalier, un soir qu'elle se trouvait seule chez elle.

Lavinia demeura silencieuse, les yeux rivés sur la fenêtre. Tobias suivit son regard et hocha la tête avant de poursuivre :

— Crackenburne, qui se posait des questions, me pressa d'enquêter sur ces quatre décès. Discrètement, bien sûr. Personne n'avait encore évoqué l'hypothèse du meurtre, et les familles des victimes n'auraient certainement pas apprécié pareille supposition.

— Qu'as-tu découvert ?

— Pour commencer, que la gouvernante de la veuve avait découvert un étrange bijou près du corps de sa maîtresse.

Un frisson vrilla de nouveau l'échine de Lavinia.

— Une bague identique à celle que tu viens de me montrer ?

— Oui. Or, la gouvernante affirma que cette bague ne faisait pas partie des bijoux de sa maîtresse, et elle était pourtant au service de celle-ci depuis de nombreuses années. En m'intéressant ensuite aux deux suicidés, je découvris qu'on avait trouvé des bagues similaires près de leurs corps.

Lavinia hocha la tête.

— Je comprends mieux la raison de tes soupçons au sujet de Fullerton.

— Une quinzaine de jours après le début de mon enquête survint un cinquième décès. Cette fois, c'était un respectable membre de la Chambre des lords, qui avait un peu trop forcé sur le laudanum. Grâce aux relations de Crackenburne, je fus prévenu immédiatement de sa mort et autorisé à fouiller son domicile. Comme prévu, je découvris une autre bague sur le bureau du défunt. Mais ce ne fut pas tout.

— Quoi d'autre ?

— Il y avait des traces de boue sur le rebord de la fenêtre du bureau. Apparemment, quelqu'un s'était introduit dans la pièce cette nuit-là. Le bureau étant à l'étage, l'intrus avait dû escalader le mur recouvert de lierre. En inspectant ce lierre, je découvris un morceau de soie noire accroché à une branche. Armé de cet indice, je finis par dénicher le tailleur où le costume avait été acheté, et j'obtins dans la foulée la description de celui qui en avait fait l'acquisition.

— Beau travail, mon cher!

— Je te passe les détails; il te suffit de savoir que je réussis finalement à identifier l'assassin. Mais, de son côté, il avait compris que je me rapprochais dangereusement de lui.

— Il quitta l'Angleterre, j'imagine.

Tobias secoua la tête.

— Non. Il se considérait comme un gentleman. Quand il réalisa qu'il avait perdu la partie, il préféra se tirer une balle dans la tête.

— Je vois...

— Dans son bureau, je découvris une sorte de journal intime, dans lequel il avait consigné le détail de ses crimes.

— Bonté divine!

— Il y avait aussi d'autres bagues, prêtes à servir pour signer ses futurs forfaits.

Lavinia écarquilla les yeux.

— Tu veux dire qu'il signait ses meurtres comme un artiste signe ses toiles?

— Oui. Vois-tu, il tirait orgueil de son habileté.

— Dieu merci, tu as réussi à mettre un terme à sa carrière criminelle.

— L'affaire fut étouffée, bien sûr. De toute façon, il n'y avait jamais eu la moindre preuve directe de meurtre, et les familles des défunts voulaient éviter le scandale qu'aurait immanquablement suscité une enquête officielle.

— Le tueur choisissait-il ses victimes au hasard, uniquement pour le plaisir de tuer ? Ou avait-il quelque mobile ?

— L'argent était sans doute l'un des mobiles. Il touchait une commission à chaque meurtre. Le montant en était indiqué dans son journal intime. Mais pas le nom de ses clients, hélas ! Il les protégeait bien.

— Un assassin professionnel, murmura Lavinia, médusée. Quelle étrange façon de gagner sa vie. Et tu dis que c'était un gentleman ?

— Oui. Il avait d'excellentes manières, de l'élégance et du charme à revendre. Le genre de type qui plaît autant aux hommes qu'aux femmes. Il appartenait à deux ou trois clubs, et était reçu partout dans la bonne société. C'était d'ailleurs là qu'il recrutait ses clients et ses victimes. Il n'avait que dédain pour les gens ordinaires. Sans doute parce qu'il se considérait lui-même comme hors du commun.

Lavinia sentait intuitivement que cette histoire avait touché Tobias de façon très personnelle. Car, trois ans après, il en paraissait toujours affecté.

— Le connaissais-tu avant de découvrir que c'était un assassin ? hasarda-t-elle. Était-ce l'un de tes amis ?

— Je faisais une confiance aveugle à Zachary Elland.

Ce simple aveu constituait une réponse largement suffisante.

— Je suis désolée, fit Lavinia en posant la main sur l'épaule de son compagnon dans un geste affectueux. Quel choc terrible cela a dû être lorsque tu as découvert la vérité.

— C'est notre amitié qui m'a empêché de le démasquer plus tôt. J'aurais peut-être pu éviter le cinquième crime. Mais comment aurais-je pu le soupçonner, lui, entre tous ? Zachary devait d'ailleurs compter là-dessus. Il était si sûr de lui qu'il m'avait même offert de m'aider dans mon enquête.

— Tobias, tu parles comme si tu avais échoué, lui fit remarquer Lavinia. Ce qui n'est absolument pas le cas.

Il parut ne pas l'avoir entendue. Le regard lointain, il poursuivit :

— C'était Crackenburne qui nous avait présentés. À cette époque, Zachary passait le plus clair de son temps aux tables de jeu. Crackenburne pensait qu'il avait le sang-froid nécessaire pour devenir un bon espion. D'autant que Zachary aimait prendre des risques. Nous nous sommes donc retrouvés à opérer ensemble.

Lavinia laissa la main sur l'épaule de Tobias, en manière de réconfort.

— Je ne comprends toujours pas pourquoi tout cela semble t'affecter aussi profondément, Tobias.

— Parce que c'est moi qui l'ai engagé sur le chemin du crime.

Lavinia sursauta.

— C'est insensé ! Comment peux-tu prétendre une chose pareille ?

— Il a commencé à tenir son journal peu de temps après que nous avons commencé à travailler ensemble.

— Je ne vois pas en quoi cela l'aurait incité à devenir un assassin.

— J'étais son instructeur. Je lui ai appris le métier. Dès sa deuxième mission, il est survenu un incident auquel j'aurais dû prêter plus d'attention à l'époque.

— Quel incident ?

— Je lui avais demandé de surveiller un type que nous suspections de trahison. À en croire Zachary, l'homme s'étant aperçu qu'il était suivi avait dégainé un couteau. Zachary n'avait eu d'autre choix que de le tuer ; il s'était ensuite débarrassé du corps dans la rivière. C'était un acte de légitime défense, et personne, bien sûr, ne songea à mettre sa parole en doute. D'autant moins qu'il s'agissait de la mort d'un traître.

— Continue.

— Zachary réclama d'autres missions. On lui en donna.

— Il y eut d'autres morts ?

— Oui, trois. Là encore, il invoqua la légitime défense. Les hauts responsables ne s'en offusquèrent pas davantage, puisque, finalement, cela servait leurs intérêts. Mais je me suis souvent demandé si Zachary n'avait pas pris goût au meurtre en travaillant pour nous comme espion.

— Que devint-il, à la fin de la guerre ?

— Il retourna à ses tables de jeu, et nos chemins se séparèrent, même s'il nous arrivait, à l'occasion, de nous croiser dans un club.

— Franchement, Tobias, je ne vois aucun rapport entre les crimes de ce Zachary Elland et son passé d'espion à tes côtés.

— Quand j'ai trouvé son journal, je suis également tombé sur une lettre qui m'était destinée. Zachary m'y félicitait d'avoir gagné contre lui. Et il ajoutait qu'il avait pris grand plaisir à ce qu'il appelait notre « partie de chasse ».

— Si tu veux mon avis, ce type était fou.

Tobias secoua la tête.

— Pour être tout à fait franc, il m'arrive parfois de comprendre ce qu'il ressentait.

— *Tobias !*

— Il est indéniable que l'on éprouve une certaine excitation à l'idée de mettre la main sur une proie. Elland m'avait dit une fois que nous avions beaucoup en commun. Il n'est pas impossible qu'il ait eu raison.

Lavinia le prit par le bras pour le secouer.

— Ça suffit, Tobias. Tu ne vas quand même pas suggérer que vous étiez semblables. Tu t'es toujours placé du côté du droit et de la justice. Cela n'a rien à voir avec le fait de tuer pour le plaisir. Toi et moi savions que tu en serais incapable.

— Je me demande parfois si la différence entre Elland et moi n'est pas qu'une question de degré.

— Bon sang, Tobias, arrête ! Je n'ai pas connu ce Zachary Elland, mais je suis convaincue que vous étiez aussi différents l'un de l'autre que le jour et la nuit.

— En es-tu vraiment aussi sûre ? demanda-t-il, d'une voix trop douce.

— Sûre et certaine, monsieur March. Et, comme tu le sais, mon intuition ne me trompe jamais. Tu n'es pas un assassin, Tobias. Point. Mais assez parlé de ce sujet. Explique-moi plutôt ce que vient faire Aspasia Gray dans cette affaire.

Il fronça les sourcils.

— Aspasia ? Je ne t'ai donc rien dit ?

— Non.

— C'était la maîtresse de Zachary.

— Voilà qui explique pas mal de choses, je suppose.

— Ils s'étaient rencontrés quelques semaines avant Waterloo. Aspasia était tombée follement amoureuse de Zachary. C'était du reste réciproque et ils projetaient de se marier. Et puis, un beau jour, Aspasia découvrit le pot aux roses. Horrifiée, elle s'enfuit. Je me suis souvent demandé si ce n'était pas la perte de celle qu'il aimait, plus que les progrès de mon enquête, qui l'avait conduit au suicide.

— J'ai du mal à croire qu'un assassin de cette trempe puisse nourrir des sentiments aussi romantiques, objecta Lavinia.

— Curieusement, Zachary possédait une nature à la fois violente et romantique. Il me rappelait ces artistes qui nourrissent leur inspiration en goûtant aux expériences les plus extrêmes.

— Quel que soit le prix à payer ?

— Zachary ne s'en souciait pas. Il voulait vivre intensément.

— Comment Aspasia réagit-elle à son suicide ?

— Elle était totalement anéantie. Je ne l'avais jamais vue dans un tel état. Zachary avait été le grand amour de sa vie et elle demeurait inconsolable. Si elle souffrait autant, ce n'était pas seulement à cause de sa mort.

— J'imagine qu'elle devait être très affectée de n'avoir pas su déceler sa véritable nature.

— En effet. Aspasia est une femme du monde, comme tu l'as sans doute deviné. Elle se considère comme trop intelligente pour se laisser abuser en matière d'amour. La tromperie de Zachary l'a donc profondément ébranlée.

Lavinia savait qu'elle aurait dû éprouver un minimum de compassion pour Aspasia, mais le seul fait de se la rappeler pendue au cou de Tobias suffisait à lui ôter tout sentiment de pitié.

Cela dit, elle devait reconnaître que découvrir que l'homme qu'on aimait était en réalité un tueur avait de quoi vous ébranler sérieusement les nerfs.

— Je parie que tu te sens des obligations envers elle, remarqua-t-elle. Et je ne doute pas que Mme Gray en profite. Ne t'a-t-elle jamais reproché d'avoir aidé Zachary à suivre sa mauvaise pente ?

— Jamais à haute voix, mais je la soupçonne de le penser, en effet.

— Quelles sornettes !

— Aspasia éprouve certainement aussi de la culpabilité, car c'est elle qui a achevé d'ouvrir les portes du grand monde à Zachary – son terrain de chasse, comme il disait…

Lavinia soupira.

— Quelle triste histoire, décidément.

Tobias rouvrit la main et contempla la sinistre bague.

— Il semblerait que quelqu'un soit décidé à la continuer.

— Ça n'est quand même pas Zachary Elland qui serait revenu d'entre les morts pour se remettre au travail !

— Bien sûr que non. C'est moi qui ai découvert son corps, et j'ai assisté à son enterrement. Mais ce nouvel assassin a déjà adressé une bague comme celle-ci à Aspasia, et je suis persuadé que celle-ci m'était réservée.

— On jurerait que tu parles d'une vieille connaissance qui t'annoncerait son retour en ville.

— Ça y ressemble, en effet. La découverte de la bague sur son perron, ce matin, a affolé Aspasia. C'est la raison pour laquelle elle m'a suivi jusqu'ici.

— Hmm.

Tobias fronça les sourcils.

— Quoi ? Qu'y a-t-il ?

— Je te ferai remarquer qu'Aspasia ne paraissait pas particulièrement *affolée*, tout à l'heure.

Il eut un sourire ironique.

— Ce n'est pas le genre de femme à s'évanouir à la moindre contrariété. Mais je la connais mieux que toi, et je te garantis qu'elle était sacrément perturbée, ce soir.

— Si tu le dis... Personnellement, je crois plutôt qu'elle cherche à tirer profit de ton sentiment de culpabilité pour te manipuler.

Tobias glissa la bague dans sa poche.

— Aspasia n'a pas besoin de recourir à de tels artifices pour obtenir mon soutien, et elle le sait très bien. Personne ne désire plus que moi mettre la main sur cette ordure. Il vient de me lancer un défi, il n'y a pas de temps à perdre.

— Laisse-moi t'aider, Tobias.

— Pas question. Je refuse que tu sois mêlée à cette histoire.

— Tu viens de dire qu'il fallait agir rapidement. Tu n'y arriveras pas seul. Et je te rappelle que je ne suis plus une débutante.

— Bon sang, Lavinia...

La jeune femme leva sa main pour le faire taire.

— Je te rappelle aussi que je suis, pour l'instant, le seul témoin à ta disposition. D'accord, ma description de la servante ne nous a conduits nulle part, mais j'ai aussi relevé d'autres détails qui pourraient se révéler utiles.

Tandis qu'elle parlait, Lavinia remarqua du coin de l'œil un morceau de tissu blanc dans l'ombre de la cheminée. Prenant la chandelle des mains de Tobias, elle courut le ramasser.

— Qu'est-ce que c'est ? demanda Tobias, qui l'avait suivie.

— J'ai comme l'impression que nous tenons notre premier indice, annonça Lavinia. Le bonnet de l'assassin.

Tobias le lui ôta des mains et l'examina avec attention.

— Cela pourrait être le bonnet de n'importe quelle domestique.

— Non. Celui-ci a un bord particulièrement large et il est orné d'un ruban. Je ne serais pas étonnée d'y trouver des cheveux blonds. Cette fois, Tobias, il semblerait que l'assassin soit une femme.

Tobias examina le bonnet d'un air songeur.

— Ou un homme déguisé en femme.

6

Lord Beaumont les attendait dans la bibliothèque en compagnie de son majordome, Drum, et d'un petit homme nerveux qui fut présenté comme étant le Dr Hugues.

Leur hôte était assis derrière son bureau, un verre à moitié vide à la main. L'alcool avait, semblait-il, eu un effet calmant, et il avait recouvré son autorité naturelle.

En réponse à la question de Lavinia, Drum assura que personne, parmi les domestiques du château, ne correspondait à la description de la servante blonde.

Lavinia brandit alors le bonnet.

— Et cela ? fit-elle. Je l'ai trouvé au grenier.

Tous les regards convergèrent vers le bonnet.

— Je ne doute pas que vous ayez vu Fullerton en galante compagnie, intervint lord Beaumont. Mais il pouvait s'agir d'une des filles du village. Quoi qu'il en soit, il est évident que Fullerton avait trop bu. Il a voulu monter au grenier avec cette créature, et cela s'est terminé par un regrettable accident.

Il se tourna vers le médecin pour obtenir son assentiment.

— Cela vous semble correct, docteur Hughes ?

Le praticien se racla la gorge.

— Tout à fait. J'ai examiné le corps avec soin, et il ne fait pas de doute que Fullerton a été victime d'un malencontreux accident.

Tobias était furieux. Visiblement, lord Beaumont avait décidé de clore l'affaire le plus rapidement possible. Évoquer la possibilité d'un meurtre serait fort mal accueilli.

Mais c'était compter sans Lavinia.

— Milord, M. March et moi-même suspectons cette « créature », quelle qu'elle soit, d'avoir délibérément poussé lord Fullerton dans le vide. Nous aurions besoin d'autres témoignages qui nous permettraient éventuellement de l'identifier.

Beaumont haussa les sourcils en direction de Drum, qui ne se départit pas de son air impassible.

— Comme milord vous l'a expliqué, cette fille venait probablement du village, dit le majordome. Lorsque lord Fullerton est tombé, elle s'est très certainement affolée et s'est enfuie. Ce qui est compréhensible. Si la nouvelle se répand qu'elle était seule au grenier avec un gentleman, plus personne, dans le voisinage, ne voudra l'employer.

— Mais il n'est pas non plus impossible qu'elle se trouve toujours dans le château, objecta Lavinia. Nous devons réunir sans attendre les domestiques, ainsi que les invités, afin de les interroger.

À cette suggestion, le teint de lord Beaumont vira au rouge brique.

— Interroger mes invités ? Seriez-vous devenue folle, madame Lake ? C'est hors de question. Je vous l'interdis absolument.

— Monsieur, il se peut que nous parlions d'un meurtre.

— Et moi, je vous dis que Fullerton n'a pas été assassiné. C'était un accident. Un déplorable accident.

— Malheureusement, nous avons de bonnes raisons de penser que...

— Pensez ce que vous voulez, madame Lake. Mais je suis ici chez moi, et je ne permettrai pas qu'on dérange davantage mes invités.

Tobias comprit qu'une approche aussi directe ne leur apporterait rien. Il essaya donc une autre tactique.

— Si je comprends bien, vous admettez que Fullerton se trouvait avec une femme juste avant de mourir, mais vous jugez qu'elle n'a rien à voir dans l'affaire ?

— Fullerton avait trop bu, répéta lord Beaumont avant de vider son verre. Il a perdu l'équilibre et il est tombé, point final. C'est une tragédie, mais pas un meurtre.

Tobias ne put que déplorer la rapidité avec laquelle leur hôte avait repris le contrôle de la situation, s'adjugeant au passage le soutien de son majordome et du médecin. Certes, on pouvait difficilement le blâmer de ne pas souhaiter que se répande l'hypothèse qu'un meurtre avait été commis sous son toit : sa réputation en serait durablement affectée.

— Milord, commença prudemment Tobias, d'un point de vue professionnel, je me permets de vous faire remarquer que cette affaire soulève quelques questions auxquelles il serait profitable d'apporter des réponses. Avec votre autorisation, je souhaiterais continuer discrètement mon enquête.

Lord Beaumont posa les mains à plat sur son bureau et se leva.

— C'est tout à fait impossible, March. Il y a déjà eu suffisamment d'agitation dans cette maison. Lady Beaumont est bouleversée.

Lavinia fulminait littéralement. La voyant taper du pied sur le tapis, Tobias lui fit signe de se calmer, mais elle ignora son avertissement silencieux.

— L'émotion de lady Beaumont est fort compréhensible, intervint-elle d'une voix brusque. Mais, comme nous venons de vous l'expliquer, il est possible qu'il s'agisse d'un meurtre. Quelques questions s'avèrent indispensables. Je ne vois pas en quoi elles indisposeraient vos invités.

— Pour la dernière fois, je vous répète qu'il n'y a pas eu meurtre, contra lord Beaumont d'un ton autoritaire. Et laissez-moi seul juge de ce qui peut, ou non, indisposer mes invités, madame.

— Pardonnez-moi d'insister, milord, mais une enquête me semble indispensable, s'entêta Lavinia. Nous avons assez d'expérience dans ce genre d'affaires pour...

Lord Beaumont réagit exactement comme Tobias s'y attendait: il explosa.

— Vous *insistez*, madame Lake? s'écria-t-il, le visage carmin. Qui croyez-vous donc être, madame, pour me parler ainsi?

Tobias soupira, se préparant à l'inévitable. Et dire que Lavinia lui reprochait souvent de ne pas se montrer assez diplomate avec leurs clients!

— Votre insistance est tout à fait déplacée, poursuivait lord Beaumont. Du reste, ni vous ni M. March n'auriez été invités à cette soirée si je n'avais pas eu une faveur à rendre à lord Vale.

— Je comprends très bien, répliqua Lavinia. C'était très aimable à vous de nous inviter dans votre château. M. March et moi-même avons beaucoup apprécié votre hospitalité. Même si ma chambre est un peu petite et mal meublée.

Lord Beaumont en resta un instant sans voix.

— Quoi? s'étrangla-t-il. Vous avez le toupet de vous plaindre de la taille de votre chambre?

— Croyez bien que je ne vous en veux pas. Ce n'est certainement pas votre faute si on m'a délogée des appartements tout à fait confortables qui m'avaient d'abord été attribués, pour m'expédier pratiquement sous les combles.

La jeune femme eut un geste de la main, comme s'il s'agissait d'une question sans importance.

— N'en parlons plus. Cela suffira pour le peu de temps que nous serons amenés à passer ici. Mais, pour en revenir à notre sujet de préoccupation...

Agrippé au rebord de son bureau, lord Beaumont se pencha en avant, tel un taureau sur le point de charger.

— Il m'apparaît, madame, qu'étant obsédés comme vous l'êtes par votre théorie fantaisiste, ni vous ni

M. March ne soyez plus en mesure d'apprécier votre séjour parmi nous.

— C'est très gentil à vous de vous soucier de notre bien-être, mais, tranquillisez-vous, tout se passera bien.

— J'en doute. Et je ne serais pas étonné que vous ayez hâte de regagner Londres, M. March et vous, gronda Beaumont.

— Non, vraiment, nous…

— Dès demain matin, Drum vous enverra un domestique pour vous aider à faire vos bagages. Une voiture vous attendra à 9 heures. Non, 8 h 30. Le voyage est long jusqu'à Londres, et je suis certain que vous aurez à cœur de regagner la capitale le plus tôt possible.

Médusée, Lavinia le fixa un instant en silence. Puis la fureur étincela dans ses prunelles et Tobias jugea bon d'intervenir avant qu'elle ne se livre à quelque éclat intempestif.

— Excellente suggestion, milord, fit-il en saisissant la jeune femme par le bras avant de l'entraîner vers la porte. Viens, Lavinia. Nous allons nous occuper de nos bagages sans attendre.

Il resserra la pression sur son bras, pour l'avertir de ne pas chercher à résister. Finalement, elle réussit à offrir un sourire glacial à lord Beaumont.

— Bonne nuit, milord. J'espère qu'aucun autre *accident* ne viendra gâcher le plaisir de vos invités après notre départ. Ce serait déplorable pour votre réputation. Songez que plus personne ne se risquerait à assister à vos réceptions, si la nouvelle se répandait que des *accidents* inexplicables arrivent à n'importe qui.

Tobias tressaillit, mais il était trop tard. Le mal était fait. Beaumont semblait au bord de l'apoplexie.

— Comment osez-vous, madame ? Si vous insinuez que j'essaie délibérément de dissimuler une tentative de meurtre…

— Je n'insinue pas, je constate, monsieur, le coupa Lavinia d'un ton suave.

— Ça suffit, lui chuchota Tobias à l'oreille, avant de se tourner vers lord Beaumont. Pardonnez sa nervosité, milord. Je crains que la mort de Fullerton l'ait ébranlée. Vous avez raison, il est préférable que je la reconduise chez elle sans délai. Nous partirons donc à la première heure, demain matin.

Lord Beaumont s'était quelque peu radouci.

— Mme Lake est visiblement bouleversée. Je suis certain qu'elle ira mieux dès qu'elle se retrouvera chez elle.

Tobias sentit que Lavinia s'apprêtait à répliquer. Heureusement, il avait déjà ouvert la porte. Il la poussa donc dans le couloir avant qu'elle n'ait eu le temps de remettre de l'huile sur le feu.

Elle vibrait de rage sous l'outrage. Il entendait presque l'air grésiller autour d'elle.

— Corrige-moi si je me trompe, lâcha-t-elle après quelques pas, mais il me semble que lord Beaumont nous a carrément mis à la porte.

— Il me semble aussi. Mais je me console en me disant que nous n'étions peut-être pas faits pour ce genre de divertissements.

7

Ils gravirent l'escalier en silence.

— Je suppose que tu penses que c'est ma faute si nous sommes obligés de partir ? risqua Lavinia sur le palier du premier étage.

— Oui, mais ne t'inquiète pas trop à ce sujet. J'en étais de toute façon arrivé à la conclusion qu'il valait mieux rentrer à Londres.

Lavinia lui jeta un regard interloqué.

— Et que fais-tu de l'enquête sur la scène du crime ?

— Je pense que nous avons appris tout ce qu'il était possible d'apprendre ici. L'assassin ayant terminé son travail, je doute fort qu'il se soit attardé au château. Il a probablement déjà quitté le voisinage.

— Hmm. Admettons. Il serait donc venu tuer Fullerton ici parce qu'il savait que tu serais aux premières loges, c'est bien cela ? Il voulait s'assurer que tu aurais connaissance de son crime.

Tobias hocha la tête.

— Je le soupçonne en effet d'avoir raisonné ainsi.

Ils continuèrent jusqu'à l'étage de Lavinia. Alors qu'ils atteignaient le palier, ils tombèrent sur un petit groupe rassemblé dans le couloir. Deux femmes d'âge indéterminé, vêtues d'amples robes de chambre, tenaient une conversation animée avec un jeune homme qui ne devait pas avoir beaucoup plus de vingt ans. Ils discutaient évidemment de la mort de Fullerton.

— Ils logent à mon étage, expliqua Lavinia à Tobias. Le jeune homme est le coiffeur de lady Oakes, M. Pierce.

Et les deux femmes sont les dames de compagnie de deux des invitées des Beaumont.

Les trois visages se tournèrent avec un bel ensemble vers Tobias et Lavinia. Tous les dévisagèrent, les yeux brillant de curiosité. Quelque chose dans l'attitude des deux femmes frappa Tobias. Même si Lavinia ne l'avait pas informé de leur condition sociale, il l'aurait facilement deviné tout seul. Elles affichaient toutes deux la posture fière, mais résignée, de ces femmes qu'un revers de fortune a contraintes à trouver un emploi de dames de compagnie.

Tobias les suspectait de s'être couchés tôt, leur position ne les autorisant pas à participer aux festivités nocturnes des maîtres. Sur le plan social, une dame de compagnie était à peine au-dessus d'une gouvernante. C'était certes mieux que simple domestique, mais en aucun cas elles ne pouvaient prétendre à l'égalité avec celles qu'elles servaient. On attendait d'elles qu'elles restent dans l'ombre et demeurent silencieuses. On imaginait donc aisément avec quelle avidité elles se jetaient sur les moindres ragots qui passaient à leur portée.

Une seule fois, Tobias avait rencontré deux dames de compagnie qui ne correspondaient pas à ce profil : Lavinia et Emeline, sa nièce. C'était en Italie. Du reste, elles n'avaient pas tenu longtemps dans une profession qui n'était pas adaptée à leur tempérament impétueux.

— Madame Lake ! s'exclama le jeune coiffeur. Nous parlions justement de vous. Nous avions peur que vous n'ayez été choquée par le spectacle du corps. Tout va bien ? Vous n'avez pas besoin de sels ?

— Je me sens parfaitement bien, merci, monsieur Pierce, le rassura Lavinia, avec un sourire, avant de s'adresser aux deux femmes : Permettez-moi de vous présenter mon ami, M. March. Tobias, je te présente Mlle Richards et Mlle Gilway.

Tobias s'inclina poliment.

— Enchanté, mesdames.

Toutes deux rougirent jusqu'aux oreilles.

— Moi de même, monsieur March, fit Mlle Gilway, aux anges.

— Moi aussi, murmura Mlle Richards, plus timide.

— Et voici M. Pierce, acheva Lavinia avec un geste théâtral, comme s'il s'agissait de quelque célébrité. C'est lui l'auteur de la spectaculaire coiffure que lady Oakes arborait au bal, ce soir. J'imagine que tu l'as remarquée, Tobias ?

— Il aurait été difficile de faire autrement, admit ce dernier.

— Merci, monsieur, répondit Pierce, qui s'inclina à son tour, avec une modestie calculée.

— J'ai tardé à remonter dans ma chambre, expliqua Lavinia, parce que M. March et moi-même avons éprouvé le besoin de nous renseigner à propos de l'accident de Fullerton.

Pierce hocha la tête d'un air entendu.

— Oui, je me souviens que vous m'aviez parlé de votre travail avec M. March. Des enquêtes pour le compte de personnes privées, c'est cela ? Quoi qu'il en soit, vous n'auriez pas dû vous exposer à un spectacle aussi éprouvant. Vous risquez d'en faire des cauchemars.

La sollicitude que le jeune homme manifestait envers Lavinia avait le don d'irriter Tobias. Pierce était de ces garçons qu'Emeline et Priscilla, son inséparable amie, décrivaient comme « follement romantiques ». Il avait beau ne rien y connaître en mode, Tobias était convaincu que les boucles qui retombaient négligemment sur son front et ses tempes ne devaient rien à la nature. Plusieurs amis d'Anthony arboraient des coiffures similaires. Et si Anthony n'avait pas lui-même cédé au mouvement, c'était, avait-il expliqué à Tobias, parce qu'il ne voulait pas passer des heures devant sa glace.

Pierce semblait avoir été interrompu alors qu'il s'apprêtait à se coucher. Il ne portait qu'une chemise blanche à jabot, et un pantalon plissé très stylé. Un ruban noir noué d'une manière désinvolte à son cou évoquait la mode lancée par Byron et les romantiques.

— Quel genre de renseignements cherchiez-vous ? s'enquit Mlle Gilway sans quitter Tobias des yeux.

— Nous voulions nous assurer qu'il ne s'agissait pas d'un crime, expliqua Lavinia.

Les deux dames de compagnie échangèrent un regard horrifié.

— Un crime ? répéta Mlle Richard, qui avait pâli.

Mlle Gilway, pour sa part, s'éventait avec sa main.

— Dieu du ciel ! Qui aurait pu imaginer une telle chose ?

— Vous parlez sérieusement, madame Lake ? demanda Pierce, le regard soudain aigu.

Tobias se rappelait avoir vu la même expression fascinée sur le visage d'Anthony. Les jeunes gens d'aujourd'hui montraient décidément beaucoup d'enthousiasme pour les choses macabres.

— À en croire lord Beaumont et son médecin, l'hypothèse du meurtre n'est pas crédible, répondit Lavinia d'un ton neutre.

— Ah… fit Pierce, dont l'excitation était déjà retombée.

Les deux dames, aussi, paraissaient déçues, mais Mlle Gilway crut bon de n'en rien montrer, se contentant de murmurer :

— Dieu soit loué !

— Quel soulagement, s'empressa d'ajouter Mlle Richards. L'idée qu'un assassin puisse rôder dans ce château me fait froid dans le dos.

— Il n'y a pas à s'inquiéter, les rassura Lavinia. Vous pouvez vous recoucher sans crainte. N'est-ce pas, Tobias ?

— Oui, confirma-t-il, et, prenant le bras de la jeune femme, il ajouta : Permets-moi de te reconduire jusqu'à ta porte. Il se fait très tard, et nous partons tôt demain.

— Vous rentrez à Londres ? s'étonna Mlle Gilway. Pourquoi si vite ?

— Pour affaires, répliqua Lavinia. Je préfère vous dire au revoir maintenant, car vous dormirez sans doute encore quand nous partirons.

Pierce s'inclina de nouveau poliment.

— Je vous souhaite un bon voyage, madame. Et souvenez-vous de ce que je vous ai dit, tout à l'heure, quand vous vous apprêtiez à descendre au bal : je serais enchanté de vous avoir pour cliente. Je sens que je pourrais faire des prodiges avec vos cheveux.

— Merci, monsieur Pierce. J'y songerai.

Elle s'apprêtait à suivre Tobias, quand elle se ravisa soudain :

— À propos de cheveux, j'aurais une question à vous poser.

— À votre service, madame, répondit Pierce, qui faisait décidément assaut de galanterie. Cette question aurait-elle un rapport avec les événements de ce soir ?

— Oh, ce n'est qu'un détail insignifiant, prétendit Lavinia. J'imagine que vous devez avoir une certaine expérience en matière de postiches et de perruques, non ?

— N'importe quelle jeune lady à la mode se doit de posséder au moins un ou deux faux chignons, répliqua Pierce avec assurance. Après un certain âge, les femmes n'ont d'autre choix que de s'offrir plusieurs perruques. Il n'y a pas d'alternative, si elles veulent rester dans le ton.

— Vous avez vu les invités arriver au bal, ce soir. Auriez-vous, par hasard, remarqué une femme portant une perruque blonde ?

Pierce haussa des sourcils effarés.

— Blonde ? Dieu merci, non. Pareil spectacle m'aurait horrifié.

Tobias s'étonna :

— Pourquoi auriez-vous été horrifié ? Vous venez de nous dire que les perruques étaient un accessoire très prisé des dames.

— Oui, mais pas les perruques *blondes* ! se récria Pierce, comme si l'on venait de prononcer un mot sacrilège. À l'évidence, vous ne connaissez rien à l'élégance, monsieur March. En matière de postiches et de perruques, le blond est aussi vulgaire que le roux.

Il y eut un silence pesant. Tous regardèrent Lavinia dont les cheveux roux flamboyaient à la lumière du chandelier fixé au mur. Tobias fusilla le jeune homme du regard.

— Personnellement, je trouve les cheveux de Mme Lake parfaits ainsi, déclara-t-il.

Bien qu'il n'eût pas élevé la voix, les deux vieilles filles sursautèrent involontairement. Elles fixaient à présent Tobias comme s'il s'était soudain transformé en bête sauvage.

— Arrête immédiatement, siffla Lavinia.

Mais il n'avait nulle envie d'arrêter. Il n'était pas d'humeur après cette interminable soirée semée de difficultés de toutes sortes.

Pierce, cependant, ne semblait pas être conscient du danger.

— Vous devriez vraiment m'accorder un rendez-vous, dit-il à Lavinia, et il était visible qu'il portait un intérêt sincère à sa coiffure. Vous seriez merveilleuse avec une perruque brune. Le contraste avec vos yeux verts serait saisissant.

Fronçant les sourcils, Lavinia effleura ses cheveux.

— Vous croyez ?

— J'en suis certain, assura Pierce qui contemplait maintenant la jeune femme comme s'il réfléchissait intensément à sa future coiffure. Je vois déjà le résultat, reprit-il. Ce serait absolument superbe. Je vous ferais un chignon haut, afin que vous gagniez quelques centimètres supplémentaires. Vous n'êtes pas tout à fait assez grande pour être vraiment élégante.

— Nom d'un chien ! explosa Tobias. En ce qui me concerne, la taille de Mme Lake est parfaite.

C'est tout juste si Pierce daigna lui accorder un regard.

— Vous n'y connaissez rien en style, monsieur, rétorqua-t-il avec dédain. Vous n'êtes donc pas en position de juger des potentialités de Mme Lake.

Tobias songeait déjà à tordre le cou du coiffeur, quand Lavinia lui agrippa fermement le bras, l'obligeant à renoncer à son agréable projet.

— C'est très aimable à vous de m'avoir fait part de votre opinion, monsieur Pierce, déclara la jeune femme en le gratifiant d'un chaleureux sourire. Soyez assuré que je considérerai votre offre.

Pierce fouilla dans l'une de ses poches et en sortit un bristol.

— Permettez-moi de vous laisser ma carte. Et n'hésitez surtout pas à m'envoyer un mot quand vous serez décidée. Je vous proposerai un rendez-vous rapidement.

Lavinia s'empara de la carte en le remerciant de nouveau.

Tous se souhaitèrent une bonne nuit, puis chacun réintégra sa chambre.

Tobias et Lavinia continuèrent dans le couloir.

— Ta question sur les perruques blondes était très astucieuse, reconnut Tobias, à l'instant où la jeune femme poussait la porte de sa chambre. Sa réponse nous ouvre des perspectives intéressantes.

— Merci, fit la jeune femme, sans chercher à cacher le plaisir que lui procurait ce compliment. Si les perruques blondes sont si peu à la mode, on imagine mal l'assassin en acheter une qui aurait inévitablement frappé d'éventuels témoins. Cela semble confirmer l'hypothèse que le meurtrier est bien une femme, pourvue de cheveux très blonds.

Tobias secoua la tête.

— Je pense, pour ma part, que nous devons conclure le contraire.

Lavinia haussa les sourcils.

— Je te demande pardon ?

— Réfléchis, Lavinia. Ce sont les cheveux blonds de l'assassin qui t'ont le plus frappée. Cela, et son bonnet à ruban. J'ai raison, oui ou non ?

— Oui, mais... voulut objecter la jeune femme, avant de hocher brusquement la tête en signe d'assentiment. J'ai compris ! Tu penses que l'assassin a délibérément choisi ces deux accessoires facilement repérables, au cas où il aurait croisé le chemin d'un témoin ?

— Oui. Je suis persuadé qu'il s'agissait d'une perruque. Et que nous avons affaire à un homme qui, pour l'occasion, s'était déguisé en femme.

Lavinia ne semblait pas encore totalement convaincue.

— Pour la perruque, je pense que tu as raison. En revanche, rien ne nous permet, pour l'instant, d'affirmer que l'assassin est un homme.

— C'est au moins un début, plaida Tobias, le bras nonchalamment appuyé au chambranle. Les perruquiers ne sont quand même pas légion à Londres. Et puisque les perruques blondes sont plutôt rares, nous ne devrions pas avoir de mal à découvrir lequel en a vendu une récemment, et à qui.

— Je ne partage pas ton optimisme. Il est vrai qu'un commerçant devrait facilement se rappeler à qui il a vendu un accessoire aussi voyant. Mais qui te dit que la perruque provient d'un magasin ? L'assassin aura pu se la procurer ailleurs. La dérober dans la loge d'une actrice, par exemple. Sans compter que beaucoup de perruques viennent directement de Paris.

— Quoi qu'il en soit, cette perruque blonde constitue un indice. Et nous n'avons pas grand-chose d'autre à nous mettre sous la dent pour l'instant.

Lavinia était obligée d'admettre qu'il avait raison sur ce point. En revanche, elle avait des réticences en ce qui concernait son hypothèse sur le sexe de l'assassin.

— Ce n'est pas parce que le meurtrier portait une perruque que nous devons en conclure qu'il s'agit d'un homme. Nous risquons de négliger des indices valables si nous écartons d'emblée l'idée que c'est une femme que j'ai vue en compagnie de Fullerton.

Tobias secoua la tête.

— Ce n'est pas seulement une affaire de perruque.

— Tu as du mal à imaginer une femme dans la peau d'un assassin professionnel, c'est cela ?

— Non. Mais la bague m'incite à penser que nous cherchons un homme. Cela me rappelle trop l'œuvre de Zachary Elland.

— Pourquoi une femme ne désirerait-elle pas l'égaler, voire le surpasser ?

Tobias secoua de nouveau la tête. Il ne savait comment expliquer avec des arguments logiques ce qui relevait de l'intuition.

— Il semble plus probable qu'un homme cherche à se mesurer à un autre homme.

— Certes, admit Lavinia, d'un air songeur. J'ai souvent été frappée par l'énergie que les hommes déployaient dès qu'il était question de compétition.

Tobias sourit.

— N'essaie pas de me faire croire que les femmes sont dépourvues d'esprit de compétition. Une mère de la bonne société cherchant à marier sa fille peut se révéler un stratège à faire pâlir Wellington d'envie.

Au grand étonnement de Tobias, la jeune femme ne goûta pas son humour.

— Un mariage exige beaucoup de réflexion et d'attentions. C'est l'avenir d'une femme qui est en jeu. Sans parler de celui de ses futurs enfants.

— Admettons. Je n'avais pas envisagé la chose sous un angle aussi dramatique.

— C'est bien là le problème. Les hommes envisagent rarement le mariage sous un angle aussi *dramatique*.

S'il se fiait à son ton, quelque chose lui avait échappé, comprit Tobias. Mais avant qu'il ait pu demander des explications, Lavinia réprima un bâillement et déclara :

— Je n'ai plus assez d'énergie pour réfléchir sérieusement à cette affaire ce soir. Je suggère que nous en reparlions demain. Ce sera un sujet de discussion tout trouvé pour le trajet de retour. Bonne nuit, Tobias.

— Encore une question avant de te laisser.

— Oui ?

— C'est la mode, chez les coiffeurs, de se présenter la chemise à demi ouverte devant des dames respectables ?

Lavinia gloussa.

— Les coiffeurs sont des artistes, cher monsieur. Ils créent leur propre mode.

— Je vois.

La jeune femme recula d'un pas, dans l'intention de refermer sa porte. Ses prunelles brillaient encore d'amusement.

— Ne t'inquiète pas pour la sensibilité des demoiselles Richards et Gilway. Le débraillé de M. Pierce ne les a probablement pas autant stimulées que le spectacle que tu leur offrais toi-même.

Tout en parlant, elle désignait son torse du regard.

— Que me chantes-tu là ?

Il baissa les yeux et s'aperçut que la plupart des boutons de sa chemise étaient ouverts. C'était un reste, à n'en pas douter, des quelques minutes d'intimité qu'il avait passées avec Lavinia, avant que Fullerton n'interrompe brutalement leur étreinte. À présent, il comprenait mieux pourquoi les deux dames de compagnie l'avaient contemplé avec autant de curiosité.

— Zut… marmonna-t-il.

— Je parie que ces deux vieilles filles auront là un sujet de conversation qui les occupera tout l'hiver, s'amusa Lavinia.

Sur ce, elle éclata de rire et lui referma doucement la porte au nez.

Tobias fit demi-tour, ruminant sur leur partie de campagne qui avait tourné au désastre. Elle avait pourtant fort bien commencé. Le château était somptueux, le parc magnifique, et le bal s'était révélé divertissant. Puis tout avait été de mal en pis. Et pour couronner le tout, il avait dû renoncer à la perspective enthousiasmante d'une nuit entière avec Lavinia, dans un lit confortable.

Pour l'heure, Tobias ne pouvait même pas regagner son propre lit. Il lui restait un dernier détail à régler.

De retour au premier étage, il constata que le couloir, bien qu'encore éclairé, avait retrouvé son calme. Les invités avaient rejoint leurs chambres et le château s'enfonçait à nouveau dans le sommeil.

Tobias se dirigea vers la porte d'Aspasia, hésita une seconde, puis se décida à frapper discrètement.

Elle ouvrit immédiatement, comme si elle attendait sa visite.

— Alors ? souffla-t-elle, visiblement tendue.

Tout en se frottant la nuque d'un air absent, il se fit la réflexion qu'Aspasia était sans doute la plus belle femme qu'il ait jamais rencontrée.

— Ton hypothèse était la bonne, annonça-t-il. Quelqu'un s'est réincarné dans la peau du tueur à la bague. Et ce quelqu'un était ici ce soir.

Aspasia resserra son peignoir autour d'elle, comme si elle avait soudain froid.

— Tu penses que Fullerton a été assassiné ?

— J'ai trouvé une bague sur sa table de nuit.

Elle ferma les yeux brièvement, quand elle les rouvrit la peur lui dilatait les pupilles.

— Il a commis ce crime uniquement pour t'avertir, fit-elle. Il savait que tu serais là ce soir et il voulait t'informer qu'il était de retour.

Tobias secoua la tête avec véhémence.

— Elland est mort, tu le sais aussi bien que moi, répliqua-t-il sèchement. Et on ne revient pas d'entre les morts.

Elle soupira.

— Je sais bien. Mais comprends-moi, je suis à bout de nerfs depuis que ma gouvernante a trouvé cette bague sur mon perron.

Tobias s'en voulut de s'être montré un peu rude avec elle. Aspasia était une femme forte et intelligente, mais il était légitime qu'elle soit ébranlée à l'idée de revivre le cauchemar qui l'avait anéantie trois ans auparavant. Lui aussi, d'ailleurs.

— Quelqu'un a voulu nous avertir que le tueur à la bague reprenait du service, déclara-t-il. Très bien, le message a été reçu. Il ne me reste plus qu'à pister ce nouvel assassin comme j'ai pisté Zachary.

Aspasia esquissa un faible sourire.

— Merci, Tobias. Je savais que je pouvais compter sur toi. Je regrette simplement de ne pas l'avoir compris il y a trois ans. Mais, à l'époque, j'étais aveuglée par les charmes de Zachary.

Tobias ne souhaitait pas en entendre davantage. Il recula d'un pas.

— Repose-toi, Aspasia. Je dois partir demain matin, mais nous nous reverrons à Londres.

Aspasia fronça les sourcils.

— Pourquoi pars-tu déjà ?

Il était inutile d'expliquer que Lavinia avait réussi à les faire jeter dehors. Ce serait très mauvais pour l'image du cabinet Lake & March.

— Je n'ai plus rien à faire ici. Je veux rentrer à Londres sans perdre de temps, pour poursuivre l'enquête.

— Oui, bien sûr, fit Aspasia, qui ne semblait toujours pas décidée à fermer sa porte.

Après un instant d'hésitation, elle risqua :

— Tobias, je parlais franchement, tout à l'heure. J'aurais vraiment aimé t'apprécier à ta juste valeur il y a trois ans. Heureusement, j'ai mûri, depuis. J'ai beaucoup appris au cours de ces trois années. Et je suis persuadée que, toi aussi, tu dois avoir des regrets à propos de ce qui s'est passé à l'époque. Si tu entrais, que nous en parlions ?

L'invitation aurait difficilement pu être plus explicite. Aspasia lui proposait purement et simplement de le rejoindre dans son lit.

— Je ne pense pas que ce soit une bonne idée. Il se fait tard, et je dois partir tôt demain matin. Bonne nuit, Aspasia.

Elle réussit à sourire.

— Oui, je comprends. Et je suis heureuse que tu aies trouvé quelqu'un à qui tu tiens, Tobias.

Tandis qu'il s'éloignait dans le couloir, il entendit la porte se refermer doucement.

Arrivé sur le palier, il s'arrêta. La sagesse lui commandait de regagner sa propre chambre. S'il ne trouvait pas le sommeil, il pourrait toujours faire ses bagages.

Il demeura quelques minutes planté là. Tout était calme et silencieux, comme si le château avait été brusquement plongé dans une profonde léthargie.

Après quelques secondes supplémentaires de réflexion, Tobias changea d'avis. Finalement, il ne trouvait plus aussi sage de regagner sa chambre. Il grimpa les marches puis enfila le couloir jusqu'à la porte de Lavinia. Il décida de frapper très discrètement. Si elle ne répondait pas, il en déduirait qu'elle s'était endormie et il retournerait sagement dans ses appartements.

Il frappa donc du bout des doigts.

La porte s'entrouvrit. Lavinia lui sourit, puis ouvrit grand le battant. Elle avait troqué sa robe pour une chemise de nuit en coton blanc au décolleté orné de dentelle. Le spectacle enflamma les sens de Tobias.

— J'ai pensé, dit-il, tandis qu'il franchissait le seuil, qu'il n'était pas utile de gâcher entièrement cette nuit.

— Sage pensée.

La jeune femme referma la porte. Elle avait dénoué ses cheveux, et une lueur sensuelle éclairait son regard.

Tobias l'attira à lui. Dès que leurs lèvres se rejoignirent, l'étincelle du désir alluma un brasier en eux, comme toujours en pareille circonstance. Cette femme était décidément faite pour moi, songea-t-il.

Il la souleva dans ses bras et la déposa sur le lit avant de se déshabiller en hâte. Dès qu'il eut terminé, Lavinia lui sourit et tendit les bras.

— Lavinia... murmura-t-il.

Porté par un sentiment d'urgence, il se positionna entre ses cuisses et, clouant tendrement ses poignets de chaque côté de sa tête, il captura de nouveau ses lèvres.

— Parfois, souffla-t-il entre deux baisers, je te désire si fort que c'est un miracle que je ne sois pas réduit en cendres.

— Oh, Tobias, quand tu brûles de désir pour moi, je me consume du même désir.

Lâchant l'un de ses poignets, il rabattit sa chemise de nuit pour ouvrir le passage à sa main. Quand il eut atteint son but, il la trouva chaude et moite, prête à l'accueillir, et le parfum de son corps lui monta à la tête.

Il commença à la caresser. Elle tressaillit puis se mit à onduler sous lui en gémissant.

— Tobias... l'implora-t-elle en lui agrippant l'épaule de sa main libre. S'il te plaît...

— Pas encore, chuchota-t-il. Dis-moi comment tu veux que je te caresse.

— Tu sais très bien comment. Continue, je t'en supplie...

— Je suis au service de madame, répliqua-t-il, avant de saisir la pointe de l'un de ses seins entre ses lèvres, tandis que sa main continuait d'explorer son jardin secret.

Lavinia cambra les reins, le souffle court. Elle voulut libérer son poignet toujours emprisonné.

— Pas encore, chérie.

— *Tobias !*

Il poursuivit ses caresses, insinua profondément le doigt en elle, lui arrachant de sourds gémissements. Il persévéra jusqu'à ce qu'elle n'en puisse plus de désir. Alors, seulement, il lui libéra le bras. Aussitôt, la jeune femme se cramponna à lui, noua fiévreusement les jambes autour de ses hanches.

Tobias la pénétra d'une seule poussée. Et ce fut comme si un volcan venait d'entrer en éruption. L'extase les emporta presque aussitôt, si violente qu'ils crurent mourir.

Bien plus tard, Tobias émergea de cette douce léthargie dans laquelle le plongeaient toujours leurs étreintes passionnées. Le lit était, en effet, un peu étroit pour deux, cependant il ne songea pas à s'en plaindre. Lavinia était à demi allongée sur lui, la tête nichée au creux de son épaule, sa chevelure flamboyante répandue sur son torse. Sa chemise de nuit retroussée dévoilait les courbes délicieuses de ses hanches et de ses cuisses.

Tobias laissa sa main courir paresseusement le long du dos de la jeune femme.

— Tu dors ? s'enquit-il doucement.

— Non.

— Je t'aime, Lavinia, murmura-t-il. Quoi qu'il arrive, ne l'oublie jamais.

Elle leva légèrement la tête et déposa un baiser sur ses lèvres.

— Moi aussi, je t'aime, Tobias. Quoi qu'il arrive, ne l'oublie jamais.

Il enfouit les doigts dans ses boucles emmêlées.

— Je ne l'oublierai pas, mon ange.

C'était un peu comme s'ils avaient prononcé des vœux, pensa-t-il, émerveillé.

— Il serait temps que je retourne dans ma chambre, remarqua-t-il sans enthousiasme.

Avec un sourire mutin, Lavinia glissa la main vers son bas-ventre et referma les doigts autour de son sexe.

— Tu es sûr de vouloir passer cette courte fin de nuit à dormir ?

Déjà le sang de Tobias s'était remis à bouillonner dans ses veines.

— Je viens de me souvenir que le voyage de retour serait très long, lui souffla-t-il à l'oreille. Nous aurons largement le temps de faire une sieste réparatrice dans la voiture.

8

Le volcan miniature entra en éruption en laissant échapper un filet de vapeur. Puis il y eut un craquement à l'intérieur de la petite montagne, et des étincelles jaillirent du sommet.

Le public poussa un cri d'admiration. Le conférencier, un petit homme nommé Horace Kirk, s'avança d'un pas sur l'estrade pour saluer, un sourire satisfait aux lèvres.

— Et voici qui conclut ma conférence sur les vapeurs chaudes. La semaine prochaine, je vous exposerai les principes de l'électricité.

Une salve d'applaudissements crépita dans la salle.

Assise au second rang, entre Anthony et Priscilla, Emeline battait elle aussi des mains.

Priscilla, pour sa part, contenait difficilement son enthousiasme. Elle regardait Horace Kirk, qui n'avait pourtant rien d'un séducteur, comme s'il s'était agi de l'un de ces fascinants poètes romantiques.

— Avais-tu déjà assisté à quelque chose d'aussi étonnant ? chuchota-t-elle à Emeline. Je dois avouer que les conférences de M. Kirk m'ouvrent des horizons insoupçonnés.

— C'était très intéressant, en effet, concéda Emeline.

En vérité, elle était beaucoup plus passionnée par tout ce qui touchait à l'Antiquité grecque et romaine, que par les merveilles de la chimie ou de la physique. Mais elle devait reconnaître que la conférence d'aujourd'hui n'avait pas manqué de sel.

— J'avoue, reprit-elle, que lorsque tu m'as suggéré d'assister aux conférences de M. Kirk, j'ai redouté que ce ne soit fort ennuyeux. Ce n'est pas du tout le cas. N'est-ce pas, Anthony?

— Tout à fait d'accord, approuva ce dernier, également impressionné par ce qu'il venait de voir. Vous avez eu une excellente idée, Priscilla.

Désignant le carnet que la jeune fille tenait sur ses genoux, il ajouta:

— Je vois que vous avez pris beaucoup de notes.

Priscilla referma son carnet sans quitter Horace Kirk des yeux.

— J'apprends tant de choses à ces conférences! Si je pouvais convaincre maman de m'autoriser à acheter quelques instruments. Je serais prête à tout pour monter mon propre laboratoire. Mais elle refuse catégoriquement d'en entendre parler.

Emeline n'en fut pas étonnée. Elle imaginait sans peine la réaction horrifiée de lady Wortham à l'idée que sa fille chérie installe des éprouvettes remplies de produits dangereux dans leur maison.

Lady Wortham prenait ses responsabilités de mère très au sérieux. Son ambition première était de voir sa fille épouser un jeune homme respectable, susceptible, en outre, d'hériter d'une jolie fortune. Et elle avait fort à faire, car Priscilla était sans conteste une jeune fille fort séduisante.

Ses cheveux d'un blond très pâle et ses yeux pervenche lui valaient d'être entourée d'une cour de soupirants assidus à chaque bal ou soirée à laquelle elle assistait. Visiblement, ces messieurs se moquaient que la blondeur n'ait pas les faveurs de ceux qui lançaient les modes. D'autant que Priscilla possédait entre autres atouts un visage aux traits parfaits et des manières pleines de grâce qui achevaient de la rendre irrésistible.

Si seulement sa mère n'avait pas insisté pour qu'elle ne s'habille qu'en rose. Cette couleur, hélas, n'était pas celle qui lui seyait le mieux.

Ce qui n'avait, en réalité, pas grande importance quand on avait comme Priscilla de l'intelligence, de l'humour et du bon sens à revendre. C'étaient d'ailleurs ces qualités qui avaient séduit Emeline. Entre les deux jeunes filles, une belle amitié sincère et solide s'était peu à peu tissée. Elles auraient pu être rivales, pourtant. D'ailleurs, en encourageant les deux jeunes filles à se fréquenter, Lady Wortham avait obéi à des motifs qui n'avaient rien d'altruiste : elle pensait que, comparée à Emeline, sa chère fille paraîtrait encore plus pure et virginale aux yeux de ses futurs soupirants.

Emeline était consciente de n'avoir pour véritable atout que sa longue chevelure noire. Pour le reste, elle était trop grande et trop svelte selon les canons de la mode actuelle, et se montrait souvent trop directe. Un trait de caractère qu'elle avait délibérément emprunté à sa tante, Lavinia, qui n'hésitait jamais à donner son opinion.

— Après toutes ces démonstrations sur la vapeur, j'ai une furieuse envie de crème glacée, annonça Anthony en se levant. Pas vous, mesdemoiselles ?

— Volontiers, répondit Emeline. Il fait une chaleur, dans cette salle !

— D'accord pour une glace, renchérit Priscilla. C'est vrai qu'il fait chaud. Je ne m'en étais pas aperçue.

Emeline éclata de rire.

— Tu étais trop fascinée par les explications du Pr Kirk.

Tous trois se dirigèrent vers le chemin de la sortie, se frayant un passage à travers la foule qui encombrait les travées. Quand le chemin se dégagea enfin, Emeline aperçut une silhouette familière nonchalamment adossée au mur. Elle éprouva un vague malaise. Ce n'était pas la première fois que Dominic Hood se matérialisait comme par enchantement, alors qu'elle se trouvait avec ses amis.

— Bon sang, marmonna Anthony dans son dos. Hood est ici.

Priscilla fut bien la seule à se réjouir de le voir.

— J'ignorais que M. Hood s'intéressait à la science, dit-elle.

— C'est en effet très surprenant, grommela Anthony.

— Calme-toi, lui chuchota Emeline. J'ignore pourquoi M. Hood et toi vous détestez autant, mais je ne veux pas de scène aujourd'hui. C'est compris ?

— Je ne suis pas responsable de ce qui s'est passé hier au musée, se défendit Anthony.

— M. Hood a peut-être fait un commentaire maladroit sur cette statue d'Hercule combattant l'Hydre, mais tu n'aurais pas dû lui rétorquer qu'il ne connaissait rien à l'art.

— Je n'ai fait que dire la vérité, s'entêta Anthony. Hood est incapable de juger une antiquité.

— Admettons. Ce n'était pas une raison pour le lui jeter à la figure.

— Il n'avait qu'à garder sa remarque stupide pour lui. Je serais curieux de voir s'il est aussi ignorant en sciences qu'en art.

— Je t'ai dit que je ne voulais pas de scène, Anthony. Je parlais sérieusement.

Anthony esquissa un froid sourire qui rappela Tobias March à Emeline.

— Je te promets de ne pas déclencher de querelle en public.

Il était trop tard pour obtenir des précisions sur cette promesse un peu vague, car ils approchaient de la porte. Tout en nouant le ruban de son chapeau, Emeline en profita pour glisser un coup d'œil oblique à Dominic Hood. Et pour la énième fois, elle se demanda ce qui avait bien pu provoquer une telle hostilité entre Anthony et lui.

Ils auraient dû, au contraire, être amis, car ils avaient beaucoup de points communs. Ils avaient le même âge – vingt-deux ans –, un physique athlétique, et possédaient un sens inné du style. Ainsi, le manteau que portait Dominic ce jour-là ressemblait à s'y méprendre à celui d'Anthony. Leurs cravates aussi étaient presque identiques. Enfin, il émanait de l'un comme de l'autre une force intérieure que même des haillons n'auraient pu dissimuler.

Alors que le petit groupe parvenait à la porte, Dominic s'écarta du mur pour saluer Priscilla et Emeline.

— Mesdemoiselles, fit-il en hochant la tête, quel plaisir de vous rencontrer. Vous êtes absolument ravissantes.

Priscilla s'empourpra.

— Monsieur Hood, vous ne nous aviez pas fait part, hier, de votre intention d'assister à la conférence du Pr Kirk.

— La science est l'un de mes hobbys préférés, assura Dominic d'un ton laconique.

Puis, se tournant vers Anthony, il ajouta d'un ton de défi :

— Vous prétendez-vous aussi savant en matière de chimie qu'en matière d'antiquités, Sinclair ?

— Non, répliqua Anthony. Je n'ai pas étudié les sciences.

— C'est sans doute préférable, ironisa Dominic. Comprendre les principes de l'électricité ou de la chimie requiert un esprit logique. La science n'a rien à voir avec l'art, ni avec les émotions esthétiques. Elle obéit aux lois de la nature.

Emeline sentit Anthony se raidir de colère. Elle s'empressa d'intervenir.

— J'ai trouvé la conférence d'aujourd'hui passionnante. En particulier, la démonstration pour illustrer une éruption volcanique.

— Oui, c'était enthousiasmant, renchérit Priscilla.

Dominic eut un sourire condescendant.

— Du bon spectacle, je vous l'accorde. Mais je crains que le Pr Kirk ne soit davantage un homme de théâtre qu'un grand chimiste.

Priscilla fronça les sourcils.

— Qu'entendez-vous par là, monsieur Hood ?

Dominic reporta son attention sur elle.

— Je travaille en ce moment à une nouvelle formule d'explosifs qui produira des effets autrement plus spectaculaires que le petit volcan de M. Kirk.

Priscilla écarquilla les yeux.

— Vous possédez votre propre laboratoire ?

— Oui.

— Mais c'est merveilleux ! s'exclama-t-elle, transportée. Quels instruments utilisez-vous ?

Dominic hésitait visiblement à répondre. Emeline eut soudain l'intuition qu'il ne les avait pas abordés pour parler chimie, mais elle décida de l'encourager, au contraire, à poursuivre sur ce sujet.

— Je vous en prie, monsieur Hood. Décrivez-nous votre équipement. Cela m'intrigue beaucoup.

— Eh bien, je possède les instruments de base. Un microscope, une pile à électricité, un télescope et quelques éléments chimiques.

— Vous produisez de l'électricité ! s'émerveilla Priscilla. Quelle chance vous avez ! Je donnerais tout ce que j'ai pour posséder un laboratoire.

Poussée par la curiosité, Emeline demanda :

— Êtes-vous capable de créer des petites boules de feu comme celles que le professeur Kirk nous a montrées ?

— Bien sûr, répliqua Dominic. Les expériences de Kirk sont à la portée du premier venu. Si vous le souhaitez, fit-il avec un sourire appuyé, je peux vous organiser une petite démonstration de mon cru.

— J'adorerais voir cela, s'empressa de faire savoir Priscilla.

— Pourquoi pas, fit Emeline. Jusqu'ici la science ne m'intéressait pas particulièrement, mais je dois avouer que la conférence du Pr Kirk a aiguisé ma curiosité.

Anthony serrait les poings.

— C'est hors de question, lâcha-t-il. Vous ne pouvez vous rendre chez Hood sans être accompagnées, mesdemoiselles. Vous le savez très bien.

Priscilla affichait une expression désolée.

— J'arriverais peut-être à convaincre maman de venir avec nous, dit-elle sans y croire.

— Je doute fort que lady Wortham accepte de perdre un après-midi pour assister à des démonstrations scientifiques, fit remarquer Anthony.

— Vous avez probablement raison, concéda Priscilla, résignée. Maman ne s'intéresse qu'à la mode.

Ce fut au tour de Dominic de serrer les poings, mais il s'abstint de tout commentaire.

— Bien, reprit Anthony, qui avait sorti sa montre, il se fait tard, mesdemoiselles. Nous ferions mieux d'y aller si nous voulons manger une glace avant de rentrer.

Priscilla semblait si déçue qu'Emeline voulut la consoler.

— Je suis certaine que je n'aurai aucun mal à persuader tante Lavinia de nous accompagner dans le laboratoire de M. Hood, déclara-t-elle.

Une lueur de gratitude s'alluma dans les yeux de Priscilla.

— Tu le crois vraiment ?

— Bien sûr. Je le lui demanderai dès qu'elle sera rentrée de la campagne.

— Oh, merci ! fit Priscilla, de nouveau radieuse. C'est trop gentil à toi, Emeline.

Dominic gratifia Anthony d'un sourire triomphant, avant de saluer les deux jeunes filles.

— Je vous recevrai avec grand plaisir, et quand vous le souhaiterez, dans ma maison de Stelling Street.

Sur ce, il tourna les talons et s'éloigna sans un regard en arrière.

Anthony resta muet, mais Emeline le sentait bouillir intérieurement. Et pour la première fois depuis qu'elle le connaissait, cela l'inquiéta.

Après avoir raccompagné Priscilla chez elle, Anthony et Emeline reprirent le chemin du 7, Claremont Lane.

C'était l'un de ces exquis après-midi d'été qui rendaient les promenades dans Londres si agréables. Un suave parfum de fleurs flottait dans l'air. Tout le monde semblait heureux et insouciant.

Mais peut-être n'était-ce qu'une impression qu'Emeline éprouvait parce qu'elle marchait aux côtés de l'homme qu'elle aimait. Quel dommage qu'Anthony soit de si sombre humeur ! songea-t-elle.

— Sais-tu que j'ignorais totalement que Priscilla se passionnait pour la science ? commença-t-elle. Elle m'a confié que sa mère lui avait interdit d'aborder ce genre de sujets en public, pour ne pas risquer d'ennuyer ses interlocuteurs.

— S'il y a quelqu'un d'ennuyeux dans cette famille, c'est pourtant bien lady Wortham, rétorqua Anthony.

— Disons que c'est simplement une mère dévouée qui fait de son mieux pour trouver un bon parti à sa fille.

— Hum, fit Anthony d'une voix morne.

Parfois, Anthony ressemblait vraiment à son beau-frère. Emeline commençait à comprendre pourquoi il arrivait à Lavinia de perdre patience avec Tobias.

— Finissons-en, lâcha-t-elle, alors qu'ils étaient arrivés devant le numéro 7. Tu m'en veux d'avoir suggéré que tante Lavinia nous accompagne, Priscilla et moi, au laboratoire de Dominic.

— J'aimerais autant que nous parlions d'autre chose.

— Non. Tu préfères ruminer en silence. Mais permets-moi de te dire que ce genre d'humeur est supportable pendant dix minutes, et ennuyeuse au-delà.

Là-dessus, elle ouvrit son réticule, en sortit sa clé et ouvrit la porte. À l'autre bout du hall, la porte donnant sur le jardin était également ouverte. On apercevait Mme Chilton qui ramassait des laitues.

— Pourquoi ne pas m'expliquer pourquoi tu détestes M. Hood à ce point ? suggéra Emeline tout en ôtant son chapeau et ses gants.

Anthony claqua la porte derrière eux.

— Je le déteste parce que j'ai vu clair dans son jeu.

— Vraiment ? Et, selon toi, quel jeu joue-t-il ?

— S'il s'ingénie à apparaître partout où nous nous rendons, c'est qu'il veut te détourner de moi.

Emeline resta un instant interdite, son chapeau à la main.

— Tu plaisantes ! Ça ne tient pas debout.

— Je ne plaisante pas, et c'est la stricte vérité.

— Enfin, Tony, ce n'est pas sérieux...

— C'est *très* sérieux, au contraire.

— Tu es jaloux ! s'exclama la jeune fille, stupéfaite.

— Tu me le reproches ?

— Oui. Parce que tu n'as pas lieu de t'inquiéter au sujet de ma relation avec M. Hood. J'ai de la compassion pour lui parce qu'il est seul. Il est arrivé récemment à Londres et n'a pas encore d'amis.

Anthony posa son chapeau sur un guéridon.

— Rien d'étonnant à cela. Hood n'a pas une personnalité qui attire la sympathie.

— Il est peut-être un peu distant, admit-elle. Mais je pense surtout que c'est parce qu'il n'est pas à l'aise en société. À mon avis, il a dû avoir une jeunesse solitaire.

— J'ignore quelle fut sa jeunesse, mais il n'est pas sans relations. Il est membre de mon club.

— C'est là que vous vous êtes connus ?

— Hélas, oui, marmonna Anthony. Et, à présent, il me suit comme mon ombre dans le seul but de nous séparer, toi et moi.

— Anthony, tu deviens ridicule. Je t'assure qu'il n'y a aucune raison de...

Emeline n'eut pas le temps de terminer sa phrase. Sans prévenir, il l'avait attirée brutalement à lui.

— Il n'a rien de commun avec les autres jeunes gens qui flirtent avec toi, articula-t-il. Ceux-là sont fâcheux, mais inoffensifs. Hood, lui, est dangereux.

La patience d'Emeline avait des limites. Son agacement se mua en colère.

— Tu n'imagines quand même pas que je suis attirée par lui ? Je ne peux pas croire que tu oses seulement insinuer une chose pareille. Me crois-tu donc si volage ?

— Bien sûr que non. J'ai une totale confiance en toi, Emeline. Mais comprends-moi : c'est la détermination de Hood à détruire ce qui nous unit qui m'inquiète.

Emeline se détendit un peu.

— J'ai toujours du mal à croire qu'il nourrisse pareil dessein, mais à supposer que ce soit le cas, je peux te jurer qu'il n'arrivera pas à me détourner de toi.

Anthony secoua la tête, comme s'il trouvait Emeline décidément trop naïve.

— Tu ne comprends visiblement pas mes craintes. Je redoute qu'il ne cherche à te nuire.

— Anthony, tu déraisonnes !

— Pas le moins du monde. Je ne serais pas étonné qu'il essaie de te compromettre. Ou pire.

Emeline comprit, à son regard, qu'Anthony était sincèrement convaincu d'être dans le vrai.

— Tu penses qu'il pourrait... pourrait me... bredouilla-t-elle, incapable de prononcer le mot *violer*. Mais ça n'a pas de sens ! Pourquoi ferait-il une chose pareille ?

— Cela, malheureusement, je n'en sais rien.

— Il ne peut pas me détester. Nous nous connaissons à peine.

Anthony lui caressa la joue.

— Tu fais fausse route, Emeline. Je ne pense pas du tout qu'il te déteste.

— Alors pourquoi vouloir me nuire ?

— À travers toi, c'est moi qu'il veut atteindre. C'est moi qu'il hait. Et il a deviné que rien au monde ne pourrait me causer plus de chagrin que de te voir souffrir.

Emeline était profondément troublée par les paroles d'Anthony.

— Mais vous vous connaissez à peine. Tu viens juste de le rencontrer. Qu'est-ce qui pourrait susciter une telle haine ?

— Pour l'instant, je l'ignore. Mais je compte bien le découvrir. En attendant, je veux que tu gardes tes distances.

— Cela ne l'empêchera pas de m'approcher. À moins que tu ne décides de m'enfermer dans cette maison, ce que je ne te permettrai jamais.

— Bon sang, Emeline...

La jeune fille posa l'index sur ses lèvres, pour le réduire au silence.

— Écoute-nous. On dirait tante Lavinia et M. March, quand ils se chamaillent. Je te rappelle que nous nous étions promis de nous montrer plus sereins.

Anthony plissa les yeux.

— En l'occurrence, il ne s'agit pas d'une question ayant trait à notre relation.

— Bien sûr que si. Tout ce qui touche l'un de nous deux a forcément des répercussions sur notre relation. Mais nous avions décidé de ne pas nous quereller inutilement à tout propos, comme Tobias et Lavinia ont un peu trop tendance à le faire, et de ne pas camper systématiquement sur nos positions.

Pour la première fois depuis le début de leur discussion, Anthony esquissa un sourire.

— Je commence à penser que nous sommes largement aussi têtus que Tobias et ta tante. Et j'ai le regret de t'annoncer, Emeline, que nous risquons fort d'emprunter la même voie.

— Ne pars pas vaincu. Il n'y a pas de fatalité. Il suffit de faire des efforts.

— La preuve que j'ai raison : nous en arrivons même à nous chamailler pour savoir si, oui ou non, nous serions capables de discuter sans nous accrocher.

— Pour l'instant, nous ne nous chamaillons pas, rectifia Emeline, jouant sur les mots. Nous défendons nos points de vue. C'est différent.

— Appelle cela comme tu veux, répliqua Anthony, qui contemplait les lèvres de la jeune fille comme s'il s'agissait d'un fruit délicieux qu'il envisageait de dévorer. Après tout, je m'en moque. Puisque nous n'arriverons pas à nous entendre sur ce point, autant passer à autre chose de beaucoup plus satisfaisant.

— Anthony, tu essaies de changer de sujet !

— Comment as-tu deviné ?

Pour couper court à toute nouvelle protestation, il s'empara de ses lèvres. Songeant qu'après tout, ils pourraient terminer cette conversation plus tard, Emeline s'abandonna à son étreinte. De toute façon, elle avait un mal fou à réfléchir quand Anthony la tenait dans ses bras.

Il ne lui avait d'ailleurs pas échappé que, ces derniers temps, il trouvait de multiples occasions de l'embrasser. Chaque baiser était en outre plus hardi et plus fiévreux que le précédent. Jamais Emeline n'avait encore laissé aucun homme prendre de telles libertés avec elle. Mais jamais, non plus, elle n'avait aimé…

La société avait, sur ce sujet, édicté des règles strictes. Une veuve, telle que Lavinia, pouvait se permettre d'avoir une liaison – à condition de rester discrète. Mais une jeune fille célibataire se devait d'éviter tout acte risquant de ternir sa réputation. Seules comptaient les apparences dans la bonne société.

Emeline avait conscience d'enfreindre ces règles avec une belle constance. Sauf que c'était pour la bonne cause : elle aimait Anthony et ne voulait plus s'embarrasser de précautions à son endroit.

— Emeline, murmura-t-il contre ses lèvres, qu'allons-nous devenir ? Je t'aime. Même quand nous nous disputons, j'ai envie de toi.

— Moi aussi, je t'aime, Anthony, fit-elle en se serrant contre lui. Je t'aime tant.

Il s'écarta légèrement pour plonger son regard dans le sien.

— Je ne suis malheureusement pas encore en position de te demander de m'épouser. Tu le sais. Je n'aurais pas de quoi subvenir décemment à tes besoins.

— Combien de fois devrais-je te répéter que je me moque éperdument de l'état de tes finances ?

— Moi, je m'en soucie. Je ne t'épouserai pas tant que je n'aurai pas les moyens de nous faire vivre.

— Tu es trop fier.

— Peut-être, mais c'est ainsi. Rien ne me fera changer d'avis sur ce sujet. Ce qui ne m'empêche pas de redouter que tu ne finisses par te lasser d'attendre. Un autre pourrait passer par-là et t'offrir tout ce que je ne suis pas en mesure de te donner pour le moment.

— Jamais, jura-t-elle. Je t'attendrai toute ma vie s'il le faut. Mais je refuse de croire que deux personnes aussi intelligentes que toi et moi ne puissent trouver un moyen de s'en sortir.

Il sourit.

— J'espère que tu as raison.

Il hésita, puis continua :

— Mon cœur, il y a quelque chose que j'aimerais que tu saches. Je ne devrais peut-être pas t'en parler parce que je ne suis pas sûr que cela réussisse, mais il se trouve que, avec l'argent que j'ai gagné en aidant Tobias dans sa dernière enquête, j'ai acheté des parts dans l'une des compagnies de transport maritime de lord Crackenburne. Mais il faudra attendre plusieurs mois avant de savoir si j'en retirerai un bénéfice substantiel. Ce genre d'aventure comporte toujours des risques.

Emeline sourit.

— Moi aussi, j'ai une confession à te faire. Joan Dove nous a proposé, à Lavinia et à moi, de placer un peu d'argent dans l'un de ses projets immobiliers. Les maisons seront terminées dans six mois et aussitôt proposées à la vente ou à la location. Si tout marche bien, je devrais avoir un petit pécule avant la fin de l'année. À nous deux, je suis persuadée que nous aurons de quoi nous marier.

— En parlant d'immobilier, voilà encore un problème. Si nous nous marions, il nous faudra trouver un logement convenable.

— Nous pourrions habiter chez toi.

— Pas question. Mon appartement de Jasper Street est parfait pour un célibataire, mais j'aurais honte de t'y installer.

— Honnêtement, ça ne me gênerait pas, rétorqua Emeline.

— Moi, si. Il n'y aurait même pas la place de loger une gouvernante – à supposer que nous ayons les moyens de nous en offrir une. Non, je ne vois d'autre solution que d'attendre encore quelques mois avant d'annoncer nos fiançailles.

À peine eut-il prononcé ces mots qu'Anthony relâcha brusquement la jeune femme, comme s'il venait d'avoir une inspiration soudaine.

— À moins que…

Emeline leva les yeux vers lui.

— Tu as un autre plan ? Dis-moi vite lequel.

— C'est encore un peu vague, fit-il prudemment, pour ne pas susciter d'espoirs inutiles chez la jeune fille. J'entrevois en effet un moyen de faire avancer les choses, mais la stratégie à mettre en œuvre sera délicate.

Emeline était partagée entre l'excitation et la frustration.

— Dis-moi quelle est ton idée, s'il te plaît !

— Non. Pas tant que je n'aurai pas de solides espoirs sur ses chances de réussite.

Elle agrippa les revers de son manteau.

— Anthony ! N'abuse pas de ma patience.

Il referma les mains sur les siennes.

— Crois bien que tu n'es pas la seule à être impatiente, mon ange. Certaines nuits, j'ai l'impression que je vais devenir fou à force d'attendre.

Emeline hocha la tête.

— Je te comprends. C'est curieux, non ? On pourrait croire que nos baisers aident à soulager notre frustration. Pourtant, plus nous nous embrassons, et plus j'en ai envie.

Anthony lui décocha un sourire coquin.

— Figure-toi que j'ai constaté la même réaction chez moi.

Emeline soupira.

— Nous devrions peut-être nous abstenir…

Il haussa les sourcils.

— Plus de baisers ? Non merci, plutôt mourir.

Elle voulut rire, mais il captura ses lèvres, et son rire se mua en un doux gémissement. Anthony avait raison. Plutôt mourir que de se priver de ses baisers.

Cependant qu'il l'embrassait, le jeune homme l'avait plaquée contre lui. Emeline sentait contre son ventre la preuve tangible de son désir. Elle en frissonna de plaisir.

Un bruit de clé qui tournait dans la serrure les fit sursauter violemment. Anthony se raidit, tenta de reculer, mais le battant s'ouvrit avant que les deux jeunes gens aient eu le temps de s'écarter l'un de l'autre.

Le cœur battant la chamade, Emeline vit entrer sa tante Lavinia, suivie par Tobias qui précédait lui-même un cocher portant une valise.

— Enfin chez soi ! s'exclama Lavinia en jetant son chapeau sur le guéridon. Ceux qui prétendent que les séjours à la campagne sont excellents pour les nerfs ne savent pas de quoi ils parlent.

9

Son panier à la main, Mme Chilton rentra du jardin à l'instant où Tobias renvoyait le cocher. Elle fixa d'un air surpris le petit groupe assemblé dans le hall.

— Il s'est passé quelque chose, madame ? demanda-t-elle à Lavinia. Vous ne deviez revenir que demain soir…

— Nous avons changé nos plans, madame Chilton, expliqua Lavinia. C'est un peu long à raconter, d'autant que M. March et moi-même sommes affamés. L'auberge dans laquelle nous nous sommes arrêtés pour déjeuner servait une nourriture si infâme que nous n'avons pratiquement rien mangé.

— Je vous prépare une collation, fit Mme Chilton. J'ai justement de la viande froide.

— Vous êtes parfaite, comme d'habitude, madame Chilton, la flatta Tobias.

La gouvernante secoua la tête, pas dupe.

— Je vous sers dans votre bureau, décréta-t-elle avant de gagner la cuisine.

Lavinia entraîna les autres dans son bureau. Elle se dirigea droit vers le cabinet à liqueurs.

— Nous allons vous expliquer les raisons de notre retour prématuré, promit-elle à Anthony et Emeline. Mais d'abord, Tobias et moi avons besoin d'un petit remontant. Le voyage a été épuisant.

Tobias se laissa choir dans l'un des fauteuils de cuir comme s'il était chez lui.

— Un verre de sherry sera le bienvenu, en effet, dit-il, les jambes nonchalamment croisées.

Lavinia n'en revenait toujours pas de constater avec quelle aisance Tobias avait fini par se glisser dans son quotidien. Cela s'était fait progressivement, au cours des derniers mois. Il possédait pourtant une charmante maison, pas très loin d'ici, sur Slate Street. Mais il y passait de moins en moins de temps, et débarquait de plus en plus souvent à l'improviste chez elle.

Enfin, pas tout à fait à l'improviste. Il s'était fait une spécialité, par exemple, d'apparaître à l'heure du petit déjeuner, alors que Mme Chilton sortait justement des muffins du four. Tobias n'avait alors aucun scrupule à s'inviter. Il était également doué pour sonner à la porte quand elle se trouvait seule chez elle. Ces heureuses coïncidences ne manquaient pas d'étonner Lavinia, qui commençait à nourrir quelques soupçons. On aurait juré que Tobias était averti des allées et venues d'Emeline et de Mme Chilton. En général, il profitait de leur absence pour lui faire l'amour – parfois, hélas, en coup de vent.

Lavinia avait beau déclarer haut et fort devant sa nièce et sa gouvernante que ces visites à répétition l'exaspéraient, elle devait admettre qu'elle s'était tranquillement habituée à sa présence.

Dix ans plus tôt, avec John, son défunt mari, les choses s'étaient passées différemment. Lavinia était très vite tombée amoureuse de ce poète un peu distrait et le mariage lui avait semblé l'aboutissement logique de cet attachement romantique. Mais leur union s'était terminée tragiquement, au bout de dix-huit mois seulement, lorsque John avait succombé à une épidémie de fièvre maligne. Pendant quatre ans, Lavinia avait dû se débrouiller seule. Puis Emeline était venue habiter chez elle. Le fait d'avoir sa nièce sous sa responsabilité l'avait obligée à redoubler d'énergie. Et l'avait profondément transformée.

Elle n'avait pas seulement vieilli, elle avait surtout appris à aimer la liberté et l'indépendance que lui conférait son statut de veuve. En résumé, Lavinia pouvait se targuer d'avoir une existence plutôt agréable : elle profitait des bons côtés de la solitude, sans avoir à en subir les mauvais côtés, comme l'absence d'affection. C'était d'ailleurs cette constatation qui l'avait amenée à croire qu'elle ne se remarierait jamais.

Du moins, c'était ce qu'elle pensait encore quelques mois plus tôt. Mais, à présent, les choses ne lui paraissaient plus tout à fait aussi claires. En vérité, elle aurait été bien incapable de dire de quoi son avenir serait fait.

C'est qu'elle n'avait pas prévu de tomber amoureuse de Tobias. D'ailleurs, il lui avait fallu du temps avant de comprendre que les sentiments qu'elle éprouvait pour lui étaient bien de l'amour. Car sa liaison, souvent explosive, avec Tobias n'avait aucun rapport avec les effusions tendres et innocentes qui avaient ponctué sa relation avec John.

Jamais, durant les quelques mois qu'avait duré leur mariage, ils ne s'étaient querellés. Alors qu'avec Tobias, les accrochages étaient quasi quotidiens. Mais il est vrai, aussi, qu'elle n'avait pas eu de motifs de dispute avec John ; il était bien trop heureux de s'en remettre à elle chaque fois qu'il s'agissait de prendre une décision.

John avait voué son existence à la poésie. Il ne demandait rien d'autre que d'être libéré des contingences du quotidien, y compris de la nécessité de gagner sa vie. Lavinia avait donc pris en main les rênes du foyer. John n'étant pas encore reconnu en tant que poète, il ne tirait aucun revenu de ses écrits, Lavinia avait assuré leur subsistance en proposant des séances d'hypnose.

Elle n'avait rien trouvé à redire à cet arrangement, si bien qu'aucune ombre n'était jamais venue obscurcir les quelques mois qu'ils avaient vécus ensemble. Lavinia savait que John l'aimait sincèrement. Mais elle avait aujourd'hui la conviction que sa seule grande passion avait été l'écriture. Et c'était sans doute la vraie raison pour laquelle ils ne s'étaient jamais querellés, Lavinia n'ayant jamais cherché à empiéter sur l'unique domaine qui lui tenait réellement à cœur.

Avec Tobias, c'était l'inverse. Tous deux s'emportaient facilement. Par chance, leurs discussions âpres et animées se terminaient souvent par des étreintes non moins volcaniques. Pour tout dire, ils avaient beau se connaître depuis un certain temps, Lavinia ne savait toujours pas comment s'y prendre avec Tobias, alors qu'elle avait eu l'impression de faire ce qu'elle voulait de John. Tobias avait une façon de lui résister qui la déroutait.

Et la nuit, lorsqu'elle ne trouvait pas le sommeil, elle tentait de se convaincre qu'une liaison telle qu'ils la vivaient était la meilleure des solutions.

Chassant ces pensées dérangeantes, Lavinia remplit deux verres de sherry, puis en tendit un à Tobias avant de se laisser tomber dans un fauteuil.

— Ah, quel bonheur de se retrouver chez soi ! s'exclama-t-elle.

Emeline prit une chaise. Son charmant minois trahissait des signes d'inquiétude.

— Que s'est-il passé au château des Beaumont ? voulut-elle savoir.

— Notre week-end à la campagne a été un complet désastre, résuma Lavinia.

Tobias but une gorgée de sherry, avant de rectifier :

— Je ne dirais pas ça. Nous avons tout de même passé quelques bons moments.

Lavinia comprit, à l'étincelle qui brillait dans ses yeux, qu'il faisait allusion au délicieux interlude qu'ils s'étaient offert dans sa chambre. Elle lui lança un regard d'avertissement, mais il ne parut pas le remarquer.

Anthony se percha sur le bureau et croisa les bras.

— Venez-en aux faits. Vous savez bien qu'Emeline et moi détestons le suspens. Pourquoi êtes-vous rentrés si vite à Londres ?

Tobias tournait son verre déjà à moitié vide entre ses mains.

— Par où commencer ? On peut légitimement dire que le meurtre de lord Fullerton a marqué un tournant dans la soirée.

— *Un meurtre !* répéta Emeline, médusée. Voilà en effet qui peut expliquer beaucoup de choses, ajouta-t-elle, tandis qu'une lueur d'intérêt s'allumait dans son regard.

— Dois-je en conclure que nous avons hérité d'une nouvelle enquête ? demanda Anthony, sans cacher son enthousiasme.

— Vous pouvez, confirma Lavinia, qui se tourna vers Tobias : Quoique, si mes souvenirs sont bons, nous n'avons pas encore discuté tarifs avec notre nouvelle cliente ?

Tobias vida son verre et le reposa.

— Mme Gray a de gros moyens.

— Si vous nous racontiez tout depuis le début ? suggéra Emeline.

D'un geste de la main, Lavinia invita Tobias à s'exécuter.

— À toi l'honneur. Pour ma part, je crois que je vais reprendre un peu de sherry.

Tobias tendit son verre, pour qu'elle le resserve. Puis il se lança dans un résumé des événements survenus à Beaumont Castle.

Au grand soulagement de Lavinia, il n'entra pas dans les détails. C'est ainsi qu'il n'expliqua pas pourquoi elle errait dans les couloirs du château au beau milieu de la nuit.

Quand il eut terminé, Anthony et Emeline bouillonnaient littéralement.

— Le temps presse, commenta Anthony. Vous aurez besoin de notre aide sur cette affaire.

— En effet, confirma Tobias, la main crispée autour de son verre. Le temps presse. Et votre aide ne sera pas de trop.

— Nous avons déjà établi quelques pistes à explorer, intervint Lavinia.

Elle se releva pour aller chercher dans son réticule le petit carnet où elle avait noté tout ce qui avait trait à l'enquête. Puis elle revint à son fauteuil.

— Première chose, reprit-elle, la bague trouvée sur la table de nuit de Fullerton est ancienne. Il y a donc de grandes chances pour que l'assassin l'ait achetée ou volée chez un antiquaire.

— Elle pourrait aussi provenir de chez un joaillier, remarqua Emeline.

Tobias hocha la tête.

— Exact. Mais, a priori, ce n'est pas le genre de bague qu'un joaillier aimerait vendre. Cela dit, on ne peut pas non plus complètement écarter cette hypothèse.

Anthony prit la parole :

— Je suppose que notre mission, à Emeline et à moi, sera d'interroger les antiquaires et les joailliers, pour tenter d'apprendre quelque chose sur la bague ?

— Tu supposes bien, confirma Tobias. Autre indice intéressant : la perruque.

— Une perruque blonde, se rappela Emeline. Cela ne doit pas être très courant.

— Nous pensons que c'est précisément la raison pour laquelle l'assassin l'a choisie, expliqua Lavinia. Il voulait s'assurer que d'éventuels témoins se souviendraient d'une femme blonde. Tobias pense que nous avons affaire à un homme. Pour ma part, je n'en suis pas encore totalement convaincue.

Anthony et Emeline regardèrent Tobias d'un air interrogateur.

— J'ai, en effet, l'intuition que le meurtrier est un homme, confirma ce dernier. Mais Lavinia a raison : au point où nous en sommes de notre enquête, nous ne pouvons pas exclure que ce soit bien une femme.

— Bien, fit Anthony en quittant son perchoir. Emeline et moi allons commencer nos recherches sur-le-champ.

— Première étape : établir la liste de tous les perruquiers de la capitale et des antiquaires spécialisés dans les bagues anciennes, déclara la jeune fille.

— Soyez prudents en posant vos questions, leur conseilla Tobias. Nous avons affaire à un individu qui cherche ouvertement à me défier. Autant que son attention reste focalisée sur moi. Je ne veux pas qu'il vous soupçonne de vous intéresser à l'affaire, c'est compris ?

— Ne vous inquiétez pas, monsieur March, le rassura Emeline, Anthony et moi serons extrêmement discrets. D'ailleurs, n'est-ce pas la devise de notre petite agence ? *Discrétion assurée.*

— Pendant que nous enquêterons de notre côté, que ferez-vous, Mme Lake et vous ? voulut savoir Anthony.

Tobias échangea un regard avec Lavinia.

— Nous allons essayer de savoir qui hérite de Fullerton, répondit-il.

Emeline hocha la tête.

— Logique. Il faut toujours savoir à qui profite le crime.

Lavinia referma son carnet.

— Notre deuxième objectif sera plus compliqué, dit-elle. Nous espérons découvrir si d'autres morts analogues à celle de Fullerton sont survenues au cours des derniers mois. Et, si c'est le cas, à qui elles ont profité.

Tobias se carra dans son fauteuil.

— Zachary Elland ne tuait jamais au hasard, rappela-t-il. Il se targuait d'être un véritable professionnel, et chaque meurtre était assorti d'une commission substantielle.

10

Tobias et Anthony quittèrent le 7, Claremont Lane, une heure plus tard, après avoir dévoré une tourte à la viande, du saumon fumé, des toasts, du fromage et plusieurs tartelettes aux fruits.

— M. March et M. Sinclair sont dotés d'un bien bel appétit, commenta Mme Chilton d'un air satisfait tout en débarrassant les assiettes vides. J'ai toujours dit que c'était le signe d'une saine constitution chez un homme.

— Encore faut-il avoir les moyens de remplir tous les jours deux estomacs pareils, marmonna Lavinia. J'espère qu'ils ne vont pas prendre l'habitude de s'inviter régulièrement à déjeuner ou à dîner pendant l'enquête, comme Tobias a déjà un peu trop tendance à le faire. Ma bourse n'y résistera pas.

Emeline reposa sa tasse de thé avec un soupir agacé.

— Franchement, Lavinia, nous pouvons parfaitement nous permettre de les nourrir, et tu le sais très bien. Mais quand il s'agit de M. March, il faut toujours que tu exagères.

Lavinia plia sa serviette.

— La vérité, c'est que je suis exténuée. La voiture de Vale est très confortable, mais le voyage a quand même été long et pénible. Je vais me coucher tôt, ce soir, pour affronter la journée de demain qui risque d'être chargée.

Emeline dévisagea sa tante un moment en silence.

— Tu as passé un bon moment à la campagne, avant que le meurtre ne gâche votre soirée ? finit-elle par demander.

— Oh oui, répondit Lavinia sans hésiter. À part l'épisode où l'on m'a transférée dans une autre chambre, tout était très bien. Les choses ont commencé à se gâter quand j'ai trouvé Cléopâtre dans la chambre de Tobias.

Emeline ouvrit de grands yeux.

— Pardon ?

— Notre nouvelle cliente, Aspasia Gray, s'était déguisée en Cléopâtre pour le bal.

— J'avais compris. Mais que faisait-elle dans la chambre de M. March ?

— C'est une excellente question, que je me suis moi-même posée, avoua Lavinia. Ce sont de vieux amis, comme Tobias vous l'a expliqué tout à l'heure.

— Le genre d'amis qui ont l'habitude de se retrouver dans la chambre de l'un ou de l'autre ? fit Emeline d'une voix haut perchée.

— Tobias m'a assuré qu'ils n'avaient jamais eu aucune relation de ce genre.

Emeline hocha la tête, l'air troublé.

— Et tu l'as cru ?

Lavinia lui jeta un regard surpris.

— Évidemment. Tobias a certes des défauts, mais il ne me mentirait pas sur un sujet aussi sérieux.

Emeline hocha de nouveau la tête, cette fois en signe d'assentiment.

— Vous êtes parvenus à un certain degré de confiance, tous les deux, n'est-ce pas ?

— Oui. Tobias répond toujours honnêtement à mes questions. Encore faut-il que je lui pose les bonnes questions…

— J'imagine que cela n'a rien d'étonnant venant de quelqu'un dont la profession a toujours exigé une totale confidentialité.

— Sans compter qu'il a, en plus, un tempérament qui le porte au secret.

— Cette nouvelle affaire te cause du souci, n'est-ce pas ? devina Emeline.

— Avec raison. Nous avons affaire à un assassin sans scrupule.

— Oui, bien sûr. Mais j'ai surtout l'impression que ce sont les liens entre cette affaire et le passé de M. March qui t'inquiètent.

Lavinia se mordit la lèvre.

— Plusieurs choses, dans ce dossier, m'ennuient. À commencer par notre nouvelle cliente.

— Que lui reproches-tu ?

— Principalement de l'avoir trouvée pendue au cou de Tobias. Avoue que pour une première rencontre, ce n'était pas très engageant !

L'attention d'Emeline grimpa d'un cran.

— Il ne l'embrassait tout de même pas ? Tu viens de me dire toi-même que tu croyais M. March quand il t'a assuré que leur relation était amicale.

— D'après lui, c'est *elle* qui tentait de l'embrasser pour le remercier de s'intéresser à cette affaire. Un baiser de gratitude, en quelque sorte. Il m'a juré qu'il n'était pas consentant et, là encore, je l'ai cru.

Emeline hocha la tête.

— Je vois. Ce baiser peut se comprendre, après tout. Mme Gray aura agi sous le coup de l'émotion, et parce qu'elle connaît M. March depuis longtemps. Quant à ce pauvre M. March, il ne savait pas comment se dépêtrer de cette étreinte sans se montrer grossier.

— Depuis quelques mois, maintenant, que je connais ce « pauvre M. March », je ne l'ai jamais vu coincé dans une situation dont il ne pouvait se dépêtrer, fit valoir Lavinia.

— C'est vrai qu'il n'est pas sans ressources.

— J'ai confiance en Tobias, insista Lavinia. Mais je n'ai pas confiance en Aspasia Gray.

— M. March ne prétend-il pas qu'on ne doit jamais faire complètement confiance à ses clients ?

— Certes. Et j'ai la ferme intention d'appliquer cette règle dans cette affaire, décréta Lavinia. Mais je crains que Tobias n'oublie ses propres préceptes quand il s'agit d'Aspasia.

— Détends-toi, tante Lavinia. M. March est quelqu'un de très prudent. Il ne laissera pas ses sentiments pour Mme Gray, quels qu'ils soient, altérer son jugement.

Lavinia pianotait sur la table.

— J'espère que tu dis vrai. De toute façon, les dés sont jetés. Tobias pouvait difficilement refuser cette enquête, même s'il en avait envie.

— Et dès lors qu'il est impliqué, tu dois l'être aussi, compléta Emeline.

— Il est hors de question que je le laisse travailler seul sur ce dossier.

— Je comprends.

Emeline portait sa tasse à ses lèvres quand elle s'immobilisa soudain.

— Puisque nous en sommes à parler de sujets personnels, il y a quelque chose dont j'aurais aimé discuter avec toi, tante Lavinia.

Lavinia se prépara intérieurement.

— S'il s'agit de ta relation avec M. Sinclair, cela ne peut-il attendre ? Je sais que tu l'aimes. Par ailleurs, j'ai la conviction que c'est un homme parfaitement respectable et responsable, et qu'il ne te demandera de l'épouser que lorsqu'il se sentira en mesure d'assumer un foyer. J'ai peur, hélas, que cela ne soit pas pour tout de suite. Tant qu'il travaillera avec Tobias, ses revenus demeureront précaires. En attendant, je pense qu'il serait bon que...

— Ce n'est pas de ma relation avec Anthony dont je voulais t'entretenir, tante Lavinia, l'interrompit Emeline. Mais de la tienne avec M. March.

Lavinia cligna des paupières à plusieurs reprises, puis se ressaisit.

— De quoi diable parles-tu ?

— Écoute, Lavinia, je ne suis plus une enfant. Tu sais bien que notre séjour à Rome m'a ouvert les yeux plus tôt que certaines jeunes filles sur... disons, les réalités de la vie. Cela fait déjà un moment que je ne nourris plus aucun doute quant à la nature très… intime de ta relation avec M. March.

Lavinia sentit ses joues s'empourprer – à son âge, c'était pourtant parfaitement ridicule. Elle se racla la gorge.

— Ah… euh… eh bien, la nature exacte de ma relation avec Tobias ne regarde que moi, Emeline. Il s'agit d'un sujet extrêmement personnel.

Sa nièce ne sourcilla pas.

— Oui, bien sûr. Mais ça peut être personnel sans être un secret, tu ne crois pas ?

— Admettons. Mais où veux-tu en venir ?

Emeline prit une profonde inspiration avant de se lancer :

— J'ai remarqué que, ces derniers temps, tu passais de plus en plus de temps en privé avec M. March.

— Notre partenariat l'exige. N'oublie pas que nous sommes associés, répliqua Lavinia en s'efforçant d'adopter un ton susceptible de décourager Emeline de poursuivre cette conversation. Nous avons besoin d'échanger fréquemment des informations.

Emeline ne parut pas le moins du monde découragée. Au contraire, elle semblait plus déterminée que jamais à suivre son idée.

— Je vais être franche, tante Lavinia : ce n'est pas ton association avec M. March qui vous obligeait à partir pour Beaumont Castle. Tu le sais aussi bien que moi.

— Je suis exténuée, Emeline, fit Lavinia en se massant les tempes du bout des doigts. Pourrais-tu m'expliquer pourquoi tu portes soudain un tel intérêt à ma relation avec Tobias ? Je croyais pourtant que tu l'appréciais beaucoup ? D'ailleurs, si mes souvenirs sont bons, quand nous l'avons rencontré à Rome, tu avais eu d'emblée une bien meilleure opinion à son sujet que moi.

— J'apprécie toujours beaucoup M. March, s'empressa de préciser Emeline. Ce ne sont pas mes sentiments pour lui qui sont en cause. Tante Lavinia, avoue la vérité: tu es amoureuse de lui, n'est-ce pas?

— Mmm.

— Et lui aussi t'aime.

— Mmm, fit de nouveau Lavinia, qui lança un regard d'envie en direction de la porte, songeant à prétexter un malaise pour s'enfuir.

— Tout le monde sait très bien pourquoi deux personnes intimement liées acceptent une invitation à une partie de campagne.

— Effectivement, rétorqua Lavinia avec raideur. Pour le plaisir des promenades à l'air pur, pour communiquer avec la nature. Et pour les divertissements rustiques.

— Je ne suis pas naïve à ce point, tante Lavinia. Il est de notoriété publique que les parties de campagne sont l'occasion, pour des dames et des messieurs ayant une liaison, de profiter d'un peu d'intimité. Et n'essaie pas de me faire croire que ce n'est pas ce que vous aviez en tête, M. March et toi, en acceptant cette invitation.

— Quels que soient les projets personnels que nous ayons pu nourrir, M. March et moi, je t'assure qu'ils ont été interrompus net par la mort de lord Fullerton.

— Je m'en doute. Mais vous aviez donc bien des projets.

L'embarras de Lavinia se transforma en agacement.

— C'est Tobias qui a eu l'idée d'accepter l'invitation des Beaumont, lâcha-t-elle.

— Mais tu n'as pas refusé, insista Emeline. Tu savais pourtant ce que cela impliquait.

— Ça suffit! s'emporta Lavinia, qui se leva brusquement de table pour aller se planter devant la fenêtre. Veux-tu me dire à quoi rime cet interrogatoire?

— Pardonne-moi d'être aussi directe, répondit Emeline, mais la vérité, c'est que je pensais qu'à votre retour de la campagne, vous m'annonceriez votre intention de vous marier, M. March et toi.

Lavinia se sentit chanceler si bien qu'elle dut se rattraper aux rideaux pour ne pas tomber.

— Tu pensais que nous t'annoncerions *quoi* ?

— Tu m'as parfaitement entendue, tante Lavinia. J'étais persuadée que M. March profiterait de ce séjour pour te demander de l'épouser.

Lavinia fit volte-face.

— Qu'est-ce qui a bien pu te faire croire cela ?

Emeline se leva à son tour.

— Cela fait maintenant quelques années que je vis avec toi, et je pense te connaître assez pour affirmer que ta relation avec M. March est unique. Elle n'a rien à voir, en tout cas, avec les petits flirts sans conséquence que tu as pu avoir depuis ton veuvage. Dis-moi si je me trompe, mais aucun de ces gentlemen que tu as pu fréquenter n'a jamais été autorisé à venir prendre son petit déjeuner ici quand bon lui semblait. Et tu n'as jamais accepté d'aller à une partie de campagne avec eux.

— Emeline…

— Tu n'as pas démenti quand je t'ai demandé si tu étais amoureuse de M. March. Et il est évident que c'est réciproque. J'en déduis que votre liaison ne peut que finir par un mariage.

Lavinia s'aperçut qu'elle s'agrippait toujours au rideau. Elle le lâcha et en lissa les plis.

— Eh bien, ta déduction est fausse.

La réaction d'Emeline se situa quelque part entre la stupéfaction et l'indignation.

— Es-tu en train de me dire que M. March n'a jamais évoqué le sujet ?

— Non, en effet, avoua Lavinia. Mais pourquoi le ferait-il ? ajouta-t-elle, le menton fièrement levé. Je n'attends rien de sa part.

— Tu ne parles pas sérieusement, tante Lavinia ?

— Et pourquoi pas ? Il se trouve que notre arrangement actuel nous convient très bien à tous les deux.

Emeline secoua la tête.

— Vous ne pourrez quand même pas vivre éternellement comme ça.

Lavinia crut discerner dans le ton de sa nièce une note de réprobation morale qui l'irrita au plus haut point.

— Pour quelle raison ? Beaucoup de dames s'engagent dans ce genre de liaisons à long terme.

— Pas toi, Lavinia.

— Nom d'un chien, inutile de prendre un air aussi scandalisé ! rétorqua Lavinia. Tu sais très bien que mon statut n'est pas identique au tien. La jeune fille que tu es verrait sa réputation irrémédiablement ruinée si elle entretenait une liaison comme celle que j'ai avec Tobias. Mais je suis veuve, Emeline. Et en tant que telle, je peux faire ce qui me plaît.

— Ce n'est pas une raison pour accorder tes... faveurs à M. March sans te soucier de l'avenir de votre relation.

— Bon sang, Emeline, à t'entendre, on jurerait que je suis une cocotte !

La jeune fille eut la bonne grâce de rougir.

— Je ne sous-entendais rien de tel. Je voulais simplement m'assurer que les intentions de M. March étaient honorables.

— Dieu du ciel, bien sûr qu'elles sont honorables ! s'écria Lavinia, excédée.

— Comment le sais-tu puisqu'il ne t'a toujours pas demandé de l'épouser.

— J'ai du mal à croire que tu aies l'audace de me sermonner à propos de ma vie privée !

Emeline, cependant, n'en démordait pas.

— Je regrette d'avoir à te dire cela, tante Lavinia, mais nous ne pouvons pas complètement exclure l'hypothèse que M. March cherche à profiter de toi.

Cette fois, c'en était vraiment trop.

— Profiter de moi ? Il ne t'est jamais venu à l'esprit que c'était peut-être moi qui profitais de lui ?

Emeline considéra sa tante, bouche bée.

— Comment cela ?

— Essaie d'envisager la situation de mon seul point de vue, Emeline, suggéra Lavinia, tandis qu'elle se dirigeait vers la porte. Dans l'état actuel des choses, j'ai tout ce dont une femme pourrait rêver. J'ai un lien affectif avec un homme, sans avoir à supporter les sacrifices qui vont souvent de pair avec le mariage, et sans rien perdre de mon autonomie financière. Qui plus est, je suis libre d'aller et venir comme bon me semble, et je n'ai de comptes à rendre à personne. Honnêtement, je vois mal comment la situation pourrait être plus à mon avantage.

Emeline paraissait choquée. Sans lui laisser le temps de se ressaisir, Lavinia s'empressa de quitter la pièce.

Ce n'est que lorsqu'elle se retrouva seule dans sa chambre qu'elle osa s'avouer qu'elle avait menti sans vergogne à sa nièce.

Certes, elle trouvait des avantages à sa situation, et les raisons qu'elle avait invoquées pour ne pas se remarier n'étaient pas dépourvues de justesse.

Mais aucune d'entre elles n'était la véritable raison qui lui faisait craindre d'épouser Tobias.

11

— De toute évidence, l'air de la campagne ne vous réussit pas, March, commenta Crackenburne en observant Tobias. Résumons-nous : au cours de l'unique soirée que vous avez passée chez les Beaumont, une mort mystérieuse s'est produite. Vous avez eu la preuve qu'un nouveau tueur à la bague opérait. Et une jeune femme que vous avez connue autrefois a soudain réapparu dans votre existence, vous mettant dans une situation gênante vis-à-vis de Mme Lake.

— Et ce n'est pas fini, ajouta lord Vale – qui assistait à l'entretien – avec un sourire sardonique. Cette charmante partie de campagne a connu son apogée quand Mme Lake et vous vous êtes fait proprement éjecter du château.

Tobias étira ses jambes devant lui. À une heure de l'après-midi, le fumoir de son club était pratiquement désert. Ils pouvaient donc parler librement sans craindre d'être entendus. La pièce ne se remplirait qu'en fin d'après-midi, quand ces messieurs viendraient savourer un apéritif avant d'aller dîner dehors.

Il n'y avait guère que Crackenburne pour être là en permanence. Après la mort de sa femme, sept ans plus tôt, il avait pour ainsi dire établi sa résidence ici. Il faisait quasiment partie du décor, si bien que les habitués ne se gênaient pas pour parler en sa présence, s'imaginant sans doute qu'il était plus ou moins sourd. Et voilà comment Crackenburne, sans jamais sortir de son club, était toujours au courant des derniers potins.

— Rendons à Mme Lake ce qui lui appartient, dit Tobias. C'est grâce à elle que nous avons été chassés du château. Si elle n'avait pas terriblement insisté auprès de lord Beaumont pour le convaincre qu'un meurtre s'était produit sous son toit, nous serions encore là-bas à l'heure qu'il est.

Crackenburne semblait beaucoup s'amuser de ce récit.

— On peut difficilement blâmer Beaumont de ne pas avoir souhaité élucider les raisons de la mort de Fullerton. Si ses invités avaient appris qu'il s'agissait d'un meurtre, nul doute qu'ils auraient décampé en vitesse et n'auraient plus jamais voulu remettre les pieds au château. Lady Beaumont aurait été verte de rage.

— Exact, concéda Tobias. Et de toute façon, nous n'avions pas de preuves à produire.

— Cependant, dans votre esprit, le meurtre ne fait aucun doute ? demanda Vale, qui semblait témoigner pour cette affaire le même intérêt qu'il portait à sa collection d'antiquités.

Vale approchait des cinquante ans. Il était grand, d'une élégante sveltesse, et avait de longs doigts d'artiste. Ses cheveux coiffés en arrière soulignaient un profil altier qui n'aurait pas déparé au milieu de ses bustes Romains.

Tobias ne savait trop quoi faire de ce récent intérêt que Vale semblait porter au travail d'enquêteur. C'était avant tout un érudit et un expert en antiquités romaines. Il passait d'ailleurs la majeure partie de son temps à fouiller des sites archéologiques dans toute l'Angleterre. Tobias ne comprenait pas pourquoi il avait absolument voulu se poser en consultant de la petite agence Lake & March.

D'un autre côté, il ne faisait aucun doute que le titre et la richesse de Vale, auxquels s'ajoutait son intimité probable avec Joan Dove, la nouvelle amie de Lavinia, leur avaient été d'une grande aide lors de leur dernière enquête. Il n'était donc pas impossible que Vale se révèle, cette fois encore, très utile.

— Je suis certain que la chute de Fullerton n'avait rien d'accidentel, déclara-t-il. La bague que j'ai découverte sur sa table de nuit en est, selon moi, la preuve indiscutable.

Crackenburne hocha la tête d'un air songeur.

— Il ne reste plus qu'à découvrir qui bénéficiera de la mort de Fullerton.

— Oui, approuva Tobias. D'autant que ce nouvel assassin semble marcher délibérément sur les traces de Zachary Elland. Or, Zachary se considérait comme un professionnel du crime, une sorte d'homme d'affaires qui tirait profit de ses meurtres, si l'on en croit son journal.

— Autrement dit, ce nouvel assassin aurait un commanditaire, conclut Vale, qui semblait plus intrigué que jamais.

— En effet. Si je parviens à identifier le commanditaire, je ne devrais pas avoir trop de difficultés à découvrir qui a commis le crime, résuma Tobias.

— Logique, commenta Crackenburne, toujours pensif. J'aurais bien une petite idée, reprit-il après un silence, mais je ne suis pas sûr que ce soit une bonne piste.

Tobias attendit.

— Fullerton a été marié, autrefois. Mais il n'a pas eu d'enfants. Ce qui ne l'a apparemment pas chagriné. Après la mort de sa femme, il semblait se partager entre ses maîtresses et ses chevaux. Il allait de soi qu'à sa mort, sa fortune et son titre iraient à son neveu. Mais il y a deux mois, il a surpris tout le monde en annonçant ses fiançailles avec l'héritière Panfield.

Vale eut une moue dégoûtée.

— Fullerton avait soixante ans, au bas mot. Alors que cette fille sort tout juste de l'école. Je parie qu'elle n'a pas plus de dix-sept ans.

— J'ai entendu dire qu'elle était très jolie et d'une naïveté propre à tourner la tête de plus d'un homme mûr, observa Crackenburne. De son côté, Fullerton offrait titre et fortune. C'était donc un excellent parti du point de vue des parents qui désiraient s'élever dans l'échelle sociale.

Tobias réfléchit un instant.

— Les Panfield n'avaient aucun intérêt à supprimer Fullerton, du moins pas avant que le mariage ne soit consommé, dit-il. Ce qui nous laisse le neveu comme suspect possible. Ce qui n'aurait rien d'étonnant. Si j'en crois mon expérience, l'argent est toujours un excellent mobile.

— Peut-être pas dans cette affaire, l'avertit Crackenburne. D'après mes renseignements, le neveu n'est pas dans le besoin. Et qui plus est, il est fiancé à l'héritière Dorlingate.

— Elle apportera une véritable fortune en dot, renchérit Vale. Crackenburne a raison, le neveu n'est certainement pas aux abois.

Tobias fit la moue.

— Et pour le titre ?

— Il héritera du titre de comte de son père, expliqua Crackenburne.

Fullerton n'était que baron, songea Tobias. On ne tuait pas un baron dans l'espoir d'hériter de son titre quand on pouvait prétendre à celui de comte.

— D'autre part, poursuivit Crackenburne, le neveu a la réputation de gérer sagement ses propriétés. Il ne semble pas être du genre à embaucher un tueur pour se débarrasser d'un vieil oncle.

— Quelqu'un d'autre aurait-il eu une bonne raison de souhaiter la mort de Fullerton ? demanda Tobias. Un associé déçu, par exemple, qui nourrirait une rancœur personnelle ?

— Pas que je sache, répondit Crackenburne.

Vale secoua la tête.

— Je ne vois personne.

— Ce qui ne signifie pas qu'il faut renoncer à chercher dans cette voie, fit Tobias. Lord Crackenburne, cela vous ennuierait-il de creuser un peu dans cette direction ?

— Pas le moins du monde, mon cher.

— Autre chose, enchaîna Tobias. L'un de vous aurait-il récemment entendu parler d'un décès qui aurait pu paraître suspect, ou pour le moins inattendu ?

Les deux hommes réfléchirent un moment en silence. Puis Crackenburne s'agita dans son fauteuil.

— Le seul qui me vienne à l'esprit est celui de lady Rowland, le mois dernier. Elle est morte dans son sommeil. La famille a fait courir le bruit qu'il s'agissait d'un arrêt cardiaque. Mais on raconte que la femme de chambre qui l'a découverte a aussi trouvé sur sa table de chevet la bouteille de la potion que lady Rowland prenait pour dormir à moitié vide.

— Ce serait un suicide ? risqua Vale.

— C'est ce qui se murmure, avoua Crackenburne. Mais je connaissais bien lady Rowland. Elle n'avait pas un tempérament suicidaire.

— Elle était fort riche, souligna Vale. Et elle usait et abusait de sa fortune pour contrôler les membres de sa famille. Ce qui a dû susciter pas mal de rancœurs ici et là, parmi ses proches.

Tobias siffla entre ses dents.

— Si je comprends bien, la famille entière est suspecte !

— C'est toujours mieux que de ne pas avoir de suspects du tout, fit valoir Vale.

Lavinia pénétra dans le petit square et s'arrêta à l'ombre d'un marronnier. Elle avait été déçue en découvrant un attelage devant le 14, Hazelton Square. Apparemment, Joan Dove recevait des visiteurs cet après-midi.

Évidemment, elle aurait dû envoyer un mot pour annoncer sa visite. Mais il faisait si beau qu'elle avait sauté sur l'occasion d'aller se promener dans l'élégant quartier où habitait Joan, sans songer à autre chose. Il ne lui restait plus qu'à laisser sa carte au majordome et à repasser une autre fois.

Lavinia ouvrait son réticule à la recherche d'une carte de visite, quand la porte du 14 s'ouvrit. Maryanne, la fille de Joan, sortit et descendit le perron. La jeune femme était aussi élégante que sa mère. Son mariage avec l'héritier Colchester avait été l'un des événements mondains de la saison. Cette union était socialement et financièrement une réussite, mais Joan était surtout heureuse, comme elle l'avait confié à Lavinia, que les jeunes époux soient réellement très épris l'un de l'autre.

Pour l'heure, cependant, Maryanne semblait pressée et soucieuse. Tandis qu'elle grimpait en hâte dans sa voiture, Lavinia nota son expression tendue. À peine la jeune femme fut-elle montée à l'intérieur que le véhicule s'ébranla. Quand il passa devant Lavinia, celle-ci vit que Maryanne se tamponnait les yeux avec un mouchoir.

Lavinia hésitait sur la conduite à tenir. Si Maryanne et sa mère s'étaient disputées, mieux valait peut-être qu'elle reporte sa visite au lendemain.

Elle pesa le pour et le contre, puis se décida finalement à traverser la rue. Son enquête était trop importante pour qu'elle puisse se permettre de perdre ne serait-ce qu'une journée.

À peine eut-elle actionné le heurtoir fixé au lourd battant de chêne que la porte s'ouvrit.

— Bonjour, madame Lake, dit le majordome. Je vais informer Mme Dove de votre présence.

— Merci.

Soulagée de ne pas s'être entendu répondre que Joan ne recevait pas aujourd'hui, Lavinia se faufila dans le grand hall pavé de marbre. Elle retira son chapeau, et jeta un discret coup d'œil dans l'un des miroirs vénitiens qui ornaient les murs pour remettre un peu d'ordre dans sa toilette. Elle venait juste de terminer quand le majordome réapparut.

— Mme Dove va vous recevoir dans le petit salon.

Lavinia le suivit jusqu'à une pièce cossue, tendue de tissu jaune et vert. Les fenêtres donnant sur le parc étaient encadrées de lourdes draperies retenues par des embrasses dorées. De grands vases remplis de fleurs trônaient dans chaque coin.

Joan Dove se tenait debout devant l'une des fenêtres. Elle semblait perdue dans ses pensées. Lavinia la trouva décidément bien assortie à son nouveau soupirant, lord Vale. À quarante ans passés, Joan avait conservé une grâce et une allure qui lui promettaient d'être encore une très belle femme pendant de nombreuses années.

En vérité, Lavinia n'en revenait toujours pas d'être devenue l'amie d'une telle femme. Elles avaient, a priori, si peu en commun. Joan était d'abord venue à elle comme cliente. À la mort de son mari, un peu plus d'un an auparavant, elle avait hérité non seulement de sa fortune mais aussi, semblait-il, de sa place à la tête d'une puissante organisation secrète baptisée la Chambre bleue.

Au temps de sa splendeur, sous la férule de Fielding Dove, la Chambre bleue avait poussé ses ramifications jusque sur le continent. D'après Tobias, qui avait longuement enquêté à ce sujet pour le compte du gouvernement, l'organisation avait touché à toutes sortes d'activités, dont certaines fort illégales.

La mort de Fielding Dove avait officiellement signé la fin de la Chambre bleue. Les quelques personnes qui connaissaient la vérité au sujet de ses activités illicites en avaient déduit que Dove avait caché à sa femme et à sa fille qu'il avait dirigé un empire criminel. Ce qui n'avait rien d'étonnant quand on savait que les gentlemen discutaient rarement affaires avec leurs épouses. En outre, Dove avait toujours été quelqu'un de très secret.

Lavinia et Tobias, cependant, avaient des doutes. Il se murmurait, dans certains milieux interlopes, que la Chambre bleue existait toujours, et qu'elle était désormais dirigée par une nouvelle tête. Or, la seule personne susceptible d'avoir repris les rênes de l'organisation était Joan Dove elle-même.

Bien sûr, Lavinia n'avait nullement l'intention de demander à Joan si ces rumeurs étaient fondées. C'était le genre de questions qu'on évitait de poser à une amie. Mais, à présent que Joan était sortie de son deuil, il était difficile de ne pas remarquer qu'elle s'habillait de préférence en bleu. Et pas n'importe quel bleu : un bleu azur.

Or, il se trouvait que lorsqu'il dirigeait l'organisation, Fielding Dove était connu sous le surnom d'Azur...

— Mme Lake, madame, annonça le majordome. Souhaitez-vous que je ramène une autre tasse ? ajouta-t-il en désignant le plateau sur le guéridon.

— Merci, Pugh, mais ce ne sera pas nécessaire, répondit Joan. Maryanne n'a pas utilisé sa tasse.

— Bien madame.

Pugh s'inclina et sortit.

— Asseyez-vous donc, Lavinia, proposa Joan avec un sourire chaleureux et cependant triste. Je suis ravie de vous voir, mais je dois admettre que je suis surprise. Je vous croyais à la campagne.

— Nous avons dû rentrer plus tôt que prévu, expliqua Lavinia.

Elle prit un siège et dévisagea son hôtesse avec inquiétude.

— Quelque chose ne va pas, Joan ? Vous êtes malade ? Je ne voudrais surtout pas m'imposer. Je peux revenir un autre jour, si vous préférez.

— Non, non, restez, au contraire, fit Joan, qui s'assit à son tour et s'empara de la théière. Je viens d'avoir une conversation déplaisante avec ma fille, et j'ai grand besoin de distraction.

Lavinia saisit la tasse que son amie lui tendait.

— Il se trouve que je vous en apporte justement.

Joan reposa la théière et décocha à son invitée un regard intéressé.

— Parfait ! Dois-je en déduire que l'agence Lake & March est sur une nouvelle affaire ? Une affaire qui serait en rapport avec la mort tragique de lord Fullerton ?

Lavinia ne put retenir un sourire admiratif.

— Je ne cesserai jamais d'être étonnée par la rapidité avec laquelle vous êtes au courant des moindres événements.

— Figurez-vous que la nouvelle de l'accident de Fullerton est parvenue à Londres avant vous. Comme vous étiez partis avec une voiture appartenant à Vale, son retour plus tôt que prévu nous a incités à penser que M. March et vous-même étiez intéressés à l'affaire.

— Je vois.

Joan eut un sourire qui se voulait réconfortant.

— Je suis désolée que votre séjour à la campagne ait été écourté. Je suppose que M. March et vous n'avez pas eu beaucoup le temps de... hum... goûter à quelques moments de communion privée avec la nature avant la tragédie ?

— Lord Fullerton a eu la mauvaise idée de tomber devant ma fenêtre précisément au moment où M. March et moi-même partagions l'un de ces moments de communion, expliqua Lavinia.

Elle frissonna à ce souvenir, et lâcha :

— Il a crié, Joan.

— Je présume que vous ne faites pas allusion à M. March.

— Je n'imagine même pas Tobias crier devant les portes de l'Enfer... Non, c'est Fullerton, qui a hurlé. Et c'était horrible, croyez-moi.

Joan but une gorgée de thé et reposa sa tasse.

— Je m'en doute. Et vous avez tout de suite suspecté un meurtre ?

— Il était impossible de ne pas en arriver à cette conclusion. Et nous en avons trouvé la preuve peu de temps après.

Lavinia lui fit un bref résumé des événements. Quand elle eut terminé son récit, Joan la considéra d'un air grave.

— Ce n'est pas une affaire comme les autres, n'est-ce pas ?

Lavinia posa sa tasse avec soin.

— Non, en effet. Je vais être honnête avec vous, Joan. Tobias pense que ce nouveau tueur à la bague veut faire mieux que son prédécesseur. Il s'est lancé une sorte de défi. Mais je crains surtout qu'il veuille se venger.

— De M. March, ou de Mme Gray ?

Lavinia haussa les épaules, indécise.

— Des deux, peut-être. Mais je ne vous cache pas que je suis surtout inquiète pour Tobias.

Joan hocha la tête.

— Je crois deviner que vous n'adorez pas votre nouvelle cliente.

— Mme Gray est très belle. C'est aussi une femme du monde, et j'ai l'intuition qu'elle n'hésiterait pas à se servir de ses charmes pour manipuler un homme s'il lui apparaissait que cela sert ses intérêts.

Joan ne put retenir un sourire.

— Je doute fort qu'une telle stratégie puisse réussir avec M. March. Vale et lui ont, entre autres points communs, une indépendance de jugement qui les honore. Ils ne sont pas du genre à se laisser facilement tromper par un joli visage ou de charmantes manières.

— Je suis d'accord avec vous. Mais le problème, c'est que Tobias se sent des responsabilités envers Mme Gray, à cause de ce qui s'est passé il y a trois ans. Il se reproche d'avoir encouragé Zachary Elland à emprunter le chemin qui l'a finalement conduit à devenir un assassin professionnel.

— C'est absurde.

— Bien sûr, que c'est absurde ! s'exclama Lavinia, soulagée de pouvoir enfin confier ses angoisses. Et je le lui ai dit.

Joan sourit.

— Je vous crois volontiers. Vous hésitez rarement à donner votre avis à M. March. Mais, en l'occurrence, je devine qu'il n'a pas voulu vous écouter.

— Malheureusement, quand il s'agit de responsabilité, Tobias a la fâcheuse habitude de s'accuser de n'avoir pas su tout contrôler.

Joan hocha la tête.

— C'est un défaut que j'ai également relevé chez lord Vale. Les hommes comme eux prennent toujours leur part de responsabilité, et même un peu plus que nécessaire. Fielding était ainsi, lui aussi. Je suppose que c'est le pendant inévitable de l'orgueil et de la volonté.

— Tobias s'en veut aussi de ne pas s'être rendu compte plus tôt que Zachary Elland était devenu un assassin.

— Il est souvent des plus difficile de voir le mal en ceux que nous croyons bien connaître.

— Comme c'est vrai ! fit Lavinia. Eh bien, vous connaissez toute l'histoire. Du moins, tout ce que nous en savons à ce jour. Il ne nous reste plus qu'à démasquer l'assassin.

— Et commencer par découvrir qui profitera de la mort de Fullerton.

— C'est précisément la raison de ma visite. J'aurais voulu votre avis à ce sujet, vous qui connaissez tellement de monde dans la bonne société.

— Laissez-moi réfléchir. À première vue, le neveu de Fullerton sera son unique héritier. Mais pour autant que je sache, il est riche, et il s'apprête à épouser une héritière. En outre, à la mort de son père il héritera d'un titre plus élevé que celui que pouvait lui transmettre Fullerton. Ce neveu ne me paraît pas faire un bon suspect.

— Vous avez raison, concéda Lavinia à regret. Selon vous, la mort de Fullerton pourrait-elle provoquer un changement significatif ?

Joan tapota sa tasse du bout des doigts.

— Fullerton devait épouser l'héritière Panfield. Les noces étant annulées, celle-ci se retrouvera de nouveau sur le marché du mariage lors de la prochaine saison. Ses parents doivent être effondrés. Il était de notoriété publique que Panfield rêvait d'un titre pour sa fille.

Lavinia considéra cette piste.

— Et la jeune fille ? Était-elle aussi enthousiaste que ses parents à l'idée d'épouser Fullerton ?

— J'ignore totalement ce qu'elle pensait de ce projet. Elle est de toute façon tellement jeune qu'elle n'aura pas eu son mot à dire. Toutefois, j'ai du mal à croire qu'un vieux baron adipeux ait été le héros romantique de ses rêves.

— Hmm.

La réaction de Lavinia amusa Joan.

— Oubliez tout de suite l'idée que cette fille ait pu imaginer un moyen aussi définitif de se débarrasser d'un fiancé qui ne lui convenait pas. Je vois mal une jeune fille innocente faire appel aux services d'un assassin professionnel. Et le payer par-dessus le marché !

— C'est évident, admit Lavinia. Mais peut-être faut-il chercher du côté du *véritable* héros romantique de ses rêves.

— Pardon ?

— Qui sait s'il n'existe pas un jeune homme passionnément épris de Mlle Panfield et qui n'aurait pas hésité à se débarrasser d'un rival encombrant ?

Joan réfléchit un moment.

— Ce n'est pas impossible. Mais j'avoue ignorer si Mlle Panfield avait ou non un soupirant.

Les deux amies finirent leur thé en silence. Puis Lavinia reprit la parole :

— Je me demande quel genre de tempérament il faut posséder pour envisager d'acheter les services d'un assassin ?

— À mon avis, la cupidité ou une ambition démesurée suffisent.

— À moins que le commanditaire ne veuille se venger de quelqu'un. Fullerton était-il haï ?

— N'importe quel gentleman fortuné de son âge s'est forcément fait des ennemis au cours de son existence, répondit Joan. Mais je ne lui connaissais pas d'inimitiés particulières. Voulez-vous que j'essaie de chercher dans cette direction ?

— Je vous en serais très reconnaissante. Le temps presse et nous ne devons négliger aucune piste. Cette affaire semble très complexe. Nous ne savons même pas si Fullerton est la première victime du tueur à la bague.

Joan haussa les sourcils.

— Avez-vous des raisons de soupçonner qu'il ait pu y en avoir d'autres ?

Lavinia se leva et s'approcha d'un des vases pour humer les fleurs.

— C'est possible. Mais pour l'instant, nous l'ignorons. Auriez-vous par hasard entendu parler, ces derniers temps, de décès inattendus ou inexpliqués ?

Joan réfléchit un moment cependant que Lavinia écoutait le tic-tac de l'horloge.

— Je vois peut-être quelque chose, dit-elle finalement. La mort de lady Rowland, le mois dernier, m'a étonnée. Officiellement, elle aurait abusé de sa potion pour dormir et serait morte dans son sommeil. Mais ceux qui la connaissaient bien assurent qu'elle se la préparait elle-même chaque soir depuis des années, et qu'il n'y avait jamais eu le moindre incident.

— Ce serait un suicide ? demanda vivement Lavinia.

— Cela m'étonnerait beaucoup.

— Comment pouvez-vous en être aussi sûre ?

— Lady Rowland était un tyran domestique, expliqua Joan. Elle tenait les cordons de la bourse, et n'hésitait pas à s'en servir pour obliger les membres de sa famille à se plier à sa volonté. Et elle est morte précisément à une époque où elle aurait eu une excellente raison de souhaiter continuer à vivre.

Cette dernière remarque piqua la curiosité de Lavinia.

— Pourquoi dites-vous cela ?

— D'après ce qu'on m'a raconté, lady Rowland avait prévu d'annoncer les fiançailles de l'aînée de ses petites-filles en septembre. Elle avait consenti une très grosse dot, afin de convaincre le père de la petite d'accepter la demande en mariage du fils aîné de Ferring. Lady Rowland tenait beaucoup à cette union.

— Pourquoi donc ?

— Toujours d'après les on-dit, lady Rowland avait conçu dans sa jeunesse une grande passion pour le père de lord Ferring. Ses parents l'obligèrent à épouser Rowland, mais elle n'oublia jamais ses sentiments pour Ferring. Lui-même finit également par se marier, mais il semblerait qu'ils aient entretenu une longue liaison jusqu'à la mort de Ferring, il y a quelques années.

— Croyez-vous que lady Rowland ait voulu matérialiser son rêve de jeunesse à travers sa petite-fille ?

— C'est ce que prétendait la rumeur. Ce n'est pas un secret que lady Rowland a utilisé sa fortune pour acheter l'héritier des Ferring. Mais je crois que les choses ont changé, à présent.

— Comment cela ?

— Maryanne m'a appris la semaine dernière que les fiançailles ne seraient pas annoncées. Le père de la jeune fille aurait finalement décliné l'offre de lord Ferring.

Lavinia sentait son pouls battre d'excitation.

— Qu'est-il arrivé pour qu'il ait ainsi changé d'avis ?

— Je ne saurais dire. Le sujet avait de toute façon perdu de son intérêt, après la mort de lady Rowland. Mais je peux me renseigner pour tâcher d'en savoir plus.

— Ce serait sans doute très utile de connaître le fin mot de l'histoire, acquiesça Lavinia. Qui a hérité de la fortune de lady Rowland ?

— Son fils. Le père de la jeune fille en question.

— Bien, bien, bien... murmura Lavinia pour elle-même.

Joan lui jeta un coup d'œil interrogateur.

— À quoi pensez-vous ?

— Je viens de me rendre compte que les décès de lady Rowland et de lord Fullerton ont l'un et l'autre bouleversé des plans nuptiaux.

Joan hocha longuement la tête, cependant qu'elle méditait cette conclusion.

— Si l'on envisage la question sous cet angle, je vois un troisième décès qui obéit au même schéma. Celui d'un gentleman d'une quarantaine d'années, du nom de Newbold. On l'a retrouvé mort, un matin, au pied de son escalier, il y a quelques semaines de cela. Tout le monde a supposé qu'il avait trop bu, et qu'il avait perdu l'équilibre.

— Quel mariage a été bouleversé par sa mort ?

— Le sien, expliqua Joan, avant de préciser avec une moue de dégoût : c'était un débauché qui fréquentait les bordels les plus infâmes pour s'y procurer de très, très jeunes filles.

— Un pervers, murmura Lavinia.

— Oui, mais un pervers très riche. Comme Fullerton, il s'était récemment fiancé à une jeune lady. Je ne suis pas certaine qu'elle connaisse sa chance d'avoir échappé à un tel mariage.

— Intéressant, fit Lavinia.

Joan secoua la tête.

— Il y a quand même un détail qui m'ennuie, Lavinia. Dans ces trois cas, personne, à ma connaissance, n'avait cherché à faire obstacle aux mariages projetés. Parce que, chaque fois, il s'agissait d'unions très profitables de part et d'autre, en termes d'argent et de prestige social. Vous savez aussi bien que moi que dans la bonne société, il n'y a que cela qui importe.

— La plupart du temps, en effet. Mais pas toujours. Ainsi, vous-même étiez soucieuse du bonheur de Maryanne quand il a été question de la marier.

— C'est vrai, acquiesça Joan, avec un regard pour le portrait de Fielding Dove accroché au-dessus de la cheminée. Fielding aussi se faisait du souci. Notre mariage avait été si heureux...

Lavinia sentit que Joan prenait sur elle pour contenir son émotion. Elle se demanda si elle devait l'encourager à s'épancher ou au contraire rester neutre. Elles n'étaient pas encore assez intimes pour qu'elle se permette trop de libertés. Elle revint vers son fauteuil.

— Je sais que vous aimiez beaucoup votre mari, dit-elle simplement, jugeant cette amorce suffisante.

Si Joan ne souhaitait pas parler, elle accueillerait cette remarque d'un acquiescement silencieux.

Joan hocha effectivement la tête, sans cesser de contempler le portrait. Lavinia en conclut que la conversation était close. Puis son hôtesse se leva soudain, pour aller se planter devant la fenêtre.

— Juste avant votre arrivée, ma fille s'est employée rudement à me le rappeler.

— Je ne voudrais pas me montrer indiscrète, mais je vous sens malheureuse, Joan. Y a-t-il quelque chose que je puisse faire pour vous ?

Joan cligna des yeux plusieurs fois, comme si elle cherchait à retenir des larmes.

— Maryanne est venue me faire la leçon à propos de mon amitié avec lord Vale.

— Oh non...

— Elle considère que, d'une certaine manière, je suis infidèle à la mémoire de Fielding. C'est assez déstabilisant de se faire sermonner sur un tel sujet par sa propre fille.

Lavinia ne put retenir un sourire.

— Si cela peut vous consoler, ma nièce m'a récemment infligé un sermon similaire. Elle m'a fait comprendre que ma relation avec Tobias durait depuis un peu trop longtemps et qu'un mariage s'imposait.

Joan lui retourna un regard de sympathie.

— Dans ce cas vous devez comprendre ce que j'éprouve. Sincèrement, Lavinia, pensez-vous que mes liens avec lord Vale sont la preuve que je ne chéris ni ne respecte plus la mémoire de Fielding ?

— Joan, la nature de votre relation avec lord Vale ne me regarde pas. Mais puisque vous me demandez mon opinion, je vais vous la donner. D'après ce que vous m'avez raconté de votre mariage, j'en ai déduit que Fielding vous avait profondément aimée. Par conséquent, je ne l'imagine pas vous déniant tout droit de connaître encore le bonheur et l'affection après sa disparition.

— C'est ce que j'essaie de me dire.

— Si vous avez encore des scrupules, envisagez la situation sous un autre angle. À supposer que vous soyez partie la première, auriez-vous souhaité que Fielding vive seul pour le restant de ses jours ?

— Non, répondit Joan calmement. J'aurais voulu son bonheur plus que tout.

— Eh bien, je suis persuadée qu'il aurait répondu la même chose si on lui avait posé la question.

— Merci, fit Joan, qui semblait soulagée d'un grand poids. C'est vraiment gentil de votre part de me rassurer. J'avoue que les accusations de Maryanne m'avaient ébranlée. Je commençais sérieusement à me demander si je ne trahissais pas la mémoire de Fielding.

— Les considérations d'Emeline sur ma relation avec Tobias ne m'ont pas non plus laissée indifférente.

— En d'autres circonstances, ce serait presque risible. Nous avons consacré beaucoup de temps et d'énergie à l'éducation de ces deux jeunes filles. Et voilà que maintenant, elles retournent contre nous les règles que nous leur avons inculquées.

Lavinia fronça les sourcils.

— Je me demande si la jeune génération ne serait pas plus prude que la nôtre ?

Joan fit la grimace.

— J'espère que non. La discrétion et la décence sont certes importantes, mais ce serait vraiment dommage que tous les jeunes gens de ce pays deviennent trop collet monté.

12

Tobias gravit les marches du 7, Claremont Lane, impatient à l'idée de passer une heure ou deux avec Lavinia. Ses recherches n'avaient pour l'instant rien donné et il avait hâte de combler sa frustration en savourant quelques moments d'intimité dans la chambre de la jeune femme.

Ses espoirs s'envolèrent lorsque Mme Chilton ouvrit la porte.

— Madame Chilton ? Je ne m'attendais pas à vous trouver. J'avais cru comprendre que vous deviez acheter des groseilles et que Mme Lake serait seule chez elle ?

— Ce n'est pas la peine de me regarder comme ça, monsieur, répliqua Mme Chilton. Ce n'est pas ma faute si les plans ont changé. Mme Lake est allée rendre visite à Mme Dove. Elle a dit qu'elle serait rentrée à 3 heures.

— Il *est* 3 heures, madame Chilton.

— Eh bien, ça veut dire qu'elle aura un peu de retard. De toute façon, même si elle était là, ça ne changerait rien pour vous.

— Et pourquoi cela ?

Mme Chilton jeta un coup d'œil en direction du salon, dont la porte était fermée, et reprit à mi-voix, d'un ton de conspiratrice :

— Il n'y a pas dix minutes, une dame s'est présentée. Quand je lui ai appris que Mme Lake était sortie, elle a déclaré qu'elle attendrait son retour.

— Bon sang ! Et cette dame est toujours là ?

— Oui. Je l'ai installée au salon, avec du thé. Je pouvais difficilement faire autrement, se justifia Mme Chilton, avec un geste désolé. Elle prétend être une cliente. En réalité, elle a dû simplement lire une des réclames que Mme Lake a passées dans la presse. Vous savez que Mme Lake est persuadée que c'est le moyen le plus moderne de développer une affaire.

Tobias pénétra dans le hall et lança son chapeau sur un guéridon.

— Ne m'en parlez pas ! soupira-t-il. Vous connaissez mon opinion à ce sujet.

— Oui, répondit la gouvernante, qui refermait déjà la porte. Mais comme ça n'a pas beaucoup rapporté de clients jusqu'ici, elle finira sans doute par se décourager.

Au grand soulagement de Tobias, les placards publiés dans la presse par Lavinia n'avaient pas, comme il l'avait d'abord craint, attiré toutes sortes de fous. Trois personnes, seulement, s'étaient manifestées à ce jour. Et toutes trois avaient changé d'avis après avoir découvert que le « spécialiste de l'investigation » qui promettait de conduire des enquêtes privées en toute discrétion était en réalité une femme.

— Ce n'est vraiment pas ma faute si cette dame a décidé de rendre visite à Mme Lake précisément cet après-midi, marmonna la gouvernante.

Tobias se dirigeait déjà vers le salon.

— Vous n'avez rien à vous reprocher, madame Chilton. Mais je crois que je vais dire deux mots à cette personne avant le retour de Mme Lake.

— Attendez, monsieur ! s'alarma la gouvernante, qui courait pour le rattraper. Je ne sais pas si Mme Lake apprécierait que vous parliez à sa cliente en son absence.

Tobias offrit à Mme Chilton son sourire le plus innocent.

— Et qu'aurait-elle à objecter ? Nous sommes associés, non ?

— Dans certaines affaires seulement. Et vous savez bien qu'elle sera furieuse si elle découvre que vous avez détourné l'une de ses clientes.

— Je veux juste m'assurer que cette dame est respectable, et solvable.

Là-dessus, il ouvrit la porte du salon et s'engouffra à l'intérieur avant que Mme Chilton ait pu l'en empêcher.

Au bruit que fit la porte, la dame assise sur le sofa se retourna.

« Nom d'un chien ! » pesta Tobias intérieurement. C'était effectivement une cliente. Il ne pourrait donc pas s'en débarrasser avant le retour de Lavinia.

— Que fais-tu ici, Aspasia ? lâcha-t-il.

Cette dernière lui décocha un sourire entendu qui manquait singulièrement de chaleur.

— Tobias ! Quelle coïncidence ! J'étais venue m'entretenir avec Mme Lake parce que je supposais que tu serais trop occupé par tes recherches. Je voulais savoir comment avançait l'enquête.

Avec n'importe quelle autre cliente, Tobias n'aurait pas hésité à mentir ; il aurait prétendu avoir déjà accompli des progrès significatifs. Mais Aspasia n'était pas une cliente comme les autres.

Il s'approcha de la fenêtre.

— Je ne peux parler au nom de Mme Lake, car nous n'avons pas encore eu l'occasion de comparer nos recherches. Pour ma part, je n'ai pas fait beaucoup de progrès. Nos assistants, que j'ai envoyés enquêter chez les joailliers et les perruquiers, récolteront peut-être des informations intéressantes.

Apercevant Lavinia qui gravissait le perron, il ajouta :

— Ah, voici justement mon associée ! Nous n'allons pas tarder à savoir si elle a du nouveau.

Lavinia, vêtue en violet sombre, était un vrai régal pour les yeux. Tobias ne put retenir un sourire de pur contentement, même si ses projets pour l'après-midi semblaient définitivement à l'eau. La seule présence de la jeune femme suffisait à le rendre heureux.

Quelques secondes plus tard, Lavinia pénétra à son tour dans le salon. Elle s'était déjà débarrassée de son chapeau et ses joues étaient rosies par sa promenade. Elle irradiait littéralement et Tobias ressentit le pincement familier du désir. Il songea avec amertume au lit, là-haut, qui resterait vide.

— Bonjour, madame Gray, fit-elle en hochant la tête. Pardonnez-moi de vous avoir fait attendre, mais je ne m'attendais pas à votre visite.

Son sourire était si lisse et professionnel, songea Tobias, qu'il fallait vraiment bien la connaître pour en deviner la froideur.

— C'est moi qui m'excuse de ne pas vous avoir prévenue, madame Lake. Mais je ne tenais plus en place. Je suis rentrée à Londres hier, et j'avais hâte de savoir si M. March et vous-même aviez progressé dans votre enquête.

Lavinia s'installa dans un fauteuil, sans se départir de son sourire.

— Oui. Nous avons fait des progrès substantiels.

Tobias se fit la réflexion qu'à l'inverse de lui, elle n'avait aucun scrupule à mentir à Aspasia.

— Vraiment ? s'étonna Aspasia. Tobias venait juste de me dire qu'il n'avait encore rien trouvé. N'est-ce pas, Tobias ?

Celui-ci croisa les mains dans le dos.

— En effet. Pour l'instant, mes efforts n'ont pas donné grand-chose.

— Eh bien, par chance, moi, j'ai du nouveau, déclara Lavinia.

— Ton habileté professionnelle ne cessera jamais de me surprendre, répliqua Tobias. Qu'as-tu donc appris de ton *informateur secret* ?

Il doutait que Lavinia mentionne le nom de Mme Dove dans la conversation, mais mieux valait prendre toutes les précautions.

Lavinia se tourna vers Aspasia.

— J'ai découvert qu'il y avait eu récemment au moins deux décès qui semblaient hautement suspects. Lady Rowland et un certain M. Newbold.

Tobias dressa l'oreille.

— Je suis au courant, pour lady Rowland, dit-il. Une dose excessive de somnifère. Mais personne ne m'a parlé de Newbold.

Aspasia eut un hochement de tête destiné à laisser entendre qu'elle savait.

— Newbold est tombé dans l'escalier, chez lui. Il était ivre, je crois. C'est du moins ce que j'ai entendu dire peu après mon retour à Londres. Mais je n'y ai pas prêté spécialement attention.

— Personne ne le regrettera, compléta Lavinia. C'était un immonde débauché qui s'en prenait aux enfants. À mon avis, la jeune fille à qui il était fiancé l'a échappé belle. On ne peut qu'imaginer l'horreur d'être mariée à un tel homme.

— Certes, acquiesça Aspasia, sans autre commentaire.

Lavinia s'adressa à Tobias :

— En tout cas, je trouve la coïncidence pour le moins intrigante. Pas toi ?

— Quelle coïncidence ?

— Que les décès de Fullerton, de Newbold et de lady Rowland aient chaque fois entraîné l'annulation d'un mariage.

Tobias comprit que Lavinia parlait sérieusement. Il avait du mal à le croire. Et Aspasia aussi, à voir son expression.

— Lavinia, dit-il prudemment, serais-tu en train d'insinuer qu'on a tué ces personnes simplement pour empêcher des mariages d'avoir lieu ?

Lavinia reposa la théière.

— Tu as un meilleur mobile à me proposer ?

— C'est précisément ce à quoi je travaille, répliqua Tobias, que l'assurance de la jeune femme commençait à irriter sérieusement. Ces trois morts ont avant tout provoqué un transfert de fortune. Ce qui fait beaucoup de suspects possibles dans chaque famille.

D'abord incrédule, Aspasia semblait à présent songeuse.

— J'ai entendu les rumeurs au sujet de ce désir obsessionnel qu'avait lady Rowland de marier sa petite-fille au petit-fils de son ancien amant, intervint-elle. Lady Rowland avait certes la réputation d'user de sa fortune pour manipuler sa famille. Mais pourquoi l'aurait-on tuée ? Elle avait promis de doter très généreusement sa petite-fille.

— Seulement si elle consentait à épouser Ferring, rappela Lavinia. Mais, à présent, c'est son père qui a pris le contrôle de la fortune de lady Rowland et il n'est plus question de mariage. Dans les deux autres décès qui nous préoccupent, des jeunes filles ont échappé, de la même façon, à une future union qui risquait fort d'être malheureuse.

— Tu ne suggères quand même pas que ces jeunes filles auraient recouru aux services d'un tueur ? objecta Tobias. C'est insensé.

Aspasia hocha la tête.

— Tobias a raison, madame Lake. Votre hypothèse ne manque pas d'intérêt, mais semble peu crédible.

Lavinia carra les épaules d'une façon que Tobias avait appris à reconnaître. Elle s'apprêtait à défendre sa position.

— Dois-je vous rappeler, à tous les deux, qu'en matière de mariages dans la bonne société, d'autres personnes que les fiancés peuvent être intéressées par la concrétisation ou non d'une alliance ?

— Si je te suis bien, tu prétends que des membres de ces trois familles auraient commandité ces meurtres pour annuler les mariages ? résuma Tobias en croisant les bras. C'est tiré par les cheveux. Nous parlons d'un assassin qui imite le tueur à la bague. Pas d'un empêcheur de convoler en lune de miel.

Lavinia s'apprêtait à rétorquer, mais Aspasia ne lui en laissa pas le temps.

— Les mariages sont une chose trop importante pour que les jeunes filles aient leur mot à dire. Je sais de quoi je parle. Mon père ne s'est pas vraiment soucié de savoir si je serais heureuse lorsqu'il a accordé ma main.

Ce dernier commentaire surprit Tobias. Il n'avait jamais entendu Aspasia évoquer son bref mariage.

Lavinia la dévisageait en silence, et Tobias devina qu'elle était curieuse de ce qu'Aspasia avait à raconter sur le sujet.

— Quoi qu'il en soit, reprit celle-ci, je n'ai jamais entendu dire que quelqu'un avait commis un meurtre pour empêcher un mariage.

— En tant que professionnelle, je peux vous assurer, madame Gray, que nous avons rencontré des gens qui avaient tué pour moins que cela, fit valoir Lavinia. N'est-ce pas, Tobias ?

Tobias se refusa à entrer dans la polémique.

— On peut tuer pour toutes sortes de raisons, concéda-t-il, diplomate.

Mais sa réponse parut ne satisfaire aucune des deux femmes.

— Je te fais confiance pour ne pas perdre ton temps à suivre une fausse piste, déclara Aspasia.

— Je vais essayer de l'éviter.

— Moi aussi, renchérit Lavinia d'un ton sec.

Aspasia se leva et se dirigea vers la porte.

— Je dois vous quitter. Tenez-moi au courant de vos avancées.

Tobias traversa le salon pour lui ouvrir la porte.

— Bien entendu. Au revoir, Aspasia.

La jeune femme hésita un instant avant de franchir le seuil. Dans l'entrée, elle se retourna.

— Nous n'avons pas de temps à perdre, Tobias. Il faut démasquer ce tueur au plus vite. Qui sait quel autre crime il nous prépare ?

Tobias crispa la main sur le bouton de la porte.

— Je suis parfaitement conscient qu'il y a urgence.

Mme Chilton avait déjà ouvert la porte d'entrée. Aspasia sortit sans un mot.

Tobias attendit qu'elle eût descendu le perron. Puis il tira sa montre gousset de sa poche et sourit à la gouvernante.

— Je pense que vous avez encore le temps d'aller faire quelques courses.

Elle leva les yeux au ciel.

— Bien, monsieur, fit-elle.

Elle reprit un ton plus bas, pour ne pas être entendue du salon :

— Mais faites vite. Mlle Emeline doit rentrer à 5 heures. Ne vous laissez pas surprendre.

— Merci du conseil, madame Chilton.

Tobias rejoignit Lavinia, qui se tenait devant la fenêtre et contemplait la rue. Il s'approcha d'elle, posa les mains sur ses épaules et suivit son regard. Tous deux regardèrent Aspasia disparaître au coin de la rue. Lavinia ne se retourna pas.

— Tu dois te montrer indulgente avec Aspasia, murmura Tobias. Elle est effrayée.

— Hmm.

— Elle a toutes les raisons de s'inquiéter, poursuivit-il. Zachary Elland tuait de sang-froid et son successeur paraît posséder le même tempérament. Et puis, reconnais qu'elle n'a pas tort : ta théorie selon laquelle il y aurait un lien entre ces trois crimes supposés et des mariages contrecarrés ne semble pas très solide pour le moment.

— Hmm.

— Lavinia, je te sens troublée. Aurais-tu abordé avec Mme Dove un autre sujet dont tu n'aurais pas encore parlé ?

— Joan m'a demandé si je pensais qu'elle trahissait la mémoire de son mari en ayant une liaison avec Vale. À l'évidence, cela perturbe sa fille.

— Je vois, fit Tobias, qui ne s'attendait pas du tout à cela. Et que lui as-tu répondu ?

— Que son mari l'avait aimée profondément, et qu'il aurait certainement souhaité qu'elle soit de nouveau heureuse, comme elle-même l'aurait voulu si elle était morte la première.

— Certes, fit Tobias, qui ne savait trop quoi dire. Cela a dû la rassurer. À part ça, Mme Chilton vient de m'annoncer qu'elle sortait faire quelques courses pour le dîner. Que dirais-tu si…

— Tobias ?

— Oui ?

— S'il devait m'arriver quelque chose et que tu te retrouves seul, je voudrais que tu retrouves le bonheur.

Instinctivement, Tobias resserra son étreinte sur les épaules de la jeune femme. L'idée qu'il puisse la perdre lui avait soudain glacé les sangs.

— Je voudrais que tu retrouves le bonheur, répéta-t-elle, apparemment inconsciente de l'effet produit par ses paroles. *Mais pas avec Aspasia Gray*.

À ces mots, l'étau qui oppressait la poitrine de Tobias se desserra et il put respirer de nouveau. Il fit pivoter la jeune femme pour lui faire face.

— Je ne peux pas imaginer désirer une autre femme comme je te désire toi, déclara-t-il d'une voix sourde qu'il reconnut à peine.

— Oh, Tobias ! s'exclama-t-elle en nouant les bras à son cou. Je t'aime tant.

— Je suis ravi de l'entendre, fit-il, s'enivrant du parfum de ses cheveux. Mais, par pitié, ne me parle plus jamais de disparaître. Ça m'est insupportable.

Lavinia se pressa contre lui.

— L'idée de te perdre m'est aussi insupportable.

Ils demeurèrent un long moment enlacés. Puis Tobias entraîna la jeune femme à l'étage.

Un peu plus tard, dans la chambre, Tobias se redressa sur le coude pour consulter sa montre, sur la table de chevet. 16 h 30. L'heure de se rhabiller. À contrecœur, il s'assit au bord du lit.

— Tobias ?

Il tourna la tête vers la jeune femme.

— Il faut que j'y aille, chérie. Emeline sera là dans une demi-heure. Et j'ai rendez-vous avec Anthony à la maison. Avec un peu de chance, nous aurons peut-être du nouveau au sujet des bagues.

Lavinia croisa les mains sous la nuque, découvrant l'un de ses seins.

— Tobias, reprit-elle, ce que j'ai dit à Joan était juste, n'est-ce pas ? Tu ne crois pas que Fielding aurait désiré son bonheur avec quelqu'un d'autre après sa mort ?

Au lieu de répondre, il se pencha pour déposer un baiser sur le sein nu de la jeune femme. Il se sentait soudain en proie à un farouche sentiment de possession. Cette femme n'était pas n'importe laquelle. C'était la sienne.

Lavinia fronça les sourcils.

— Eh bien ? Tu n'es pas d'accord avec moi ?

Tobias la regarda droit dans les yeux.

— Je ne peux pas répondre pour Fielding Dove. Mais je peux te promettre que si tu cherchais dans les bras d'un autre ce que nous avons partagé ensemble, je sortirais de ma tombe pour revenir te hanter.

13

À 5 h 30, Tobias avait regagné son bureau. Le petit intermède dans la chambre de Lavinia l'avait soulagé d'une partie de la tension accumulée depuis les événements survenus au château des Beaumont. Cependant, tandis qu'il écoutait le rapport d'Anthony, il la sentait revenir au galop.

— Aucune bague semblable à celles laissées par l'assassin n'a été vendue ou volée chez les antiquaires que nous avons interrogés, expliquait ce dernier. Il reste cependant quelques noms sur la liste. Veux-tu que nous continuions demain matin ?

— Oui, répondit Tobias, qui étudiait la liste en question. L'assassin a bien acheté ces maudites bagues quelque part. Et pour la perruque blonde ?

— Pour l'instant, nous n'avons vu que deux fabricants de postiches. L'un d'eux en a vendu une le mois dernier.

Tobias leva vivement les yeux.

— Avez-vous obtenu le nom de l'acheteur ?

— Oui, mais ça ne semble mener nulle part. Le fabricant connaît cette cliente depuis des années. Il nous l'a décrite comme une vieille dame un peu excentrique. Elle vit à la campagne et ne vient à Londres que deux ou trois fois par an. Je doute fort que ce soit notre assassin.

Tobias grommela quelques mots inaudibles, puis examina de nouveau la liste en silence. Finalement, il en déchira une moitié, qu'il garda, et rendit l'autre à Anthony.

— Emeline et toi terminerez d'interroger les antiquaires. Lavinia et moi nous chargerons des perruquiers. À nous quatre, nous devrions en avoir terminé d'ici à deux jours.

— Bien, fit Anthony en s'adossant à son siège. Je crois savoir que tu as prévu d'aller voir Jack, ce soir, au *Gryphon*. Veux-tu que je t'accompagne ? Les parages sont dangereux.

— Merci, mais ce ne sera pas nécessaire. J'irai en fiacre et je demanderai au cocher de m'attendre.

Anthony haussa les sourcils.

— Pourquoi consulter le vieux Jack dans cette affaire ? D'après ce que tu nous as expliqué, le premier tueur à la bague n'avait rien à voir avec les criminels qui hantent les bas-fonds de la capitale. Tu crois que notre assassin est différent ?

— Non. Mais je me suis rendu compte, hier, que je savais finalement peu de chose sur Zachary Elland. Apparemment, il n'avait pas de famille. Après sa mort, personne n'est venu réclamer ses effets personnels. À croire qu'il n'avait jamais existé. Peut-être qu'en reconstituant son passé, je trouverai un indice intéressant.

— Eh bien, bonne chance, dit Anthony en se levant pour partir.

La main sur la poignée de la porte, il se retourna.

— Tobias, j'aurais une question à te poser. C'est euh… un peu personnel.

— De quoi s'agit-il ?

— J'imagine que la mort de Fullerton a quelque peu bousculé vos projets. Mais avant cette tragédie, avez-vous eu, Lavinia et toi, le temps de parler de votre relation ?

Tobias écarquilla les yeux.

— Je te demande pardon ?

Anthony rougit légèrement, mais ne bougea pas.

— Emeline et moi avons supposé que tu avais invité Mme Lake à cette partie de campagne parce que tu voulais en profiter pour lui faire part de tes intentions.

— Quelles intentions ? demanda Tobias d'une voix égale.

Le regard d'Anthony se fit désapprobateur.

— Ne me dis pas que tu n'y as pas songé.

— Mais enfin, Anthony, de quoi parles-tu ?

Le jeune homme lâcha la poignée de la porte.

— As-tu, oui ou non, demandé Mme Lake en mariage ?

— Mes intentions envers Mme Lake ne te regardent en rien, répliqua Tobias, glacial.

— Je remarque simplement que vous vous êtes beaucoup vus en privé, ces derniers mois.

— Et alors ? Nous sommes associés, je te rappelle.

— Associés ? Et c'est pour cette raison que tu envoies Mme Chilton faire des courses pour un oui ou pour un non ?

Tobias sentit la moutarde lui monter au nez.

— Je te le répète, Anthony, cela ne te regarde pas.

Son beau-frère se campa sur le tapis.

— Mme Lake est une femme respectable. Tu ne crois pas qu'il serait grand temps que tu te conduises en gentleman ?

— Tu sais pertinemment que je ne suis pas en position de demander la main de Lavinia. J'ai investi tout l'argent que j'ai gagné dans le vaisseau affrété par Crackenburne. Tant que ce bateau ne sera pas rentré au port, son équipage sain et sauf et ses cales pleines, je n'ai rien à offrir à Lavinia.

Anthony afficha un air compatissant.

— Je n'ignore pas tes soucis financiers. J'ai les mêmes, du reste. C'est ainsi que j'en suis venu à réfléchir à une solution qui pourrait résoudre tous nos problèmes.

— Ah oui ? Tu as trouvé un alchimiste qui pourrait transmuer le plomb en or ?

Anthony eut un large geste de la main.

— Non, je pensais simplement à cette maison.

— Qu'as-tu contre cette maison ? Elle m'appartient. À vrai dire, c'est mon seul bien.

— Je sais. Pour ma part, j'ai tout juste de quoi payer mon loyer de Jasper Street.

— Ce n'est certainement pas ma faute. Je te rappelle que c'est toi qui as voulu déménager pour être indépendant. Tu souhaitais pouvoir recevoir tes amis à n'importe quelle heure du jour ou de la nuit.

— L'ennui, c'est que ce logement est parfait pour moi seul, mais que je ne pourrais pas y accueillir Emeline. Nous n'aurions même pas la place d'y loger une gouvernante. Et puis, elle est habituée à la jolie maison de Claremont Lane.

— Ce qui se comprend aisément.

— En fait, selon moi, il y a un logement de trop.

— Tu peux m'expliquer ?

— C'est très simple. Si tu épousais Mme Lake, vous pourriez vous installer ensemble au 7, Claremont Lane. J'abandonnerais mon appartement de Jasper Street, j'épouserais Emeline et nous viendrions vivre ici. Ce serait très pratique pour tout le monde.

Tobias bondit sur ses pieds.

— En clair, tu voudrais me dépouiller de *ma maison* pour pouvoir épouser Emeline ?

Anthony recula d'un pas, paumes en avant en manière d'excuses.

— Inutile de t'emporter, Tobias. Je pensais sincèrement que c'était une bonne idée, qui nous profiterait à tous les quatre. Qui plus est, j'économiserais un loyer. Et nous n'aurions pas besoin d'une troisième gouvernante. Tu prendrais Whitby avec vous et nous garderions Mme Chilton.

— Si tu t'imagines que je vais te laisser t'emparer de cette maison, rétorqua Tobias, tu as perdu l'esprit. À présent, je te suggère d'aller faire ce travail pour lequel je te paye grassement avant que je ne décide d'embaucher un autre assistant.

— Tobias, écoute-moi s'il te plaît...

— Dehors ! fit Tobias, l'index pointé vers la porte. Et trouve-moi qui a vendu ces maudites bagues, et à qui. Compris ?

— Compris, répéta Anthony, résigné.

Dès que la porte se fut refermée, Tobias se rassit. Puis il contempla la pièce d'un œil pensif. Un peu partout se trouvaient des objets qu'il avait acquis au fil des ans : ses livres, son globe terrestre, un télescope, l'armoire à liqueurs...

Cette demeure n'était pas uniquement son seul patrimoine, c'était sa maison. Il l'avait achetée grâce à un prêt de Crackenburne peu de temps avant qu'il ne fasse la connaissance d'Ann et de son petit frère, Anthony.

Dans cette maison, Tobias avait connu cinq années de bonheur avec Ann. Jusqu'à ce que la jeune femme meure en mettant au monde leur enfant mort-né. Et c'est sous ce même toit qu'Anthony et lui avaient partagé leur chagrin.

Anthony avait treize ans lorsque sa sœur était morte. Sans Tobias, il se serait retrouvé seul au monde, ses parents étant décédés lorsqu'il était tout petit. Cependant, avec la morgue d'un garçon de treize ans habitué aux vicissitudes de ce monde, il avait tranquillement demandé à Tobias combien de temps celui-ci lui donnait pour faire ses valises et quitter la maison. « Vous n'aurez plus à me supporter, avait-il dit en substance. Vous l'aviez fait pour Ann, mais à présent qu'elle n'est plus là, je ne suis plus sous votre responsabilité. Je peux me débrouiller seul. »

Tobias avait fait de son mieux pour le consoler et l'assurer qu'il était toujours le bienvenu dans cette maison. Ils avaient dès lors vécu ensemble ; deux créatures blessées, renfermées sur elles-mêmes, mais que la présence de l'autre suffisait à réconforter. Puis Anthony, devenu jeune homme, avait souhaité prendre son indépendance et s'installer dans ses meubles.

Aujourd'hui, assis au milieu de ses livres, de son globe terrestre, de son télescope et de son armoire à liqueurs, Tobias se faisait la réflexion qu'il était impatient de retrouver le petit intérieur douillet et accueillant de Lavinia.

À 10 h 30, ce soir-là, Tobias, habillé en docker, partageait avec Jack un verre de son meilleur brandy. L'épaisseur des murs de son bureau étouffait les bruits parvenant de la salle d'auberge, de l'autre côté du couloir.

Jack avait ouvert sa taverne deux ans plus tôt, après avoir pris sa retraite de contrebandier. Tobias l'avait connu pendant la guerre, lorsque lui-même était espion au service de la Couronne et que Jack profitait de son trafic illégal avec le continent pour rapporter des informations capitales sur les mouvements des troupes françaises. Les deux hommes venaient de milieux très différents, mais ils avaient réussi à tisser des liens basés à la fois sur l'intérêt et sur un respect mutuel.

Leur « association » avait continué après la guerre. De par sa position, Jack savait tout ce qui se tramait dans le Londres des bas-fonds, ce qui s'était révélé fort utile à Tobias.

— Le tueur à la bague, répéta Jack en grattant pensivement la cicatrice qui courait du coin de sa bouche à son oreille. Tu fais référence au premier, ou au deuxième du nom ?

— A priori, c'est le deuxième, Zachary Elland, qui m'intéresse. Cela dit, je suis preneur de toute information sur le sujet.

— Je ne sais pas si je pourrai t'être d'une grande aide, fit Jack en tournant son verre de brandy entre ses mains. Il y avait des rumeurs, à l'époque où Zachary Elland opérait, à propos d'un assassin gentleman. Mais, comme tu le sais, il n'évoluait pas dans les mêmes milieux que les criminels ordinaires.

Tobias hocha la tête.

— Et le premier tueur ? Tu n'étais qu'un gamin, mais te rappelles-tu ce qu'on colportait sur son compte ?

— On parlait de lui presque avec admiration. Il se débrouillait pour que ses meurtres ressemblent à des accidents ou à des suicides, et on n'a jamais su combien il en avait commis. C'était une légende.

— Pourquoi ?

— Parce qu'il était considéré comme un homme d'honneur. Il n'acceptait de tuer que des personnes dont il estimait qu'elles méritaient de mourir. En fait, à sa manière, il combattait le vice et la méchanceté qui pouvaient régner dans la bonne société.

— Autrement dit, il s'était institué lui-même juge et bourreau ?

— Oui, c'est exactement ça.

— Crackenburne m'a expliqué qu'on avait cessé de parler de lui subitement. Il en a déduit qu'il était mort.

— C'est probable, en effet. Mais on a aussi raconté qu'il s'était tout bonnement retiré pour vivre dans un cottage en bord de mer.

— Le tueur à la bague vivant comme un paisible retraité dans une station balnéaire ? fit Tobias, presque amusé. Quelle idée charmante. On a bien raison de dire que les légendes ne meurent jamais.

— De toute façon, s'il n'est pas mort, il doit être sacrément âgé, aujourd'hui. Je ne pense pas qu'il puisse encore constituer une menace pour qui que ce soit.

— Non, ce n'est certainement pas l'assassin que je recherche. Mme Lake l'a aperçu, chez les Beaumont. Il était déguisé en femme, mais quoi qu'il en soit, elle est persuadée que c'était quelqu'un de jeune et de vigoureux.

— C'est un métier qui réclame une bonne condition physique. Ne serait-ce que pour s'introduire chez les gens en grimpant aux murs. Et puis, il faut de la force, pour pousser ses victimes par la fenêtre ou du haut d'un escalier. Surtout si elles essaient de résister.

— Elland était très doué pour cela, conclut Tobias en se levant. Merci pour le brandy, Jack. Sache que je suis disposé à payer généreusement toute information susceptible de me mettre sur la piste de ce nouvel assassin.

— Je vais tâcher de découvrir si quelqu'un sait quelque chose. Mais j'ai peu d'espoir. L'assassin vient de ton monde, Tobias. Pas du mien.

14

Dominic inclina la lentille de façon à capter directement les rayons du soleil. C'était une journée parfaite pour sa démonstration. Les quelques morceaux de papier qu'il avait disposés dans la cuvette en fer s'enflammeraient en un clin d'œil. C'était une expérience insignifiante, mais les gens poussaient toujours de grands cris lorsque le contenu de la cuvette s'embrasait.

Après la visite de son laboratoire et quelques démonstrations avec sa machine électrique, Dominic avait choisi de terminer par cette expérience.

Assis sur des chaises en fer, dans le petit parc à côté de chez lui, ses visiteurs attendaient avec impatience le début du spectacle. Depuis le début, Mme Lake, Emeline et Priscilla s'étaient montrées fort intéressées. Anthony lui-même, qui arborait pourtant une mine renfrognée à son arrivée, n'avait pu dissimuler sa curiosité devant les différents appareils.

Soudain, les papiers, chauffés à blanc par les rayons du soleil qui traversaient la lentille grossissante, s'enflammèrent. Exactement comme prévu.

— Bonté divine ! s'exclama Lavinia, fascinée. C'est très impressionnant, monsieur Hood.

Une heure plus tôt, elle semblait pourtant distraite et pressée de repartir. Sur un ton d'excuse, Emeline avait expliqué qu'elles étaient sur une nouvelle enquête et qu'elles ne disposaient que de peu de temps.

Mais plus les démonstrations s'étaient faites spectaculaires, et plus Mme Lake avait témoigné de l'intérêt, à la grande satisfaction de Dominic.

— C'est plutôt malin, admit Anthony. Mais je ne vois pas vraiment l'utilité de ce genre de lentilles.

— Elles sont très utiles pour les expériences qui requièrent beaucoup de chaleur, fit valoir Priscilla, qui regardait l'instrument avec envie. J'adorerais en avoir une. Mais maman ne me le permettra jamais.

Bizarrement, la fascination de la jeune fille pour sa lentille irritait Dominic. Il se surprit à se demander ce qu'il ressentirait si Priscilla le regardait avec la même admiration. Puis il se rappela qu'elle ne comptait pas. C'était Emeline sa cible. Il avait eu l'espoir de retenir son attention avec ses expériences, et, apparemment, il avait atteint son but.

Cependant, chaque fois, c'était Priscilla qui avait manifesté le plus d'enthousiasme. Et c'était elle, aussi, qui avait le mieux compris les mécanismes mis en cause dans chaque démonstration.

Dominic avait été surpris par l'étendue de ses connaissances. Son ravissant minois, ses cheveux blonds et ses yeux bleu azur auraient pu laisser croire qu'elle n'avait rien dans le crâne, sinon des courants d'air. Eh bien, pas du tout. Elle pouvait citer Newton ou Boyle avec une aisance déconcertante. Et ses questions ne manquaient pas de pertinence. Pour couronner le tout, elle n'avait cessé de prendre des notes depuis son arrivée.

— Tout cela était fort instructif, conclut Mme Lake, quand les papiers eurent achevé de se consumer. Merci beaucoup, monsieur Hood. Hélas, il nous faut déjà partir. Emeline, Priscilla, nous y allons ?

Priscilla tenta de masquer sa déception de devoir s'en aller si vite.

— Madame Lake, je vous suis très reconnaissante d'avoir accepté de nous consacrer un peu de votre temps, pour nous permettre de visiter le laboratoire de M. Hood. Sans vous, maman ne m'aurait jamais autorisée à venir.

— Mais de rien, répondit Lavinia, qui aperçut soudain une silhouette familière derrière Dominic. Ah, voici M. March ! Je lui avais dit que nous aurions terminé à 10 heures. Il a dû s'impatienter et sera venu nous chercher.

— Il n'a pas l'air de bonne humeur, observa Emeline.

— Il ne l'est pas depuis son retour de Beaumont Castle, marmonna Anthony.

Dominic se retourna pour suivre leurs regards. L'homme qui s'approchait d'eux à grandes enjambées affichait un visage sombre et déterminé. Il claudiquait imperceptiblement et le jeune homme se demanda s'il n'avait pas été blessé par le passé. En tout cas, ce léger défaut n'entamait en rien la force qui émanait de lui. Au contraire, on aurait dit quelque dangereux vétéran. Dominic songea qu'il lui faudrait se montrer prudent avec cet homme.

— Tobias, dit Lavinia, as-tu déjà rencontré M. Hood.

— Hood, fit Tobias brièvement en saluant Dominic de la tête.

— Monsieur.

— Quel dommage que vous ne soyez pas arrivé plus tôt ! déplora Priscilla. M. Hood vient juste de terminer ses expériences.

— Ce sera pour une autre fois, répliqua Tobias. Lavinia, ajouta-t-il, si tu en as terminé ici, je te rappelle que nous avons des affaires urgentes en attente. Vous aussi, Anthony et Emeline.

— Bien, fit Anthony. Emeline et moi allons raccompagner Priscilla chez elle, puis nous reprendrons notre enquête.

— Inutile de s'inquiéter, observa Lavinia, qui enfilait ses gants, les magasins viennent tout juste d'ouvrir. Nous n'avons pas perdu de temps.

Dominic eut beau s'exhorter au silence, la curiosité l'emporta.

— Puis-je vous demander sur quoi vous enquêtez ?

— Nous cherchons un homme qui a pour profession d'assassiner les gens, expliqua Lavinia. Il tue pour de l'argent. M. March redoute qu'il ne commette bientôt un autre crime si nous ne le démasquons pas rapidement.

Dominic haussa les sourcils.

— Vous cherchez un assassin ? Mais je pensais que c'était le travail de la police ?

— Ce tueur-là est trop intelligent pour les policiers, intervint Anthony. Tellement intelligent qu'il ne laisse aucune preuve permettant d'établir qu'il s'agit de meurtres.

Il prit le bras d'Emeline.

— Allons-y.

Emeline offrit un sourire à Dominic.

— Merci encore pour cette matinée si instructive, monsieur Hood.

Priscilla le gratifia d'un sourire encore plus chaleureux.

— C'était positivement fascinant, dit-elle.

— Mais de rien, répliqua Dominic d'un ton brusque.

Anthony s'éloigna sans se soucier de le saluer.

Tobias prit le bras de Lavinia.

— Bonne journée, monsieur Hood.

— À vous aussi, monsieur, répliqua Dominic, puis, s'inclinant devant Lavinia : Merci, madame, d'avoir accompagné Mlles Priscilla et Emeline. J'ai bien conscience que les règles de la décence leur auraient interdit de franchir ma porte sans votre présence.

— J'ai moi-même fort apprécié ma visite, le rassura Lavinia. J'espère que nous nous reverrons bientôt, monsieur Hood. Quand j'aurai un peu plus de temps.

Dominic les regarda s'éloigner. Bien qu'il répugnât à l'admettre, il était jaloux d'Anthony. Traquer un assassin devait être une occupation fort excitante. Cela lui rappela qu'il était lui-même occupé à une tâche importante.

Il savait maintenant qu'il lui faudrait changer de stratégie. Le plan qu'il avait imaginé pour détourner Emeline d'Anthony ne marchait pas.

Une petite brise agitait les feuillages du jardin. Dominic eut l'impression d'entendre sa mère lui murmurer à l'oreille de ne surtout pas renoncer. Il ne restait personne d'autre que lui pour la venger, songea-t-il.

Le petit groupe avait atteint l'extrémité du parc. M. March et Mme Lake sortirent les premiers, Anthony et ses deux compagnes sur leurs talons.

Dominic s'efforça de garder les yeux rivés sur Anthony jusqu'au dernier instant. Il ne devait pas se laisser distraire. Finalement, ce furent les cheveux blonds de Priscilla bouclant sous son chapeau rose qui retinrent son attention avant que le groupe disparaisse de son champ de vision.

Il resta encore quelques minutes immobile avant de se décider à ramasser le récipient où avaient brûlé les papiers. Il ne restait plus qu'un petit tas noir, dans le fond, qu'il contempla pensivement.

La vengeance n'était pas chose aisée. Et il commençait à se demander si, quand il en aurait terminé, il récolterait plus qu'une poignée de cendres.

15

Deux jours plus tard, en fin d'après-midi, Lavinia accompagnait Tobias chez l'un des derniers perruquiers qui figuraient sur leur liste. Jusqu'à présent leurs recherches n'avaient rien donné et elle avait perdu tout espoir de récolter le moindre indice.

L'intérieur de chez *Cork & Todd* était en tout point semblable aux autres magasins qu'ils avaient déjà visités. Des bustes, dont les crânes étaient coiffés des différents modèles de perruques et postiches fabriqués par la maison, s'alignaient sur des étagères fixées aux murs. Un décor qui n'avait rien d'enthousiasmant.

Chez *Cork & Todd*, la plupart des modèles étaient féminins, mais il y avait aussi quelques têtes portant des perruques destinées aux messieurs.

Il n'y avait personne derrière le comptoir, mais une voix chaleureuse leur parvint de l'arrière-boutique :

— J'arrive tout de suite !

Tobias profita de ce répit pour tirer la liste de sa poche et l'examiner.

— Il ne nous reste plus que trois fabricants de perruques à voir après celui-ci, et nous en aurons terminé. Remarque, pour ce que cela a été utile. Nous avons perdu presque trois jours à chercher sans aucun résultat.

— Anthony et Emeline auront peut-être eu plus de chance avec les antiquaires, hasarda Lavinia, qui déambulait dans la boutique. Et n'oublie pas le premier magasin où nous sommes passés, celui où il était indiqué en vitrine qu'il était fermé jusqu'à la fin du mois. Que comptes-tu faire à son sujet ?

— Je m'en occuperai un de ces soirs.

La jeune femme se retourna.

— Tu vas forcer la serrure ?

Tobias se contenta de hausser les épaules.

— Je viendrai avec toi, décréta Lavinia, enthousiaste à l'idée de cette expédition nocturne.

— C'est hors de question.

Malgré la fermeté de son ton, elle perçut une nuance de résignation dans sa voix, et comprit qu'elle aurait gain de cause.

— Cela me fera une excellente occasion de te voir à l'œuvre, reprit-elle. Je me disais justement, l'autre jour, que je devrais perfectionner mes connaissances en matière de serrures. Jusqu'ici, tu n'as pas été un professeur très opiniâtre.

— Disons que j'ai surtout été prudent.

— Figure-toi que je suis bien décidée à apprendre tous les ressorts de ce métier. Et puisque nous sommes associés – dois-je te le rappeler ? –, tu devrais montrer plus...

Elle s'interrompit en voyant le rideau qui séparait le magasin de l'arrière-boutique s'écarter pour laisser le passage à un homme d'une cinquantaine d'années, plutôt replet, vêtu d'un costume de satin agrémenté d'une cravate extravagante. Lavinia trouva ses cheveux d'un noir suspect pour un homme de son âge.

— Bonjour, madame, bonjour monsieur, fit-il, l'œil pétillant derrière ses lunettes à monture dorée. Bienvenue dans mon échoppe. Je suis John Cork.

Son regard s'arrêta sur Lavinia, et il prit un air apitoyé.

— Madame, vous avez frappé à la bonne porte. Je vais effacer la marque du destin qui attriste votre crâne.

— Vraiment ? dit Lavinia, qui ignora délibérément le regard noir de Tobias.

Ce n'était pas la première fois, au cours de ces deux derniers jours, qu'on l'accueillait avec autant d'enthousiasme. La plupart des perruquiers qu'ils avaient interrogés avaient paru effrayés en découvrant sa tignasse rousse.

— Quand vous sortirez d'ici, madame, reprit Cork, vous serez une nouvelle femme, croyez-moi.

— L'expérience ne manquerait sûrement pas d'être intéressante, concéda Lavinia. Malheureusement, mon ami et moi-même ne sommes pas là pour acheter une perruque.

L'artisan secoua résolument la tête.

— Si votre couleur naturelle était simplement auburn, vous pourriez vous en tirer avec juste un chignon postiche. Mais devant un tel rouge, j'ai bien peur que seule une perruque complète puisse résoudre votre problème. Je ne vois pas d'autres moyens de dissimuler vos vrais cheveux.

Tobias s'avança d'un pas, pour attirer l'attention de l'artisan.

— Monsieur Cork, je m'appelle Tobias March et j'aimerais vous poser quelques questions au sujet de vos perruques.

Cork étudia la chevelure de Tobias d'un œil de professionnel.

— Pardonnez-moi, monsieur March. J'étais si médusé par les cheveux de madame que je n'ai pas prêté attention à votre cas. Mais à présent que je vous observe de plus près, je comprends que vous désiriez effacer ces touches de gris sur vos tempes. Vous avez bien fait de me consulter. J'ai justement ce qu'il vous faut.

— Je ne cherche pas une perruque pour moi-même ! riposta Tobias, qui avait du mal à contenir son irritation.

Mais Cork s'était déjà rué sur l'un des bustes masculins à qui il ôta sa perruque brune pour la brandir triomphalement, tel un chasseur exhibant son trophée.

— Je vous garantis que ce modèle vous offrira toute satisfaction, cher monsieur. Il masquera les ravages du temps et vous fera paraître près de dix ans de moins.

— Je vous répète que je ne suis pas venu acheter une perruque, insista Tobias, qui contemplait la perruque avec dégoût. Mme Lake et moi-même souhaiterions vous poser quelques questions, rien de plus.

Le sourire de Cork perdit toute chaleur.

— Quelle sorte de questions ?

— Nous voudrions savoir si vous avez récemment vendu une perruque blonde ?

— Blonde ? répéta Cork sur un ton de désapprobation souveraine. Je n'ai pas vendu de perruque blonde depuis des mois, Dieu merci. Voilà longtemps que ce n'est plus une teinte à la mode, vous savez. Le blond a perdu sa popularité quand Mme Tallien a décrété que le brun était la plus élégante des couleurs. Et c'était il y a vingt ans.

— Mme Tallien ? s'étonna Lavinia. La femme du révolutionnaire français ?

— Peu importent ses opinions politiques, répliqua Cork, avec un geste de la main, pour balayer l'argument. L'important, c'est que son salon était le mieux fréquenté de tout Paris et qu'elle régnait sans partage sur la mode. On raconte qu'elle possédait tout un assortiment de perruques, qu'elle choisissait de porter en fonction du temps ou de l'heure du jour. Les élégantes anglaises ont suivi son exemple. Inutile de vous dire que tous les perruquiers lui vouent une reconnaissance éternelle.

— J'imagine, commenta Lavinia, consciente que la guerre entre l'Angleterre et la France n'avait en rien entamé l'influence de la France sur la mode anglaise. Mais ce que nous aimerions savoir, c'est…

— Mme Tallien nous a proprement sauvés de la ruine, continua Cork. À l'époque, il y avait une désaffection générale pour les perruques. Et, pratiquement du jour au lendemain, elles sont redevenues à la mode.

Lavinia échangea un regard avec Tobias avant de tenter à nouveau d'interrompre l'artisan.

— Monsieur Cork, nous aimerions juste savoir si...

— Ce fut un âge d'or, si vous voulez mon avis, poursuivit Cork, imperturbable. Et je crains de ne jamais revoir cela de mon vivant. Toutes les grandes maisons s'étaient dotées d'une pièce spéciale où les perruques étaient conservées et poudrées régulièrement par des domestiques dévolus à cette tâche.

— Monsieur Cork, insista Lavinia, un peu plus fermement cette fois, nous voudrions savoir...

La porte du magasin s'ouvrit au même moment. Un homme de l'âge de M. Cork, mais beaucoup plus svelte, entra. Il portait un paquet sous le bras.

— Ah, voici M. Todd, annonça Cork. Je commençais à me demander où vous étiez passé, lança-t-il à l'adresse du nouveau venu.

— Lady Brockton a changé au moins dix fois d'avis sur la question de savoir si sa fille devait plutôt porter des tresses ou des anglaises, expliqua Todd. La malheureuse enfant avait surtout besoin de boucles qui auraient masqué son front trop haut. Mais réussir à en convaincre lady Brockton m'a demandé du temps et de la diplomatie. Heureusement que je n'avais pas d'autre rendez-vous cet après-midi.

— Lady Brockton est assommante, mais c'est une de nos meilleures clientes.

— Je sais, je sais, fit Todd, puis, avisant Lavinia et Tobias: Mais je vous ai peut-être interrompus?

— Je vous présente Mme Lake et M. March, fit Cork. J'étais en train de leur raconter l'époque la plus fastueuse de notre profession.

Il précisa à l'intention de Lavinia et de Tobias:

— Charles Todd, mon associé, est le maître de la coloration et des poudres.

Todd posa son paquet sur le comptoir.

— Il suffit de mélanger quelques couleurs pour obtenir une infinité de teintes, dit ce dernier.

— Dans son genre M. Todd est un véritable artiste, souligna Cork. Il sait créer des nuances admirables de bleu ou de rose. Et ses chignons sont une merveille d'architecture capillaire.

— Vraiment ? fit Tobias, que toute cette conversation ennuyait au plus haut point.

— Ses concurrents ont essayé de le copier, mais ils n'ont jamais pu l'égaler, renchérit Cork. Personne ne peut imiter un authentique artiste.

— Il ne suffit pas de réussir une coiffure, expliqua encore Todd. Il faut ensuite ne pas la gâcher sous un déluge d'accessoires inutiles. La plupart de mes collègues recourent trop facilement aux fleurs, aux perles, voire aux plumes. Comme l'a déclaré Lafoy, la simplicité devrait gouverner notre travail.

— Qui est Lafoy ? soupira Tobias, qui semblait avoir abandonné tout espoir de contrôler la conversation.

Todd et Cork le fixèrent comme s'ils avaient affaire à un barbare tout droit sorti de contrées non civilisées.

— Vous ne connaissez pas Lafoy ? s'exclama Todd, qui tout en parlant déballait le paquet qu'il avait apporté, révélant un livre. Je parle du grand Lafoy, bien sûr.

— Jamais entendu parler de lui, avoua Tobias.

— Lafoy n'est pas seulement un artiste du cheveu, c'est aussi un poète, assura Todd qui, désignant le livre, poursuivit : L'an dernier, il a publié cet excellent ouvrage sur l'art de la coiffure. J'ai été obligé d'en racheter un second exemplaire, j'avais abîmé le premier.

Cork secoua la tête, amusé.

— Il s'est endormi dans son bain en le lisant. Le livre est tombé dans l'eau et était bien sûr irrécupérable.

Todd ouvrit le précieux ouvrage avec une expression de profond respect.

— Écoutez donc ces quelques lignes sur l'art du chignon.

Il s'éclaircit la voix, prêt à déclamer le passage en question. Heureusement, Cork l'interrompit d'un geste de la main.

— Une autre fois, peut-être, monsieur Todd. Mme Lake et M. March sont ici pour affaires.

— Oui, bien sûr, où avais-je la tête ? Pardonnez-moi, s'excusa Todd.

Il referma le livre, puis dévisagea Lavinia :

— Vous avez bien fait de venir nous consulter, madame. Avec des cheveux roux, il n'y a pas trente-six solutions : il faut les cacher. Dès que vous aurez choisi une perruque, je me ferai un plaisir de vous la préparer. Personnellement, je vous verrais bien avec des cheveux très bruns. Qu'en pensez-vous, Cork ?

— C'est aussi mon avis, approuva celui-ci. Madame serait ravissante en brune.

Todd tourna autour de Lavinia, l'examinant d'un œil de professionnel.

— J'utiliserais bien un de mes chignons de la collection Minerve. Cela rajouterait de la hauteur. Qu'en dites-vous, Cork ?

— Vous avez raison, comme d'habitude, répondit Cork. Hélas, madame m'a fait comprendre, avant votre arrivée, qu'elle ne souhaitait pas acquérir de perruque aujourd'hui.

— Quel dommage, fit Todd. Vous devriez…

— Si nous en revenions à notre perruque blonde ? risqua Tobias.

— Ah, oui, dit Cork. Vous voulez savoir qui aurait pu acheter une perruque blonde, récemment c'est cela ?

— C'est un renseignement qui pourrait vous rapporter, précisa Lavinia. Nous travaillons, comme vous, pour une clientèle très huppée, monsieur Cork. Nous n'enquêtons que pour la bonne société.

— Je vois, murmura Cork.

— Toute profession a besoin d'un peu de publicité, poursuivit Lavinia. En échange du renseignement qui nous intéresse nous pourrions vous recommander chaudement à certaines de nos clientes.

Cork ne chercha pas à masquer son scepticisme.

— Je ne vois pas en quoi cela nous serait utile.

— Nous parlons de personnes qui donnent le ton, monsieur. Un mot glissé dans la bonne oreille vaut souvent bien mieux que toutes les réclames publiées dans les journaux.

— Bon, d'accord, céda-t-il. On m'a demandé de créer un chignon blond cet hiver, mais c'est tout. Et c'était pour une vieille dame. Comme je vous l'ai déjà dit, cette couleur n'est plus à la mode et…

— Merci du renseignement, le coupa Tobias. Sachez que nous l'apprécions à sa juste valeur. Mme Lake se fera un plaisir de mentionner votre magasin à ses clientes dès que l'occasion s'en présentera.

Sur ce, il prit Lavinia par le bras et la propulsa vers la sortie.

— Nous avons franchement perdu notre temps, grommela-t-il, dès qu'ils furent dans la rue. Qu'avions-nous besoin de savoir toutes ces choses sur Mme Tallien et l'art de la perruque ?

— Peu importe, nous devons continuer. Comme tu l'as dit, nous ne pouvons pas nous permettre de négliger la moindre piste.

— Allons voir tout de suite les trois derniers perruquiers qui figurent sur la liste, et j'irai faire un tour ce soir chez celui qui était fermé. Ainsi, nous en aurons terminé avec cette partie de l'enquête.

— Je pense vraiment que je devrais t'accompagner, Tobias. Tu pourrais avoir besoin de moi.

— Ah oui ? Et pourquoi ? fit-il, d'un air distrait.

— Parce que malgré ce que tu as pu apprendre sur les perruques en deux jours, tu ignores tout de la mode et que tu ne sauras pas forcément quoi chercher dans le magasin. Un détail d'importance risque de t'échapper.

Il médita l'argument quelques secondes puis, au grand étonnement de la jeune femme, finit par hausser les épaules.

— Tu as peut-être raison. Je suppose qu'il n'y a pas grand danger, de toute façon, puisque le propriétaire, M. Swaine, est absent de Londres.

— Parfait, commenta Lavinia avec un sourire. Quand nous rentrerons, tu me prêteras l'un de tes passes, afin que je m'entraîne un peu d'ici ce soir.

— Si tu veux, dit-il, l'air ailleurs.

Un sentiment de profonde satisfaction envahit Lavinia. Tobias commençait enfin à la traiter comme une véritable associée.

Au bout de quelques dizaines de mètres, cependant, la joie de la jeune femme fit place à la suspicion. Elle avait gagné la bataille un peu trop facilement. Soit Tobias avait décidé de lui jouer un tour, soit il était préoccupé par autre chose.

— Tobias, tu n'es pas toi-même, aujourd'hui, attaqua-t-elle bille en tête. À propos de quoi rumines-tu donc ?

— Sur les ravages du temps dont les effets commencent à se voir sur mes cheveux, je suppose.

Bouche bée, Lavinia s'arrêta net. Les quelques fils gris qui ornaient les tempes de Tobias ajoutaient à son charme.

— Les ravages du temps ? Quelle sottise ! Tu ne vas quand même pas me faire croire que tu as pris au sérieux les commentaires de Cork ? Enfin, Tobias, ce n'est qu'un commerçant qui cherche à vendre sa marchandise !

— Mais il avait raison. Je ne suis plus tout jeune, Lavinia.

— Non, tu n'es plus un gamin, je suis bien d'accord. Tu es un homme dans la force de l'âge. Et si je puis me permettre, je trouve que les ravages du temps dans tes cheveux te rendent encore plus irrésistible.

Il esquissa un sourire.

— Irrésistible ?

Lavinia le regarda droit dans les yeux.

— Oui. Irrésistible.

Tobias prit le menton de la jeune femme dans sa main.

— Tant mieux. Parce que de mon côté, j'adore tes cheveux.

Lavinia sentit un frisson de plaisir lui parcourir l'échine.

— Même si leur couleur n'est pas à la mode ?

— Je te rappelle que je n'ai jamais été esclave de la mode.

Lavinia voulut rire, mais Tobias ne lui en laissa pas le temps. Il s'empara de ses lèvres, là, au beau milieu de la rue, sans se soucier des regards des passants qui hésitaient entre désapprobation et curiosité.

16

Pour la première fois depuis leur visite chez Dominic Hood, deux jours auparavant, Anthony était de bonne humeur. Frétillant d'impatience, il suivit Emeline dans le bureau de Lavinia.

Son regard tomba sur Tobias, confortablement installé dans son fauteuil favori, les jambes étirées devant lui, un verre de sherry à la main.

— Bonjour monsieur March, le salua Emeline. Mme Chilton nous avait prévenus que vous étiez là. Mais qu'avez-vous fait de ma tante ? ajouta-t-elle en jetant un coup d'œil circulaire dans la pièce.

— J'ai bien peur qu'elle n'ait choisi de faire carrière dans le crime, annonça Tobias avant de boire une gorgée de sherry. Mais je dois reconnaître qu'elle montre des aptitudes pour la profession

— Je suis là ! fit Lavinia, dont la tête émergea au ras de son bureau.

Elle brandit un passe.

— Je m'entraîne. Tobias et moi allons nous introduire dans une boutique, ce soir.

Anthony n'avait encore jamais vu une lady assise sur le sol. Il n'en revenait pas.

— Comme c'est excitant ! s'exclama Emeline, qui avait déjà contourné le bureau pour regarder sa tante s'escrimer sur les serrures des tiroirs. Je pourrai venir avec vous ?

— Pas question, répliqua Tobias d'une voix ferme.

Je ne peux pas prendre en charge plus d'une apprentie à la fois.

Il se tourna vers Anthony et l'observa, l'œil plissé.

— Tu sembles content de toi. Avez-vous découvert quelque chose ?

Le jeune homme songea que c'était là l'occasion d'afficher cet air d'efficacité nonchalante qu'affectionnait Tobias. Sans se presser, il alla se percher sur le rebord du bureau et croisa les bras.

— Je pense que nous avons trouvé d'où proviennent les bagues.

La tête de Lavinia jaillit de nouveau.

— C'est vrai ? Voilà une excellente nouvelle !

— Bon travail, approuva Tobias.

Anthony eut du mal à ne pas laisser transparaître sa fierté. Les compliments de Tobias avaient toujours cet effet sur lui, ce qui n'avait rien d'étonnant vu que c'était l'homme qu'il admirait le plus au monde. Son modèle en toutes choses – sauf en matière d'habillement !

— C'est surtout Emeline qui mérite des félicitations, dit-il en désignant la jeune fille. Elle a su si bien charmer le directeur du musée qu'il a fini par nous avouer la perte des bagues.

— Mais c'est Anthony qui a eu l'idée d'aller faire un tour dans ce curieux petit musée, après que nos investigations chez les antiquaires se furent révélées infructueuses, précisa Emeline. Ç'a été une idée de génie.

Anthony sourit.

— Dictée par le désespoir !

— Qu'est-ce que c'est que cette histoire de musée ? s'enquit Lavinia.

— L'un des antiquaires auquel nous avions rendu visite nous avait révélé qu'un petit musée de Peg Street possédait toute une collection de bagues semblables à celles utilisées par l'assassin. Comme notre enquête piétinait, je me suis dit que nous n'avions rien à perdre, et nous avons décidé d'aller visiter ce musée.

— Le conservateur a insisté pour que nous achetions un ticket d'entrée avant de répondre à nos questions, intervint Emeline. Dès que nous avons mentionné les bagues, il est devenu nerveux.

— Mais Emeline a su le calmer avec quelques sourires et des paroles aimables, résuma Anthony. Bref, il a fini par nous avouer que sa collection avait été volée.

— Quand ? fit Tobias d'une voix coupante.

Anthony s'attendait à cette question. Il tira son carnet de notes de sa poche et le consulta.

— Il y a deux mois. Je lui ai demandé s'il se souvenait d'un visiteur ayant témoigné de l'intérêt pour cette collection avant qu'elle ne soit dérobée.

— Très bonne question, approuva Tobias. Qu'a-t-il répondu ?

Anthony se tourna vers Emeline, lui laissant la parole.

— Un jour ou deux avant la disparition, le conservateur a remarqué une femme aux cheveux blonds qui examinait les bagues de près.

Lavinia bondit sur ses pieds.

— Une blonde ?

— Oui, confirma Anthony en refermant son carnet. Malheureusement, le conservateur n'a pu distinguer ses traits. Elle portait un chapeau à large bord et une voilette.

— Son âge et sa taille ? demanda Tobias brièvement.

— Hélas, il s'est montré très vague à ce sujet, déplora Anthony. Il ne faut pas oublier que cela remonte à deux mois. La seule chose qui semble l'avoir frappé, ce sont les cheveux de la visiteuse. Ils étaient très blonds.

— Une femme déguisée ? suggéra Emeline.

— Plus sûrement un homme habillé en femme, rectifia Tobias.

Anthony secoua la tête.

— Tu as beau t'y accrocher, ta théorie me semble bizarre. Je veux bien que l'assassin se déguise, mais pourquoi en femme ?

— Ce n'est pas si rare que cela, observa Tobias.

— En tout cas, il n'a pas choisi la facilité, intervint Lavinia. C'est tellement plus commode de porter des pantalons que des jupes.

— Oh oui ! approuva Emeline. C'est à la fois plus confortable et plus pratique.

Anthony la fixa, trop médusé pour parler.

— Prenez ce soir, par exemple, enchaîna Lavinia. Si je pouvais porter un pantalon pour m'introduire dans le magasin, je me déplacerais beaucoup plus librement.

— En y réfléchissant, reprit Emeline, notre profession ne manque pas d'occasions où un pantalon conviendrait mieux qu'une robe. Nous pourrions peut-être demander à Mme Francesca de nous en tailler un ?

— Excellente idée ! approuva Lavinia.

— Que diable racontes-tu là, Emeline ? s'écria Anthony, qui avait enfin retrouvé sa voix. Tu sais très bien que tu ne peux pas sortir dans la rue en pantalon.

La jeune fille lui décocha un sourire suave.

— Et pourquoi pas, s'il te plaît ?

— Euh...

La question l'avait pris de court. Il chercha de l'aide du côté de Tobias.

— Bon sang ! marmonna ce dernier avant de se lever et de se diriger vers la porte. Allons-nous-en pendant qu'il en est encore temps, Tony. Ce ne serait pas raisonnable de notre part de poursuivre cette conversation.

Anthony coula un dernier regard en direction d'Emeline, qui arborait une expression déterminée, puis se décida à suivre son beau-frère.

— Elles ne parlaient pas sérieusement, n'est-ce pas ? demanda-t-il, quand ils se retrouvèrent dans la rue. Au sujet des pantalons ?

— J'ai appris à prendre tout ce que disait Lavinia au sérieux. Et tu aurais tout intérêt à faire de même avec Emeline si tu ne veux pas risquer d'être pris par surprise. Ce qui n'est jamais confortable dans notre métier.

— J'ai quand même tendance à penser qu'elles nous taquinaient.

— À ta place, je renoncerais à cette hypothèse.

Anthony hésita, puis préféra changer de sujet.

— En parlant de notre métier, j'aurais une question à te poser.

— Oui ?

— Comment s'y prend-on pour enquêter sur le passé de quelqu'un ?

Tobias lui lança un regard intrigué.

— Avec une extrême prudence. Pourquoi me demandes-tu cela ?

— Je suis inquiet au sujet de Dominic Hood.

— Tu veux dire que tu es jaloux, n'est-ce pas ? Tu as tort.

Anthony crispa les mâchoires.

— Je n'aime pas sa façon de regarder Emeline.

— Calme-toi, Tony. Emeline n'a d'yeux que pour toi. Suis mon conseil et ne te mêle pas des affaires de Hood. La plupart des gens n'aiment pas qu'on s'intéresse à leur vie privée. Ils y voient une manière d'insulte.

— Je voulais juste m'assurer qu'il ne représentait pas une menace pour Emeline.

Tobias resta silencieux quelques minutes.

— Je demanderai à Crackenburne de voir ce qu'il peut découvrir à son sujet, proposa-t-il finalement. Sa position lui permet de poser certaines questions sans éveiller les soupçons.

— Merci.

— En échange, je veux ta parole que tu ne tenteras rien de ton côté, reprit Tobias. Je suis très sérieux, Tony. Des hommes sont morts en duel pour moins que ça.

— Je sais, répondit le jeune homme, soudain grave. Mon père, par exemple.

Tobias protégeait la flamme vacillante de sa bougie avec sa main, tandis que Lavinia, drapée dans un manteau noir, s'affairait sur la serrure de la porte de service du magasin.

Une lune presque pleine brillait dans un ciel sans nuage, rendant leur mission plus aisée, mais aussi plus risquée.

La serrure émit un petit déclic.

— Ça y est, murmura la jeune femme, qui semblait enchantée de sa performance.

— Chut ! fit Tobias.

Il jeta un regard par-dessus son épaule. Pas un mouvement dans la ruelle. Il tendit l'oreille un instant, et chuchota, rassuré :

— C'est bon. On peut entrer.

Lavinia se redressa, tourna la poignée avec précaution. La porte s'ouvrit en gémissant sur ses gonds.

Des bouffées d'air fétide les assaillirent, auxquelles se mêlait une puanteur qui ne leur était que trop familière.

— Mon Dieu, souffla Lavinia, qui plaqua le col de son manteau sur sa bouche et son nez, avant d'échanger un regard avec Tobias.

À l'évidence, elle avait identifié l'odeur. Ce n'était pas la première fois qu'ils étaient confrontés à la mort.

— Je passe devant, proposa-t-il.

Lavinia n'émit aucune objection.

Levant sa chandelle, Tobias commença à inspecter l'arrière-boutique encombrée. Des têtes chauves jetées en vrac dépassaient d'un grand panier. À la lumière vacillante de la flamme, on aurait dit la récolte d'une guillotine.

Des perruques de différentes teintes et longueurs étaient disposées sur une table, tels des petits cadavres d'animaux. Un assortiment de peignes et de ciseaux était soigneusement aligné à côté.

Tobias s'avança de quelques pas et aperçut une volée de marches qui menaient à l'étage. Devant la première se trouvait un autre grand panier d'osier d'où sortait un pied…

— Je crois que nous avons trouvé M. Swaine, annonça-t-il en jetant un coup d'œil à l'intérieur.

Lavinia le rejoignit.

Tobias tint la chandelle à bout de bras pour étudier la scène. Le corps était celui d'un homme d'une soixantaine d'années, vêtu d'une chemise de nuit. La victime reposait face contre terre, dans une posture fort peu naturelle. Une mare de sang coagulée formait une auréole sous sa tête.

Lavinia s'immobilisa à une courte distance et contempla tristement le cadavre.

— Tu penses qu'il a voulu se lever en pleine nuit et qu'il est tombé dans l'escalier ? suggéra-t-elle, sans trop y croire.

Tobias s'était penché pour examiner le corps.

— Non. J'ai l'impression qu'il a été frappé à l'arrière du crâne avec un objet lourd, et qu'il a ensuite été poussé du haut des marches, pour simuler un accident. À mon avis, la mort ne remonte pas à plus d'un jour ou deux.

— Il a peut-être surpris un cambrioleur ?

Tobias se redressa.

— C'est possible, oui, répondit-il, mais son intuition lui soufflait que l'assassin de Swaine n'était pas un simple cambrioleur. Je vais monter jeter un coup d'œil là-haut.

Avisant un chandelier, Lavinia l'alluma à celui de Tobias.

— J'en profiterai pour faire un tour dans la boutique.

Tobias enjamba précautionneusement le corps et commença de gravir l'escalier. Il s'arrêta au bout de quelques marches.

— Cherche les livres où il consignait ses ventes, conseilla-t-il à la jeune femme. Et une bague.

Lavinia leva les yeux vers lui.

— Tu penses que c'est l'œuvre du tueur à la bague?

— Tu sais ce que je pense des coïncidences.

À l'étage, il découvrit un petit bureau meublé d'une table de travail, d'un fauteuil et d'un tapis. La qualité de l'ameublement traduisait une honnête aisance, sans plus. Une porte communiquait avec la chambre.

L'un des tisonniers gisait au milieu de l'âtre. Tobias l'examina à la lumière de sa chandelle; quelques cheveux gris étaient collés à l'extrémité. C'était là la preuve que Swaine n'avait pas été victime d'une chute accidentelle.

Tobias fouilla ensuite méthodiquement la commode et la penderie de la chambre. N'ayant rien trouvé, il inspecta la table de chevet et regarda même sous le lit. Pas de bague. Il retourna dans le bureau et fit l'inventaire des tiroirs. Ils contenaient pour l'essentiel de l'encre, des plumes et quelques livres de comptes. Il les sortit et les feuilleta rapidement, espérant que la chance lui sourirait.

De toute évidence, Swaine tenait ses comptes avec un soin scrupuleux. Chaque transaction était datée et détaillée. Tobias sélectionna le livre le plus récent et le glissa sous le bras, puis il redescendit au rez-de-chaussée où Lavinia l'attendait.

— Qu'allons-nous faire du corps? s'enquit-elle. Nous ne pouvons pas le laisser comme ça. Il peut s'écouler des jours avant que quelqu'un se rende compte de quelque chose.

— J'enverrai un mot à la police. Je ne veux pas qu'on apprenne que nous étions ici, ce soir.

— Pourquoi?

— Moins l'assassin en saura sur nos progrès dans l'enquête, mieux cela vaudra, expliqua-t-il en se dirigeant vers la sortie. Cela dit, nous n'avons pas fait vraiment de progrès. À moins que tu n'aies du nouveau?

— Non. Mais je suis d'accord avec toi: il ne s'agit pas d'un cambrioleur. La caisse était intacte.

Elle emboîta le pas à Tobias et referma la porte.

— Qu'as-tu sous le bras ? demanda-t-elle.

— Le livre de comptes de Swaine pour les six derniers mois.

— Tu crois que c'est ici que l'assassin a acheté sa perruque ?

— C'est très probable. Swaine a été tué récemment, et je me demande si l'assassin n'a pas découvert que nous enquêtions auprès des perruquiers, ce qui l'a poussé à faire taire celui qui aurait pu le décrire.

— Bonté divine ! Cela veut dire que...

— Que nous sommes en partie responsables de la mort de ce pauvre homme, oui.

— Je ne me sens pas bien, murmura-t-elle.

— Nous n'avons pas le choix, Lavinia. Il nous faut mettre la main dessus.

— Tu comptes trouver un indice dans ce registre ?

— Je ne sais pas. Mais je l'espère. Une chose est certaine, il n'y avait de bague nulle part.

Lavinia se tourna vers lui.

— Qu'est-ce que cela signifie, à ton avis ?

— Que l'assassin ne considère pas ce crime comme l'un de ses exploits professionnels. Ce n'était pas un meurtre commandité. Juste un moyen de préserver son anonymat...

17

Cette fois, il empocherait une commission royale. Cette perspective l'enchantait, bien entendu. La mort de sir Rupert lui rapporterait le double de ce qu'il avait gagné pour les trois précédents contrats.

En outre, l'opération serait facile à réaliser. Sir Rupert était vieux et grabataire. Son seul crime était, aux yeux de l'un de ses héritiers, de s'accrocher encore à la vie.

Le versement de la commission se ferait de manière aussi discrète et anonyme que les autres fois. Le client laisserait l'argent à l'endroit indiqué, dans la ruelle derrière Bond Street. Il ne lui resterait plus qu'à aller le récupérer un peu plus tard, en s'assurant qu'il n'y avait pas de témoins.

Les affaires marchaient bien. Et le petit jeu du chat et de la souris avec Tobias March y ajoutait un piquant qu'aucune drogue ne saurait égaler.

Il était en bonne voie pour battre le record de Zachary Elland. Viendrait alors l'heure de la revanche.

18

Le lendemain, Tobias rendit visite à Crackenburne. Il n'était que 11 heures et le club était pratiquement désert.

Crackenburne abaissa son journal pour dévisager Tobias à travers ses lunettes.

— Vous ne semblez pas de bonne humeur, remarqua-t-il. Je devine que votre nouvelle enquête se passe mal.

Tobias soupira.

— Elle me fait penser au nœud gordien. De quelque côté que je l'envisage, je ne vois aucun moyen de la dénouer.

— Votre petite expédition d'hier soir n'a rien donné ?

— L'homme à la bague m'avait devancé. Il a tué le pauvre boutiquier.

— On peut donc en conclure que c'est là qu'il avait acheté la fameuse perruque blonde, fit valoir Crackenburne.

— Oui, c'est la seule explication plausible. Mais j'ai passé la nuit à éplucher le livre de comptes du perruquier et je n'ai pas trouvé mention de la vente d'une seule perruque blonde au cours des six derniers mois. Le seul achat recensé date de deux jours *après* l'assassinat de Fullerton.

— Quoi qu'il en soit, ne vous sentez pas responsable de la mort de cet homme.

Tobias ne répondit pas.

— Bien entendu, reprit Crackenburne, vous ne pouvez pas vous empêcher. C'est dans votre nature...

Il eut un lourd soupir, demeura un moment silencieux, puis s'enquit :

— Quelle est votre prochaine étape ?

Tobias haussa les épaules.

— Je ne sais pas trop, hélas ! Lavinia et Joan Dove sont persuadées que les meurtres sont commandités par des gens qui souhaitent empêcher la concrétisation d'un mariage. Leur théorie me paraît un peu tirée par les cheveux, mais au moins, elles tiennent une explication. Je n'ai rien de mieux à proposer, pour l'instant. Mais j'espère avoir bientôt des nouvelles de Jack.

— En quoi pensez-vous qu'il pourrait vous aider ?

— Je me suis souvenu que Zachary Elland avait surgi de nulle part et, à présent, ce fait m'intrigue. Peut-être n'était-il pas gentleman, après tout. On ne peut pas exclure qu'il ait été un imposteur.

— Il n'aurait pas été le premier, observa Crackenburne. Mais j'avoue que je n'avais jamais envisagé cette possibilité. Il était si à l'aise dans la bonne société qu'on aurait juré que c'était son élément naturel.

— J'aurais dû fouiller son passé après sa mort.

— Ne vous torturez pas avec des regrets. Nous étions tous persuadés, à l'époque, que le suicide de Zachary Elland mettait fin à l'affaire du tueur à la bague.

— À l'époque, oui. Mais les choses ont changé.

Crackenburne fronça les sourcils.

— Vous ne m'avez pas l'air d'avoir beaucoup dormi.

— Je n'ai pas de temps à perdre à dormir. Cette histoire de tueur à la bague n'est pas mon seul souci, du reste. Savez-vous quelque chose sur un certain Dominic Hood ? Il a à peu près l'âge d'Anthony et professe un grand intérêt pour la science. Il habite sur Stelling Street et, à en juger par la coupe de ses costumes, il est à l'abri du besoin.

— Ce nom ne me dit rien. Pourquoi vous intéressez-vous à lui ?

— Anthony l'a sérieusement pris en grippe.

Crackenburne haussa les sourcils.

— Je croyais Anthony très sociable ?

— Il l'est. Mais il s'est mis en tête que Hood était son rival dans le cœur d'Emeline. Ce qui n'est pas du tout le cas, bien sûr. Mais impossible de faire entendre raison à Anthony. Et j'ai peur qu'il ne finisse par faire une bêtise.

Crackenburne replia son journal et le mit de côté.

— Je comprends. Les jeunes gens ont le sang chaud et commettent facilement des folies. Surtout lorsqu'une jeune fille est en cause. Ce Hood appartient-il à un club ?

— Oui. Celui d'Anthony, justement.

— Dans ce cas, je n'aurai aucune peine à me renseigner.

— Merci. Je vous en serai très reconnaissant.

Le portier s'approcha de Tobias.

— Pardonnez-moi, monsieur, mais il y a un garçon, dehors, qui prétend avoir un message pour vous. Il est... euh... plutôt sale d'aspect. Et il insiste.

— Je vais m'en occuper, dit-il en se levant. Au revoir, monsieur, ajouta-t-il à l'adresse de Crackenburne.

— Tobias.

Celui-ci se figea un instant. Crackenburne l'appelait rarement par son prénom.

— Je m'inquiète autant que vous pour cette histoire de tueur à la bague, enchaîna son vieil ami. Mais je ne voudrais pas que cela vous affecte outre mesure. Vous n'avez rien à vous reprocher sur ce qui s'est passé il y a trois ans. Ce n'est pas votre faute si Zachary Elland est devenu un assassin.

— C'est ce que Lavinia ne cesse de me répéter, mais je ne peux m'empêcher de penser que, sans ce que je lui ai enseigné, Zachary n'aurait sans doute jamais développé de goût pour les choses défendues.

— Vous vous trompez. Tôt ou tard, Elland aurait suivi la voie qu'il a empruntée. Faites-moi confiance. Je suis assez vieux pour savoir que personne ne tue de sang-froid à la suite de je ne sais quel incident de parcours. Il avait le mal en lui.

Tobias hocha la tête, par politesse, puis s'éloigna. Il savait que Lavinia et Crackenburne avaient raison. Mais cela ne changeait rien au fait qu'il se sentait plus ou moins responsable de ce que Zachary était devenu. Et il n'ignorait pas qu'Aspasia pensait de même.

Le soleil avait beau briller dans un ciel sans nuage, sa chaleur et sa luminosité ne semblaient pas parvenir jusqu'au petit cimetière. L'ombre des grands arbres qui bordaient les allées jetait sur les sépultures comme un manteau d'obscurité et de froidure.

Il émanait de ce lieu une tristesse et une impression d'abandon qui le rendaient sinistre. À commencer par sa grille, qui grinçait sur ses gonds. Et ses hautes murailles de pierre grise, qui le coupaient du spectacle et des bruits de la ville. C'était le genre de cimetière dont on s'imaginait qu'il était fréquenté par des morts vivants.

« Bon, se tança-t-elle, calme-toi. Ce n'est qu'un cimetière comme les autres ! Ne te laisse pas affecter. »

Peut-être avait-elle les nerfs un peu à vif, ce matin ? Il y avait de quoi. Elle n'avait pratiquement pas fermé l'œil de la nuit, après la découverte du cadavre de Swaine dans sa boutique, la veille. Elle avait pensé qu'une petite promenade l'apaiserait, mais, visiblement, elle s'était trompée.

« Cesse de penser à tes nerfs, se morigéna-t-elle. Le travail t'attend. »

Elle prit une profonde inspiration et franchit les quelques mètres qui la séparaient d'Aspasia Gray, qui semblait se recueillir devant une tombe.

— J'ai eu votre message, dit-elle.

— Merci d'avoir accepté de me rencontrer, répondit Aspasia. Même si ce n'est sans doute pas un endroit très chaleureux pour converser. J'espère que vous n'allez pas en conclure que j'ai des goûts mélodramatiques. Mais je tenais absolument à vous faire comprendre quelque chose qui, je crois, vous a échappé.

— De quoi parlez-vous ?

— Je sais que vous vous imaginez que j'ai des vues sur Tobias. Or, ce n'est pas du tout le cas.

Aspasia baissa les yeux sur la tombe.

— Je n'ai jamais aimé qu'un seul homme. Et il repose ici.

Lavinia lut l'inscription gravée sur la pierre tombale. *Zachary Elland. Mort en 1815.* Une petite brise froide balaya les feuilles mortes qui la couvraient en partie.

— Je comprends, dit-elle d'un ton neutre.

— Comme nous ignorions la date de sa naissance, nous n'avons rien mis, expliqua Aspasia, les yeux toujours rivés sur la dalle de granite. En fait, nous avons découvert, un peu tard, que nous ne savions vràiment pas grand-chose de Zachary.

— Nous ?

— Tobias et moi. C'est nous qui avons réglé les frais d'obsèques. Et nous avons été les deux seules personnes à y assister.

— Je comprends, ne put que répéter Lavinia.

— Tobias et moi avons partagé beaucoup de choses du fait de Zachary. Mais nous n'avons jamais été intimes. Je voulais que vous le sachiez.

— Je le savais déjà. Tobias me l'a dit.

Aspasia esquissa un petit sourire entendu.

— Et vous l'avez cru, parce que vous l'aimez et que vous avez confiance en lui.

— Oui.

— C'est exactement ce que je ressentais avec Zachary.

— Je suis vraiment désolée, Aspasia.

Celle-ci retourna à sa contemplation de la tombe.

— Quand j'ai rencontré Zachary, je n'avais pas l'intention de tomber amoureuse de qui que ce soit. Encore moins de me remarier. Je savais trop à quoi m'en tenir sur les hommes.

— Que voulez-vous dire ?

— Mon père était quelqu'un de très cruel. Il a rendu la vie de ma mère infernale. Au point qu'elle a fini par avaler du laudanum pour avoir la paix. J'ai été obligée d'endurer ses colères et, pire, ses avances. Jusqu'à ce que j'aie seize ans. Là, il me donna en mariage à un homme beaucoup plus âgé que moi. J'en étais presque heureuse. Je voyais cette union comme une sorte de libération, voyez-vous.

Lavinia l'écoutait en silence. Son intuition lui soufflait qu'Aspasia ne mentait pas.

— Je m'étais trompée, reprit celle-ci. Mon mari se révéla aussi vicieux et cruel que mon père. Mais la chance tourna six mois plus tard. Mon mari fut tué, une nuit, par un bandit de grand chemin, alors qu'il chevauchait aux alentours de Londres. Et mon père mourut de fièvre peu après.

— Vous n'êtes pas obligée de me raconter tout cela, Aspasia. Je sais que ce doit être très douloureux pour vous.

— Oui. Si douloureux, que je n'en ai jamais parlé à personne, hormis Zachary. Même Tobias n'est pas au courant. Si je vous confie tout ceci aujourd'hui, c'est pour que vous me compreniez. À dix-sept ans, je me suis retrouvée seule au monde mais à la tête d'une fortune conséquente.

— Je comprends ce que vous avez pu ressentir, compatit Lavinia.

— J'avais vingt-cinq ans quand j'ai rencontré Zachary. J'étais une femme autonome. J'avais des amants, mais je n'en aimais aucun. Et je ne m'imaginais certainement pas tomber sous le charme d'un homme au point d'en perdre la tête. Mais toutes mes bonnes résolutions s'évanouirent avec lui. Je lui ai donné mon cœur sans la moindre retenue.

Les feuilles, sur la sépulture, bruissèrent légèrement.

— Quel drame ce dut être d'apprendre que c'était un assassin, dit Lavinia. Comment avez-vous découvert la vérité ?

[illegible] pas un détail en particulier qui éveilla [illegible] Plutôt un ensemble de petits éléments [illegible] bout, conduisaient à une conclusion qu[illegible]venait impossible d'ignorer.

— Quelle sorte d'éléments ?

— Par exemple, son intérêt obsessionnel pour les enquêtes de Tobias relatives à des meurtres. Et aussi ses allées et venues à des heures étranges. Zachary avait toujours d'excellents motifs pour expliquer ses disparitions subites. Mais un jour, complètement par hasard, je découvris qu'il m'avait menti sur son emploi du temps de la veille au soir. Et, comme par hasard encore, c'était précisément un soir où le tueur à la bague avait frappé.

— C'est alors que vous avez fait le lien entre l'assassin et lui ?

Aspasia secoua la tête.

— Non. Pour être honnête, j'avais envisagé la possibilité qu'il me trahisse avec une autre femme. J'avais beau savoir que mon cœur se briserait si c'était le cas, il me fallait absolument découvrir la vérité.

— Qu'avez-vous fait ?

— Zachary avait un coffre, dans son bureau, dont il gardait en permanence la clé sur lui. Une nuit, profitant de son sommeil après l'amour, je réussis à en faire une copie à la cire. Quelques jours plus tard, alors qu'il s'était absenté, je m'introduisis dans le bureau et ouvris le coffre.

Aspasia marqua une pause puis, avec une grimace presque comique, elle reprit :

— Vous devinez mon soulagement quand je n'y trouvais qu'un livre de comptes.

— Comment avez-vous compris que ce n'était pas un livre de comptes ordinaire ?

— Je me suis tout de suite aperçue qu'il ne contenait qu'une liste de dates, avec des sommes en face. Comme si Zachary avait enregistré des ventes. Ce qui n'avait aucun sens. J'ai d'abord cru qu'il avait consigné ses

gains aux jeux. Et puis, je me suis aperçue
correspondaient avec celles des meurtres su
Tobias enquêtait.

— Parce que vous connaissiez les détails de son enquête ?

Aspasia soupira.

— Oui. Tobias venait souvent à la maison en parler avec Zachary, et j'étais présente la plupart du temps. Il m'arrivait même de donner mon avis. Tobias est l'un de ces rares hommes qui écoutent une femme lorsqu'elle a quelque chose à dire, comme vous le savez sûrement. Sur ce point, Zachary lui ressemblait. C'était d'ailleurs l'une des raisons, parmi tant d'autres, qui me le rendaient si cher.

— Le coffre contenait-il autre chose ?

Aspasia hocha la tête, et reprit d'une voix qui n'était plus qu'un murmure :

— Oui. Une petite boîte où Zachary conservait les bagues qu'il déposait ensuite auprès de ses victimes. J'étais atterrée. J'allai directement trouver Tobias avec le registre. Je voulais qu'il me rassure, qu'il me dise que je me trompais. Même si je savais, au fond de mon cœur, que tout était perdu. Quand Zachary vit que son coffre était ouvert et que le registre avait disparu, il comprit qu'il était démasqué.

— Et c'est alors qu'il se tira une balle dans la tête.

Aspasia soupira.

— On dit que c'est une mort de gentleman. Je suppose qu'en effet ça vaut mieux que l'échafaud.

— Je suis désolée, souffla Lavinia, émue par la vie tragique de cette femme. Sincèrement désolée.

Aspasia battit des paupières pour retenir ses larmes.

— Pardonnez mon émotion, dit-elle. Je voulais juste que vous sachiez que vous n'avez rien à redouter de moi en ce qui concerne Tobias. De toute façon, même si je songeais à le séduire, ce serait sans espoir. Il est évident qu'il vous aime. Et, pour ma part, je ne prendrai plus jamais le risque de donner mon cœur à un homme.

Ne sachant que répondre, Lavinia garda le silence.

— Au revoir, Lavinia, reprit Aspasia. Je vous souhaite beaucoup de bonheur avec Tobias. C'est un homme bien, vraiment. Je vous envie, mais je n'échangerais pas ma place contre la vôtre, même pour lui.

Sur ces mots, elle tourna les talons et s'éloigna d'un pas rapide. Lavinia la regarda franchir la grille du cimetière, puis posa les yeux sur la tombe de Zachary Elland.

— Vous avez fait beaucoup de mal quand vous étiez de ce monde, murmura-t-elle à l'adresse du défunt. Qui donc pourrait vous admirer au point de vouloir vous égaler ?

Les feuilles mortes s'agitèrent avec un petit bruit sinistre.

19

Jack était sorti dans la ruelle longeant l'arrière de sa taverne. Pendant qu'il attendait Tobias, il en profitait pour surveiller le déchargement d'un chariot d'alcool.

— Prenez soin de ce brandy, conseilla-t-il aux deux hommes assignés à cette tâche. Il m'a coûté une fortune.

Tobias arriva sur ces entrefaites. Il jeta un coup d'œil aux tonneaux.

— Du brandy, Jack ? N'est-ce pas un peu trop chic pour ta clientèle ? J'avais l'impression qu'ils préféraient la bière.

Jack gloussa.

— Oui, mais ça, c'est pour ma consommation personnelle.

Tobias examina de nouveau les tonneaux.

— C'est beaucoup de brandy pour un seul homme, non ?

— J'ai souvent des invités, répliqua Jack, en lui flanquant une claque dans le dos. Des gentlemen comme toi, par exemple, qui font honneur à ce qu'on leur sert.

Tobias hocha la tête.

— Je dois reconnaître que ta cave est excellente.

Tobias venait rarement chez Jack en plein jour. Il préférait l'anonymat de la nuit. Mais le message qu'il avait reçu un peu plus tôt à son club paraissait urgent, aussi était-il venu directement après avoir quitté Crackenburne.

— J'ai eu ton message, dit-il à voix basse, pour ne pas être entendu des deux employés. Tu as du nouveau ?

— Ce n'est qu'une rumeur, répondit Jack, sur le même ton. Pour l'instant, elle n'a pas été confirmée. Mais j'ai pensé que ça t'intéresserait.

— Vas-y.

— Le bruit court qu'un jeune type répondant au nom de Sweet Ned aurait touché récemment un petit pécule.

— Pour quoi faire ?

— Mon informateur ne le sait pas exactement. Mais il semblerait qu'on ait demandé à Sweet Ned de suivre une certaine personne. Une lady, en l'occurrence. Et je doute fort que ce soit pour l'aider à traverser la rue.

Tobias se raidit.

— De quelle lady pourrait-il s'agir ?

— De la tienne.

Au bout d'un moment, Lavinia se décida à quitter à son tour le cimetière.

La petite rue qui le bordait était déserte. Elle n'aperçut qu'un jeune homme, probablement un ouvrier à en juger par son habit de toile et sa casquette rabattue sur le visage. Il semblait venir à sa rencontre.

Son comportement avait quelque chose d'animal. Il lui rappelait ces chats de gouttière qui survivent en pourchassant les rats traînant dans les ruelles obscures. Mais le plus troublant, c'est que Lavinia l'avait déjà vu. Elle était presque certaine de l'avoir remarqué alors qu'elle sortait de chez elle.

Un froid glacial l'envahit. L'homme la fixait du regard, continuant d'avancer d'un pas tranquille, cependant qu'il plongeait la main dans sa poche. Lentement, il l'en retira.

La lame de son couteau miroita au soleil.

Lavinia n'avait d'autre choix que de battre en retraite dans le cimetière, même si celui-ci risquait de se refermer sur elle comme un piège.

L'homme avançait sans se presser, un sourire aux lèvres, comme s'il s'amusait de son angoisse.

Lavinia fit volte-face et rentra en courant dans le cimetière.

Mme Chilton s'essuya les mains sur son tablier.

— Mme Lake a parlé d'aller dans un cimetière de Benbow Lane, je crois. Sa nouvelle cliente, Mme Gray, lui a donné rendez-vous là-bas.

— Depuis combien de temps est-elle partie ? demanda Tobias.

La gouvernante coula un regard vers l'horloge.

— Une heure, environ. Il y a un problème, monsieur ?

— Oui.

Tobias dévala le perron. Il ne prit pas la peine de héler un fiacre. Le cimetière était à deux pas, mais entouré d'un lacis de petites rues où la circulation était difficile. Il irait plus vite à pied.

20

Sweet Ned prit une profonde inspiration et s'approcha de la grille du cimetière. Il avait bien l'intention de traiter cette affaire en professionnel.

La chance, soudain, lui souriait. Il avait touché une jolie somme, de la part d'un *vrai* client. Désormais, il n'était plus un vulgaire voleur des rues, qui détroussait des proies faciles. Il était devenu un *professionnel*. Il se répétait ce mot, s'en délectait. Un avenir prospère s'ouvrait devant lui. Finis les petits coups minables. Dorénavant, il se ferait payer des *commissions* par des *clients* désireux de s'en remettre à un *expert*.

Il ne doutait pas que le bouche à oreille jouerait très vite en sa faveur. La femme qui avait commandité ce travail parlerait de lui à ses amis, et c'est ainsi qu'il se ferait de nouveaux clients.

Quel dommage que le paternel soit mort trop tôt – à cause de l'alcool – pour assister à sa réussite.

Ned s'était toujours juré de ne pas suivre les traces de son père. L'alcool ne conduisait à rien de bon. Surtout lorsqu'on était un *professionnel*.

Il s'arrêta devant la grille, le temps de se calmer les nerfs. Il n'aimait pas les cimetières. L'un de ses amis, qui s'était fait une spécialité de dérober les corps à leur sépulture, pour les revendre à la faculté de médecine, toujours friande de dissections, lui avait proposé de se joindre à son négoce. Ned s'était défaussé, prétextant d'autres occupations, mais la vérité, c'est que l'idée d'excaver des tombes et d'ouvrir des cercueils lui flanquait les jetons.

Il jeta un coup d'œil à l'intérieur du cimetière, cherchant sa proie. Une bouffée de panique le submergea quand il réalisa qu'elle avait disparu.

Impossible! Elle était forcément quelque part. Elle n'avait pas pu escalader le mur d'enceinte, et la grille devant laquelle il se trouvait était la seule issue. La petite église attenante au cimetière était fermée pour travaux depuis des mois et sa porte solidement verrouillée.

Ned en déduisit donc que sa proie avait tenté de se réfugier dans une crypte. Restait à trouver laquelle.

Les cryptes étaient toutes alignées du même côté. Certaines, remontant à plusieurs générations, étaient d'une taille impressionnante. Il aperçut un morceau de tissu sur le sol, devant la porte de l'une d'elles.

Cela ressemblait à un mouchoir de femme.

Sa proie devait trembler de frayeur à l'intérieur de cette crypte pleine de squelettes. Pour un peu, Ned aurait éprouvé de la compassion pour elle. Il n'aurait pas voulu être à sa place. Mais qu'elle tremble de peur lui faciliterait la tâche.

Il s'approcha de la crypte et ramassa le morceau de tissu. C'était bien un mouchoir, en lin brodé, qui ne pouvait appartenir qu'à une lady. Il le donnerait à Jenny.

Il poussa la porte de la crypte et jeta un œil à l'intérieur. Un frisson courut le long de son échine. Quelle idée de se cacher dans un tel endroit!

— Vous êtes là, je le sais, cria-t-il. Sortez, à présent. J'ai un message pour vous.

Sa voix résonna entre les murs de pierres froides, mais rien ne bougea dans la crypte. Ned se demanda si la fille ne s'était pas évanouie de terreur.

— Sacrée bonne femme, vous avez décidé de me compliquer les choses, hein?

Il n'y avait pas trente-six solutions. Il lui fallait entrer dans la crypte et la sortir de là. Si seulement il avait eu une chandelle ! Il faisait noir comme dans un puits de mine.

Il se décida à entrer. Un petit vestibule ouvrait sur une sorte de mausolée où les noms des défunts étaient inscrits sur les murs. Grâce au peu de lumière venue de la porte restée ouverte, il aperçut deux grands tombeaux de pierre au centre. La femme avait dû se cacher derrière l'un d'eux.

Ned fit quelques pas. Une épaisse couche de poussière recouvrait le sol.

De la poussière ?

Il plissa les yeux. Il n'y avait d'autres traces sur le sol que ses propres pas.

— Nom d'un chien !

Il fit demi-tour et se rua vers la sortie. Juste à temps pour apercevoir un éclair de couleur qui passait la grille du cimetière.

Elle s'était jouée de lui. Elle avait jeté son mouchoir devant cette crypte et s'était cachée derrière une autre.

Il se précipita vers la grille, déterminé à la rattraper coûte que coûte. Son avenir en dépendait.

Lavinia avait empoigné ses jupes et courait à perdre haleine dans la petite rue longeant le cimetière. Son poursuivant était jeune et fort. Il n'aurait pas de mal à la rattraper. Son seul espoir était que quelqu'un survienne, à qui elle pourrait demander de l'aide.

C'était là l'une des occasions, songea-t-elle, où elle aurait aimé porter un pantalon. Si elle en réchappait, elle se promettait de prendre rendez-vous avec Mme Francesca.

Elle entendait des pas marteler le sol derrière elle, mais ne prit pas le risque de se retourner. Encore quelques mètres et la petite rue déboucherait sur une plus grande artère. Rien n'était perdu.

Lavinia accéléra l'allure. Ses poumons la brûlaient, mais elle ignora la douleur. Elle atteignit le carrefour, et entra en collision avec un homme de haute taille, vêtu d'un manteau sombre. Sa première pensée fut que son poursuivant avait un complice. Elle se débattit et ouvrit la bouche pour crier.

— Lavinia ! s'exclama Tobias en lui enserrant les poignets. Ça va ? Réponds-moi, Lavinia. Es-tu blessée ?

— *Tobias*, murmura la jeune femme, si soulagée qu'elle crut que ses jambes allaient se dérober sous elle. Dieu soit loué ! Oui, oui, ça va. Mais il y a cet homme, avec un couteau.

Tout en parlant, elle se retourna. Son agresseur s'était immobilisé à quelques mètres. Il fixait Tobias du regard.

— C'est lui, reprit Lavinia. Je pense qu'il m'a suivie jusqu'ici. Il a attendu qu'Aspasia soit partie pour se diriger vers moi avec son couteau à la main. Je...

— Reste ici, lui ordonna Tobias avant de s'approcher du jeune homme.

— Non, Tobias, n'y va pas. Il est armé.

— Il ne le sera pas longtemps, répliqua Tobias très calmement.

Lavinia vit la peur se peindre sur le visage du jeune homme. Il était pris au piège et il le savait. Loin de rassurer Lavinia, ce constat ne fit que l'affoler davantage. Le gibier acculé était toujours le plus dangereux.

Tobias ne semblait nullement impressionné par le poignard que brandissait son adversaire. Il s'avançait vers lui d'une démarche de prédateur sûr d'attraper sa proie.

L'autre paniqua. Sa lame brandie devant lui, tel un talisman capable d'éloigner les démons, il se rua tête baissée sur Tobias.

Ce dernier évita le couteau et, avec une vélocité stupéfiante, saisit le bras du jeune homme au moment où celui-ci passait à sa hauteur. Utilisant l'élan de son agresseur, il lui fit décrire un vol plané qui l'envoya bouler contre le mur le plus proche.

Dans sa chute, le jeune homme laissa échapper son poignard que Tobias s'empressa de ramasser.

— Sweet Ned, je suppose ? lui dit-il.

Étalé face contre terre, le jeune homme se mit à trembler.

Entre-temps, Lavinia les avait rejoints.

— Comment connais-tu son nom ?

— Je t'expliquerai plus tard, répondit Tobias sans quitter le garçon des yeux Regarde-moi, Ned, je veux voir ton visage.

Comme s'il avait reçu un ordre auquel il ne pouvait se soustraire, Ned roula sur le dos.

Pour la première fois, Lavinia put voir ses traits.

— Il est si jeune, murmura-t-elle. Il n'a même pas l'âge d'Anthony. Dix-sept ou dix-huit ans, tout au plus.

— Vu sa profession, il a peu de chances d'atteindre les vingt ans. Il sera pendu avant, répliqua Tobias, qui étudiait sa victime sans la moindre compassion. Qu'étais-tu venu faire ici, Ned ?

— Je ne voulais pas faire de mal à la dame, se défendit le garçon. Je le jure sur la tombe de ma mère. Je voulais juste lui faire un peu peur, c'est tout.

— Pourquoi ?

La question claqua tel un coup de fouet, exigeant une réponse immédiate.

— Je... je voulais la convaincre d'arrêter de poser des questions, bégaya Ned.

— Des questions ? répéta Lavinia, médusée.

Jusqu'ici, elle avait cru que Ned n'était qu'un vulgaire détrousseur des rues qui avait vu en elle une victime facile.

Tobias, en revanche, ne parut nullement surpris par cette réponse.

— Quelle sorte de questions cette dame ne doit plus poser ?

— Je ne sais pas. J'ai juste touché une commission pour l'effrayer. La femme m'a payé la moitié de la somme. Elle me versera l'autre moitié après coup.

Lavinia dressa l'oreille.

— Une femme, avez-vous dit ?

— Décris-la, lui ordonna Tobias. Si tu tiens à la vie, je te conseille de me donner tous les détails que tu as gardés en mémoire.

— Je… je ne sais plus, bégaya Ned.

Il essayait visiblement de se souvenir, mais la terreur que lui inspirait Tobias l'empêchait de se concentrer.

Lavinia en déduisit que cette approche ne donnerait rien. Elle défit le petit médaillon en argent qu'elle portait au cou.

— Je suggère que tu me laisses l'interroger, dit-elle à Tobias.

Ce dernier coula un regard au médaillon, hésita, puis haussa les épaules.

— Bon, d'accord. Essaie. Je veux qu'il crache tout ce qu'il sait sur cette femme qui l'a engagé.

— Sweet Ned, regardez-moi, murmura-t-elle.

Mais Ned semblait incapable de détourner le regard de Tobias.

— Écarte-toi, Tobias, sinon je ne pourrai rien en tirer.

— Je tiens à le surveiller. Je ne veux pas de surprises.

— Il n'y a plus rien à craindre de lui, pour l'instant. Éloigne-toi juste un peu.

Tobias haussa de nouveau les épaules, puis obtempéra.

— Comme tu veux. Mais si ça ne marche pas avec toi, je me chargerai de le faire parler. À ma manière. Compris ?

— Compris, répliqua Lavinia, qui ne s'intéressait déjà plus qu'au jeune garçon.

Celui-ci s'était appuyé sur les coudes et secouait la tête, comme s'il essayait de chasser une vision de cauchemar.

— Regardez mon médaillon, Ned, dit-elle doucement, cependant qu'elle brandissait le bijou de façon à ce qu'il capte les rayons du soleil. Voyez comme il brille.

Ned fixa le médaillon. Lavinia lui imprima un léger mouvement de balancier.

— Regardez comme il brille, répéta-t-elle de cette voix particulière qu'elle utilisait pour provoquer la transe. Concentrez-vous sur sa lumière dansante. Elle va vous apaiser. Et écoutez-moi, Ned. N'écoutez que ma voix. Laissez tous les autres bruits à distance.

Les traits de Ned se détendirent visiblement. Il ne semblait plus conscient de la présence de Tobias.

— Décrivez-moi la femme qui vous a payé pour me suivre, reprit Lavinia, quand elle sentit qu'il était sous son contrôle. Essayez de vous la représenter comme si elle se tenait là, devant vous. La voyez-vous, Ned ?

— C'est la pleine lune et elle a une lanterne à la main, articula le garçon d'une voix atone, totalement dénuée d'émotion. Elle est grande. Presque aussi grande que moi.

— Comment est-elle habillée ?

— Elle porte un petit chapeau avec une voilette. De temps en temps, j'aperçois l'éclat de ses yeux, mais pas plus.

— À quoi ressemble sa robe ?

La question sembla laisser Ned perplexe.

— C'est une robe. Noire.

Lavinia fit une autre tentative.

— Est-ce le genre de robe que portent les dames élégantes ? Le tissu est-il fin ?

— Non, répondit Ned sans hésiter. C'est du gros tissu, un peu comme la robe que met Jenny, ma petite amie, pour travailler à la taverne.

— A-t-elle des bijoux ?

— Non.

— Et ses chaussures ? Les voyez-vous ?

— Oui. Elle pose la lanterne à ses pieds, et j'aperçois ses bottines vernies qui dépassent de sous sa robe.

— Et ses cheveux ? Les voyez-vous ?

— Oui, un peu.

— De quelle couleur sont-ils ?

— Très clairs. Blonds, sans doute. Ou blancs. Difficile à dire à la lueur de la lune.

— Comment les porte-t-elle ?

— En chignon sur la nuque.

— Et que vous demande exactement cette femme ?

— Que je me rende au 7, Claremont Lane, pour y surveiller la femme rousse qui y habite. Elle veut que je la suive quand elle sortira de chez elle, et que je la menace avec mon couteau dès qu'elle sera seule, histoire de lui faire peur. Je dois lui dire que si elle continue à poser des questions, je reviendrai et que, cette fois, je l'égorgerai.

Tobias fit un pas en avant. Lavinia secoua la tête, lui ordonnant de se tenir tranquille.

— L'auriez-vous fait, Ned ? questionna-t-elle. Auriez-vous égorgé la dame ?

Bien que plongé dans une profonde transe hypnotique, Ned commença à s'agiter.

— Non ! Je ne suis pas un assassin. Mais je ne voulais pas que la femme le sache. C'était ma première cliente et je n'avais pas envie de la perdre. Je lui ai dit que je ferais le boulot s'il le fallait. Elle m'a cru.

— Calmez-vous, Ned. Fixez le médaillon et détendez-vous. Votre corps est lourd, lourd…

Les muscles de Ned se relâchèrent et il glissa de nouveau dans une léthargie profonde.

— Comment cette femme a-t-elle fait votre connaissance ? demanda Lavinia.

— Elle m'a dit qu'elle s'était renseignée. Que quelqu'un lui avait assuré que j'étais l'homme de la situation.

— De quelle manière devez-vous procéder pour récupérer le reste de votre argent ?

— Elle a affirmé qu'elle saurait me trouver, comme la première fois.

Lavinia se tourna vers Tobias. Il secoua la tête, signifiant ainsi que, pour sa part il n'avait pas d'autres questions à poser à Ned.

— Tu peux terminer la séance, dit-il.

Lavinia reporta son attention sur le jeune garçon.

— Ned, quand je frapperai dans mes mains, vous vous réveillerez, mais vous ne vous souviendrez plus de cette conversation.

Elle frappa dans ses mains.

Ned cligna des yeux, l'air ahuri, puis parut de nouveau conscient de ce qui l'entourait. Il fixa Tobias avec angoisse.

— Si vous me laissez partir, je vous jure que je ne m'approcherai plus jamais de cette dame. Parole d'honneur.

— Tourne-toi, se contenta de répondre Tobias.

Ned sursauta.

— Qu'allez-vous faire de moi ? Je vous ai promis que je ne la toucherais pas.

Tobias sortit une cordelette d'une des poches de son pantalon de docker.

— J'ai dit tourne-toi. Et croise les mains dans le dos.

Ned semblait sur le point d'éclater en sanglots. Il s'exécuta cependant.

Tobias lui lia les poignets.

— Et maintenant, debout.

Le jeune garçon se redressa maladroitement. Il affichait une expression désespérée.

— Vous allez me livrer à la police, c'est ça ? Vous feriez aussi bien de me tuer tout de suite. Je serai pendu de toute façon.

Tobias lui agrippa le bras.

— Nous n'irons pas à la police, fit-il sèchement, puis, s'adressant à Lavinia : Nous allons ensemble jusqu'au carrefour. Je vais héler un fiacre qui te ramènera à Claremont Lane. Tu m'attendras là-bas.

Elle hésita.

— Et Ned ?

— Je m'en charge.

Lavinia n'aima pas cette réponse. Ned non plus, du reste.

— Ce n'est qu'un enfant, Tobias, lui rappela-t-elle.

— Non, ce n'est plus un enfant. C'est un jeune type en passe de devenir un redoutable brigand. La prochaine fois qu'on lui fera miroiter une belle somme d'argent, il se dira peut-être qu'un meurtre, après tout, ce n'est pas si terrible.

— Non, jamais ! protesta Ned. Je suis un voleur, pas un assassin.

— Tobias, je ne pense pas qu'il ait eu d'autres intentions que de m'effrayer, insista Lavinia.

— Je m'occupe de lui, décréta Tobias en entraînant Ned à sa suite. Finissons-en, je n'ai pas de temps à perdre.

Lavinia parvint à se convaincre qu'il ne ferait pas de mal à Ned. Tobias avait beau être de sale humeur, il gardait le contrôle de la situation, comme toujours.

21

Vale regardait Joan déambuler au milieu de sa collection d'antiquités. Elle s'arrêta devant une vitrine où étaient exposés plusieurs colliers de pierres de couleur. Le soleil qui entrait à flots par les hautes fenêtres teintait ses cheveux d'or pur.

Son profil égalait celui des statues des déesses grecques. Cependant, ce n'était pas son physique qui attirait le plus Vale. Après tout, Londres regorgeait de femmes plus jeunes, qui la surpassaient en beauté – encore que, à ses yeux, il leur manquait cette élégance et cette assurance qui étaient le propre de la maturité.

Non, ce qui le séduisait par-dessus tout, c'était la personnalité de Joan. Son aura. Vale n'aurait su dire à quel moment exactement il était tombé amoureux d'elle, mais à présent, ses sentiments le consumaient tout entier. Cet amour était si puissant qu'il avait pris le pas sur la grande passion de sa vie : les antiquités grecques et romaines.

Tant que le mari de Joan vivait, Vale ne se serait jamais permis de penser à elle en termes intimes. Fielding Dove avait été l'un de ses plus proches amis, et il accordait trop de valeur à cette amitié pour s'autoriser à porter le regard sur sa femme. Du reste, ç'aurait été sans espoir. Du vivant de son bien-aimé mari, Joan n'aurait jamais regardé un autre homme.

Mais Fielding était mort depuis plus d'un an et Joan sortait peu à peu de son deuil. Vale avait entrepris une campagne de séduction prudente autour de conversations sur les antiquités et leurs multiples goûts communs. La passion avait surgi entre eux plutôt facilement, mais quelque part en route, Vale s'était rendu compte qu'il souhaitait plus que cela.

En fait, il voulait que Joan l'aime autant qu'il l'aimait.

Un moment, il avait caressé l'espoir que ses sentiments étaient partagés. Mais ces derniers temps, Joan semblait prendre ses distances. Vale sentait qu'il risquait de la perdre et cette perspective le mettait au supplice – d'autant qu'il ignorait la raison de cette soudaine froideur de Joan.

— M. March vous a-t-il consulté sur cette affaire de tueur à la bague ? demanda soudain Joan tout en examinant un camée en onyx. Mme Lake et lui se font beaucoup de soucis au sujet de cette affaire.

— March m'en a parlé, en effet, mais je ne lui ai pas été d'un grand secours. Crackenburne de son côté cherche à savoir qui va profiter des décès suspects.

— Ils cherchent quelqu'un qui aurait tiré un profit financier des meurtres. Mais Mme Lake et moi-même avons une autre hypothèse. Il nous est apparu que ces trois morts changeaient providentiellement des projets matrimoniaux.

— Et vous voyez là un lien ? Cela me paraît un peu tiré par les cheveux.

Joan s'approcha d'une autre vitrine, remplie de poteries.

— Je n'en suis pas aussi sûre. Même si, à première vue, il semble en effet difficile d'imaginer que quelqu'un commandite un meurtre uniquement pour empêcher un mariage.

— Vous devez admettre que cela semble peu probable.

— Pas si l'on considère ce qui est en jeu dans un mariage, objecta Joan. Surtout dans la bonne société.

Vale songea aux fortunes qui changeaient parfois de mains lors d'un mariage. Sans parler des titres de noblesse.

— Vous avez peut-être raison, concéda-t-il. Comme March l'a souvent souligné, l'argent est un excellent mobile dans les affaires criminelles.

— L'argent n'est pas le seul enjeu, dans un mariage, fit valoir Joan. En fait, étant donné les risques énormes que court une femme qui se marie, je suis étonnée qu'on ne commette pas plus de meurtres pour cette raison.

Vale fronça les sourcils.

— Je crains de ne pas vous suivre.

— En se mariant, une jeune lady risque de tomber enceinte, sans parler du fait qu'elle perd tout contrôle légal sur sa propre fortune.

Vale secoua la tête.

— Le monde est ainsi fait.

Joan lui décocha un regard qui lui fit regretter cette remarque par trop conventionnelle.

— Elle peut aussi se retrouver sous la coupe d'un mari vicieux, qui n'hésite pas à leur faire du mal, à elle ou à ses enfants. Ou se retrouver flanquée d'un joueur capable de dilapider l'héritage de leurs enfants en une seule nuit. Et puis, plus simplement, elle peut être condamnée à supporter jusqu'à la fin de ses jours un mari qui ne l'aime pas et qui ne l'a épousée que par intérêt.

— Joan… commença Vale, avant de s'interrompre, ne sachant quoi dire.

La conversation, tout à coup, avait pris un tour qui le dépassait.

Joan croisa son regard.

— Une femme n'a aucun moyen d'échapper à ces risques une fois que les alliances ont été échangées et que le contrat a été signé.

Vale se demanda si toutes les femmes voyaient le mariage ainsi : comme une entreprise hautement hasardeuse, non seulement pour elles-mêmes, mais aussi pour leur descendance. Lui-même n'avait jamais envisagé les choses sous cet angle.

Dans la bonne société, les mariages d'amour étaient rares. D'ailleurs, dès après la naissance d'un héritier, les couples s'accordaient quelques libertés. Il était coutumier que le mari comme la femme s'autorisent des aventures discrètes.

Mais il y avait des limites, bien sûr. Et le divorce était quasiment impossible. Joan avait raison. Du point de vue de la femme, le mariage se révélait un piège tant sur le plan physique, qu'émotionnel et financier.

Adossé à un sarcophage de pierre, Vale croisa les bras.

— Je comprends, dit-il. Et je concède qu'un mariage ne se résume pas à une histoire d'argent. Mais où cela nous mène-t-il dans l'affaire qui nous préoccupe ? Pour autant que nous le sachions, les trois familles respectives étaient enchantées par ces projets matrimoniaux. Les jeunes fiancées pensaient peut-être différemment, mais croyez-vous vraiment qu'elles auraient eu l'audace et les moyens de recourir à un tueur professionnel ?

— Non. Lavinia et moi pensons que les commanditaires sont plus âgés. Et financièrement indépendants. Il n'est pas non plus impossible qu'ils se connaissent entre eux.

Vale était intrigué.

— Qu'est-ce qui vous fait dire ça ?

— Notamment, la similitude des mobiles. J'ai repéré trois noms, dans chacune des familles concernées. Trois femmes d'un certain âge, qui possèdent chacune une volonté de fer, une fortune conséquente et ont un intérêt à ce que les mariages projetés n'aboutissent pas.

— Trois femmes de la bonne société ?

— Oui.

Vale avait du mal à y croire.

— Comment des femmes qui passent le plus clair de leur temps dans leur boudoir ou dans des salles de bal pourraient dénicher un tueur professionnel ? Je reconnais volontiers que certaines ladies sont quelque peu bizarres et excentriques, mais cela ne va pas jusqu'à s'acoquiner avec la pègre.

— Laissons à Lavinia et à M. March le soin d'en découvrir plus. Mais avant de leur livrer ces trois noms, j'aurais aimé trouver un lien entre eux. Je sais que deux de ces femmes sont amies de longue date. Elles jouent aux cartes tous les samedis et se voient régulièrement. Mais la troisième n'habite pas Londres. Et j'ignore si elle connaît les deux autres.

— Qui sont ces trois femmes que vous suspectez ?

— Lady Huxford et lady Ferring sont les deux amies que j'évoquais. La troisième est Mme Stockard. Elle n'aime pas la vie de la capitale et n'y séjourne que très rarement. Elle s'est installée chez l'un de ses fils, à la campagne.

— Tiens donc, murmura Vale.

Joan se détourna des vieilles pièces de monnaie romaines qu'elle était en train de contempler.

— Qu'y a-t-il, Vale ?

— Je ne sais pas si cela signifie quelque chose, mais je me souviens d'avoir vu Mme Stockard avec lady Huxford et lady Ferring l'été dernier, à Bath. Je me trouvais là-bas pour procéder à des fouilles dans les ruines d'une villa romaine.

Joan s'approcha de lui, les prunelles brillantes d'excitation.

— Vous les avez vues ensemble ! Avaient-elles l'air d'être amies ?

Vale haussa les épaules.

— Vous savez que je ne suis pas très mondain. Mais Bath est une petite ville. Je les ai croisées plusieurs fois dans la rue, ainsi que dans une librairie. J'ai eu l'impression que toutes trois prenaient les eaux à Bath depuis pas mal d'années.

Tobias fit irruption dans le bureau de Lavinia peu après 17 heures, juste au moment où la jeune femme méditait de se servir un deuxième verre de sherry pour se calmer les nerfs. Elle se leva à son entrée, soulagée.

— Te voilà enfin ! Je commençais à m'inquiéter. Assieds-toi. Je te prépare un verre de sherry.

— Oublie le sherry, fit Tobias. J'ai besoin de quelque chose de plus fort.

Il posa un paquet sur le bureau.

— Qu'est-ce que c'est ? s'enquit Lavinia.

Tobias défit le paquet.

— Du brandy. Et de la meilleure qualité. Jack a bien voulu me vendre une bouteille de son nouvel arrivage.

Lavinia le regarda avec intérêt déboucher la bouteille et se servir une dose généreuse.

— C'est de la contrebande, je parie.

Tobias savoura une gorgée avant de répondre.

— Connaissant la répugnance de Jack à payer des taxes, j'en ai bien peur. Mais, franchement, je ne me suis pas soucié de demander sa provenance. Tu en veux ?

— Non, merci. Je vais en rester au sherry.

Lavinia se resservit un verre, tandis que Tobias s'asseyait dans son fauteuil préféré.

— Alors, qu'as-tu fait de Ned ?

— Je l'ai confié à Jack.

Lavinia haussa les sourcils.

— Pour quelle raison ?

— Ce garçon a besoin d'apprendre un métier.

— Et qu'est-ce que Jack a l'intention de faire ? Lui enseigner l'art de tenir une taverne ?

— Non. En tout cas, pas tout de suite. Les anciennes activités de Jack lui ont permis de connaître pas mal de capitaines de vaisseaux. Lesquels sont toujours à la recherche d'hommes d'équipage. À l'heure où je te parle, Ned est probablement déjà en mer.

— Si j'en crois ce que tu m'as raconté au sujet de Jack, Ned se trouve sans doute à bord d'un bateau appartenant à des contrebandiers.

— Regarde les choses du bon côté. Si tout se passe bien, ce garçon gagnera suffisamment d'argent pour se retirer dans quelques années. Nous-mêmes ne pouvons pas en dire autant.

— Et si tout ne se passe pas bien ?

— Ne t'inquiète pas. Jack aura pris soin de confier Ned à un capitaine qui connaît son affaire.

Lavinia soupira.

— Il est si jeune, Tobias. Presque encore un enfant, je t'assure. Et il est probablement seul au monde.

— Ne perds pas ton temps à te lamenter sur son sort. Lui n'a pas hésité à accepter de l'argent pour te terroriser. Si l'aventure lui avait réussi, il aurait vite plongé dans le crime.

— Franchement, je ne crois pas que…

— Fais-moi confiance, Lavinia, Ned a un profil de bandit potentiel.

— Peut-être. Mais si l'on songe qu'il a grandi dans la rue, sans aucune perspective d'avenir, on ne peut que ressentir de la pitié.

— Ce n'est pas précisément ce que j'ai ressenti quand j'ai vu la lame avec laquelle il te menaçait.

La jeune femme ne put retenir un sourire.

— Ne me fais pas croire que tu n'as pas éprouvé le moindre sentiment. Tu aurais très bien pu l'emmener à la police. Qui l'aurait aussitôt jeté en prison, puis pendu. Au lieu de cela, tu as préféré le confier à ton ami.

Tobias contemplait son verre d'un air pensif.

— Ce qui n'empêchera sans doute pas ce garçon de finir ses jours au bout d'une corde.

— Dans ce cas, tu n'y seras pour rien.

Tobias avala une autre gorgée de brandy. Tous deux demeurèrent silencieux un moment, puis il demanda brusquement :

— De quoi Aspasia souhaitait-elle te parler ?

— Elle voulait m'assurer qu'elle n'avait pas de visées sur toi.

— Je te l'avais déjà dit, si ma mémoire est bonne.

— Nuance : tu m'avais dit que *toi*, tu n'avais pas de visées sur elle.

Il haussa les épaules.

— Ça revient au même.

— Pas tout à fait. Mais ce que j'ai surtout retenu de cet entretien, c'est qu'Aspasia a beaucoup souffert avec son père et son mari. Zachary Elland est apparu dans sa vie alors qu'elle avait juré de ne plus jamais donner son cœur à un homme. La découverte de la vérité a été un coup terrible.

— Je suis content que vous soyez parvenues à vous entendre, toutes les deux, mais j'aurais préféré qu'elle ne te donne pas rendez-vous dans ce maudit cimetière.

— Elle ne pouvait pas savoir que Ned me suivrait depuis chez moi, guettant le moment où je serais seule. Cela aurait pu se passer n'importe où ailleurs.

— Ne m'en parle pas, fit Tobias, qui vida son verre avant d'enchaîner: Essayons plutôt de savoir pourquoi l'assassin a fait appel à Ned pour t'intimider.

— Tu as une idée?

— Je pense que notre homme voit en toi une complication imprévue. Il veut me défier et terroriser Aspasia, mais toi, tu n'entres pas dans le tableau.

— Donc, il voulait m'en écarter?

— Il s'imagine sûrement que je ne te permettrai pas de continuer à m'aider dans cette enquête si je pense que ta vie est en danger, répondit Tobias. Et il se peut qu'il ait eu raison, ajouta-t-il en croisant le regard de Lavinia.

— C'est hors de question, riposta-t-elle. Tu ne peux m'ordonner de me retirer de cette enquête. Je suis déjà beaucoup trop impliquée.

La jeune femme s'interrompit en entendant frapper à la porte.

— Oui, madame Chilton?

La porte s'ouvrit.

— Mme Dove et M. Vale désireraient vous voir, madame, annonça la gouvernante du ton qu'elle aurait employé pour annoncer la visite de la reine en personne.

— Dieu du ciel ! Tous les *deux* ?

Lavinia bondit de son siège.

— Introduisez-les dans le salon, madame Chilton. Et servez-leur du thé, s'il vous plaît. Le meilleur. Dites-leur que M. March et moi-même les rejoignons tout de suite.

— Bien, madame.

— Je n'arrive pas à croire que lord Vale soit chez moi ! s'exclama Lavinia, dès que la gouvernante se fut retirée.

Elle alla vérifier sa coiffure dans la glace.

— Tu crois que le thé sera suffisant ? Je devrais peut-être leur proposer du sherry ?

Tobias se leva avec nonchalance.

— Mon petit doigt me dit que Vale préférera mon brandy.

Lavinia se détourna du miroir.

— Excellente idée. Nous aurons besoin de verres. Va dans le salon pendant que j'en touche un mot à Mme Chilton.

Tobias arborait une expression amusée.

— Tu n'étais pas aussi bouleversée, tout à l'heure, quand je t'ai trouvée avec ce gredin à tes trousses.

— Il s'agit de *lord Vale*, Tobias. Beaucoup de ladies, dans cette ville, seraient prêtes à tuer pour l'avoir dans leur salle de bal. Et il est assis dans mon salon ! Allons, dépêchons-nous, fit-elle en agitant les mains. Il n'est pas question de les faire attendre. Je vais dire à Mme Chilton d'apporter des verres.

Tobias se dirigea vers la porte, sa bouteille de brandy à la main.

— Demande-lui aussi de nous servir quelques petits gâteaux.

Tandis que Tobias entrait dans le salon, la jeune femme se rua dans l'office.

— Mme Chilton, vous apporterez des verres à brandy pour ces messieurs. Ah, et des gâteaux aussi !

La gouvernante opina du chef.

— Tout de suite, madame. Allez donc rejoindre vos invités.

Lavinia prit une profonde inspiration et repartit dans le couloir. La porte du salon était ouverte. Elle la franchit avec ce qu'elle espérait être de l'aplomb.

Vale se tenait debout devant la fenêtre, à côté de Tobias. Joan s'était installée sur le sofa, les plis de sa robe couleur d'azur disposés autour d'elle avec grâce.

Vale salua Lavinia d'un signe de tête.

— Ah, vous voici, madame Lake. Je dois avouer que vous avez plutôt bonne mine, pour quelqu'un qui a passé l'après-midi à jouer au chat et à la souris avec un bandit.

Lavinia esquissa une révérence.

— Je constate que Tobias vous a déjà mis au courant.

— Vous n'avez pas été blessée ? s'enquit Joan, inquiète.

— Non, tout va bien, merci, répondit Lavinia.

Elle prit place dans un fauteuil, avec l'espoir que sa robe retomberait avec autant d'élégance que celle de Joan.

— Tobias et moi étions justement en train de nous interroger sur cet incident. Tobias pense que l'assassin me considère comme une complication, et qu'il a voulu m'écarter de l'enquête.

— C'est précisément cette enquête qui m'amène ici, expliqua Joan, qui échangea un regard avec Vale avant de poursuivre : Je possède des informations qui pourraient peut-être vous être utiles. À vrai dire, je pense avoir presque réussi à convaincre lord Vale que ces trois meurtres ont bel et bien pour mobile l'annulation d'un mariage.

Tobias interrogea Vale du regard.

— C'est vrai ?

— J'ai encore un peu de mal à croire à cette hypothèse, répondit Vale. Mais je dois reconnaître que les trois dames d'âge mûr que Joan a citées avaient un mobile indéniable. Et largement les moyens de s'offrir les services d'un assassin.

Lavinia exultait.

— De qui s'agit-il ? demanda-t-elle vivement à Joan.

— La première est lady Huxford. Je pense qu'elle avait de bonnes raisons de souhaiter la mort de lord Fullerton. Lequel, je vous le rappelle, était fiancé à l'héritière Panfield.

— Oui, oui. Continuez.

— Lady Huxford est la grand-mère maternelle de la fiancée. Elle a l'âge de Fullerton. D'après une source très sûre, il l'aurait séduite alors qu'elle n'avait pas vingt ans, puis aurait décidé d'épouser un parti plus avantageux. Heureusement, le père de lady Huxford était assez riche pour trouver un autre prétendant à sa fille, avant que le bruit ne coure que sa réputation était ruinée. Mais elle avait le cœur brisé et ne pardonna jamais à Fullerton.

— Et quarante ans plus tard, voilà qu'elle apprend que l'homme qui lui a ravi son innocence veut épouser sa petite-fille ! s'exclama Lavinia, choquée. Lady Huxford devait être folle de rage.

— Certes. Mais comment empêcher ce mariage sans révéler publiquement ce qui s'était passé dans sa jeunesse ? compléta Joan.

Mme Chilton entra sur ces entrefaites avec son plateau. Tobias remplit un verre de brandy et le tendit à Vale.

— Qui vient ensuite sur votre liste ? questionna-t-il.

— Lady Ferring. Je pense qu'elle a engagé l'assassin pour se débarrasser de lady Rowland, laquelle est officiellement morte d'un abus de potion somnifère. Souvenez-vous que la mort de lady Rowland a eu pour conséquence l'annulation du mariage de sa petite-fille avec le petit-fils de lord Ferring.

Lavinia hocha la tête.

— Et vous m'avez raconté que lady Rowland était obsédée par ce projet de mariage parce qu'elle-même avait nourri une grande passion pour le grand-père du fiancé.

— En effet. Il semblerait que lady Ferring ait été au courant de la liaison adultère de son mari. Elle était, paraît-il, très jalouse de lady Rowland, qui était fort belle dans sa jeunesse. Je me suis laissé dire que les deux femmes s'étaient même violemment querellées en public. Cette affaire, qui avait défrayé la chronique à l'époque, remonte à une trentaine d'années. Mais l'animosité entre les deux rivales avait perduré.

— Et un jour, lady Ferring apprend que sa vieille ennemie complote pour marier sa petite-fille à son propre petit-fils, résuma Lavinia. Je suppose qu'elle aussi était verte de rage.

— Ce qui m'échappe, intervint Tobias, c'est la raison pour laquelle le mariage a été annulé après la mort de lady Rowland.

— Il se trouve qu'elle était la seule à vouloir ce mariage, expliqua Joan. Dès qu'il a hérité de la fortune de sa mère, le père de la demoiselle a changé ses plans. En fait, il a sept filles à marier, et il a décidé de partager l'héritage équitablement entre elles. L'aînée a ainsi vu sa dot fondre considérablement. Du coup, elle n'est plus un parti aussi alléchant. Et le jeune Ferring a préféré aller voir ailleurs.

— Et, selon vous, qui est le commanditaire du troisième meurtre ? demanda Tobias, visiblement impressionné par la démonstration de Joan.

— La troisième victime était M. Newbold, rappela-t-elle. Ce monsieur était très riche, mais c'était vraiment un sale bonhomme. Quand il proposa d'épouser la jeune demoiselle Wilson, la famille de la jeune fille décida de fermer les yeux sur sa réputation, pour ne regarder que sa fortune. Seule la grand-mère maternelle de la fiancée, Mme Stockard, s'y refusa. Elle-même avait été mariée dans sa jeunesse à une crapule dans le genre de Newbold, et elle ne voulait pas que sa petite-fille connaisse le même affreux destin.

— Excellent travail, Joan ! s'exclama Lavinia, au comble de la satisfaction.

Elle se tourna vers Tobias.

— Tout y est : les mobiles et les moyens financiers pour les mettre en œuvre.

Tobias échangea un regard avec Vale.

— Il y a une évidente logique dans tout cela, concéda ce dernier.

— Autre chose, intervint Joan. Ces trois femmes sont des amies de longue date. Deux d'entre elles, lady Huxford et lady Ferring, sont même inséparables.

— Voilà qui pourrait expliquer qu'elles aient recouru au même assassin, remarqua Tobias. Il suffit que l'une ait fait sa connaissance et qu'elle en ait ensuite parlé aux autres.

Lavinia pianotait sur l'accoudoir du sofa tout en réfléchissant.

— J'aimerais beaucoup avoir l'occasion de poser quelques questions à ces dames, déclara-t-elle.

Personne ne répondit. La jeune femme réalisa que tous les regards étaient rivés sur elle.

— En faisant preuve de beaucoup de subtilité, évidemment, s'empressa-t-elle d'ajouter.

— Évidemment, répéta Tobias d'un air narquois.

— Écoute, Tobias...

— Si ma mémoire est bonne, la dernière fois que tu as déployé ta subtilité, tu as réussi à nous faire chasser de Beaumont Castle. Et sans petit déjeuner !

— Tu as l'intention de me rappeler cet incident chaque fois que tu en auras l'occasion ? s'enquit Lavinia.

— Certainement.

Joan sourit, amusée.

— Je me doutais que vous aimeriez parler à ces dames, Lavinia. Pour Mme Stockard, je ne peux pas faire grand-chose, car elle ne réside pas à Londres. En revanche, je pourrais vous organiser une entrevue avec lady Huxford et lady Ferring.

— Ce serait d'une grande aide, dit Lavinia. Comment comptez-vous vous y prendre ?

— Je sais qu'elles ne ratent jamais un concert de plein air à Vauxhall lorsqu'il est suivi d'un feu d'artifice. Il se trouve qu'il y en a un demain soir. Nous pourrions y aller ensemble, et je m'arrangerai pour vous présenter. Qu'en pensez-vous ?

— C'est parfait, répondit Lavinia, impatiente d'être au lendemain. J'ai le sentiment que cette enquête touche à sa fin.

Tobias regardait par la fenêtre, l'air songeur.

— C'est curieux, mais, pour ma part, j'ai la désagréable impression qu'un indice important nous a échappé.

— Sans doute parce que ta nature te porte à ne voir que le mauvais côté des choses, rétorqua Lavinia, un peu crispée. Tu devrais cultiver une vision plus optimiste de la vie. Cela te ferait un bien fou.

Au grand étonnement de Tobias, Vale proposa de se joindre à lui lorsqu'il quitta le 7, Claremont Lane, pour se rendre à son club. De la part d'un homme aussi discret et qui sortait aussi peu, c'était presque un événement.

Le soleil couchant baignait la ville d'une lumière douce, rehaussant les détails architecturaux qui ornaient les façades des maisons.

— Tout bien considéré, dit Vale, l'intuition de votre associée sur le mobile de ces crimes semble fondée.

— Je dois admettre que Lavinia et Joan ont produit des éléments que je ne peux me permettre d'ignorer. Et cependant, l'idée que trois dames d'âge mûr aient pu commanditer des meurtres dans l'unique but de faire annuler des mariages me met fort mal à l'aise.

— Je vous avoue que lorsque Joan m'en a parlé la première fois, une bouffée d'effroi m'a submergé.

Tobias sourit.

— Nous avons trop souvent tendance à sous-estimer le beau sexe.

— Sûrement, reconnut Vale. Aujourd'hui, j'ai eu droit à une leçon qui m'a passablement troublé. Pour tout vous avouer, j'ai eu une discussion avec Joan qui a été comme une illumination. Avez-vous jamais songé à ce qu'un mariage représente de contraintes de toutes sortes pour une femme intelligente et indépendante ?

— Si vous avez l'intention de m'expliquer que l'institution du mariage n'a pas été pensée en faveur des femmes, épargnez votre souffle, répondit Tobias. J'ai eu pas mal l'occasion d'y penser, ces derniers temps.

— Je vois, murmura Vale.

Tobias lui lança un regard oblique.

— Dois-je en déduire que vous-même avez réfléchi à la question ?

Vale hocha imperceptiblement la tête.

— Après la mort de mon épouse, commença-t-il, je n'envisageais pas de me remarier. Jusqu'à récemment, je n'en voyais pas l'utilité. J'ai deux fils et des petits-fils. L'avenir de la lignée est donc assuré. Et ma passion pour l'Antiquité occupe presque tout mon temps. Quant au plaisir qu'on peut obtenir auprès d'une femme, vous savez aussi bien que moi qu'il existe des moyens de se le procurer facilement.

« Surtout quand on est riche et qu'on peut se permettre d'entretenir plusieurs maîtresses », songea Tobias. Mais, bien entendu, il garda sa réflexion pour lui. D'autant qu'elle n'était pas justifiée en ce qui concernait Vale. S'il avait eu quelques discrètes liaisons, ce n'était pas le genre d'homme à s'afficher avec des demimondaines.

— C'est en passant de plus en plus de temps avec Joan que j'ai pris conscience de ma solitude, poursuivit Vale. C'est comme si j'avais soudain découvert un élixir dont j'ignorais que j'étais assoiffé avant de l'avoir goûté.

— Et maintenant, vous redoutez que quelque chose puisse un jour vous empêcher d'étancher votre soif.

Vale coula un regard amusé à Tobias.

— Je vois que vous savez de quoi je parle.

— Je crois qu'il y a au moins un point positif dans notre situation.

— Vraiment ? Lequel ?

— Si nous parvenons à convaincre nos compagnes de nous épouser, nous aurons au moins la satisfaction de nous dire qu'elles le font par amour. Et uniquement par amour.

Vale hocha la tête, pensif.

— Et que diable ferons-nous si jamais elles refusent ?

— Je pense que c'est précisément cette crainte qui nous a retenus jusqu'à présent de demander leur main.

Vale soupira.

— Oui. Eh bien, il est sans doute inutile de creuser davantage le sujet. Cela ne servirait qu'à nous saper le moral. Revenons plutôt à cette histoire de meurtres. J'ai été intrigué par votre réflexion, tout à l'heure, dans le salon de Mme Lake. Vous pensez vraiment que nous avons laissé échapper un indice important ?

Tobias suivit des yeux un cerf-volant qui virevoltait au-dessus d'un square.

— J'en suis convaincu. Mon associée n'est pas la seule à avoir de l'intuition. Et j'ai appris à mes dépens à ne pas ignorer la mienne en ce domaine.

22

Crackenburne abaissa son journal avec plus de vivacité que d'ordinaire.

— Vous voilà enfin, March ! Où diable étiez-vous passé ?

Tobias se laissa tomber dans le fauteuil qui faisait face à celui de son vieil ami.

— J'enquêtais, figurez-vous. Je vous rappelle que c'est ainsi que je gagne ma vie. Tout le monde n'a pas la chance d'être assez fortuné pour passer ses journées dans un club.

Crackenburne replia son journal d'un coup sec et le posa sur le guéridon.

— Vous êtes de fort mauvaise humeur, aujourd'hui. J'en déduis que votre enquête n'avance pas comme vous le voulez.

— Au contraire, répliqua Tobias. J'ai plus d'éléments qu'il ne m'en faut, à présent. Mais aucun ne me convainc totalement... Dites-moi, vous paraît-il possible qu'une dame d'âge respectable aille jusqu'à commanditer un meurtre pour empêcher le mariage de sa petite-fille ?

Crackenburne cligna des yeux à plusieurs reprises.

— Je n'avais jamais réfléchi à la question, mais on ne peut ignorer le fait que le mariage est une affaire sacrément importante dans la bonne société. Dès lors qu'une fortune et un titre sont en jeu, qui sait à quelles extrémités pourrait se livrer une personne sans scrupules ?

— Certes, concéda Tobias. Mme Lake et Mme Dove sont convaincues que lady Huxford, lady Ferring et une certaine Mme Stockard pourraient avoir engagé notre tueur.

Il exposa en détail la théorie de Lavinia. Crackenburne l'écoutait avec attention, le front plissé.

— Tout cela paraît saugrenu, à première vue, commenta-t-il, mais en y réfléchissant bien, la conclusion de ces dames ne manque pas d'une certaine pertinence. Je me souviens d'ailleurs de certaines scènes entre lady Rowland et lady Ferring, qui ne manquaient pas de piquant. Elles se détestaient cordialement. Et il y avait des rumeurs à propos de lady Huxford et de Fullerton. Pour ce qui est de Mme Stockard, je ne la connais pas, mais on peut aisément comprendre qu'elle ait répugné à l'idée que sa petite-fille épouse un dépravé tel que Newbold.

— Mme Lake et Mme Dove vont interroger discrètement lady Ferring et lady Huxford, demain soir, à Vauxhall. Quant à moi, je vais tâcher d'en savoir plus sur la personne qui a payé un vaurien pour intimider mon associée.

Tobias raconta en deux mots à Crackenburne ce qui était arrivé à Lavinia.

— Avez-vous seulement une piste ? demanda le vieux lord.

— Un début. Pour recruter quelqu'un comme Ned, il faut avoir été le chercher dans les bas-fonds. Lesquels sont régis par les mêmes lois que la bonne société.

— En clair, les ragots et les rumeurs y vont aussi bon train, c'est cela ?

— Exactement.

— Autrement dit, votre vieil ami Jack ne devrait pas tarder à découvrir qui a engagé Ned.

— Avec un peu de chance...

— Et pour Elland ? A-t-il découvert quelque chose sur son compte ?

— Pas encore.

Crackenburne fronça les sourcils et prit un air songeur.

— Voyez-vous, j'ai beaucoup réfléchi à ce que vous m'avez dit à son sujet. Et notamment ce mépris qu'il professait à l'égard des truands des bas-fonds. Vous avez raison. Il se considérait comme une sorte d'artiste dans son genre. Il tirait une fierté professionnelle d'évoluer dans la bonne société.

— Je me souviens qu'il refusait toujours de m'accompagner dans les tavernes mal famées pour aller à la pêche aux renseignements. Il prétendait tout ignorer de ces endroits et assurait qu'il ne me serait d'aucune utilité. Mais, rétrospectivement, je crois qu'il n'éprouvait pas seulement du dédain pour la clientèle de ces établissements. Il y avait quelque chose qui relevait de la peur dans son attitude.

— De la peur ? répéta Crackenburne, surpris.

— S'il était issu de ce milieu, on imagine fort bien pourquoi il redoutait d'y retourner.

— Par crainte d'être reconnu ?

— Oui. Mais notre nouvel assassin n'a pas les mêmes répugnances, puisqu'il n'a pas hésité à descendre dans les bas-fonds pour recruter Ned.

— Peut-être était-il poussé par le désespoir ?

— Quoi qu'il en soit, j'ai l'espoir qu'il ait laissé des traces de son passage dans ces quartiers.

— Je ne peux que vous souhaiter bonne chance, fit Crackenburne. Ah, au fait, j'ai quelque chose pour vous à propos d'un tout autre sujet.

Tobias se raidit.

— Dominic Hood ?

Crackenburne haussa les épaules.

— J'ignore si cela vous sera utile, mais cela pourrait vous offrir un début de piste.

Tobias remit son passe dans sa poche et poussa doucement la porte du laboratoire plongé dans la pénombre. Des rangées d'éprouvettes occupaient plusieurs étagères. Un microscope trônait sur une paillasse. Beaucoup d'autres instruments occupaient l'espace, que Tobias n'aurait su identifier, mais qui témoignaient de la passion de leur propriétaire pour la science.

Il avait déjà fouillé la chambre et le salon. Sans succès. Il s'était réservé le laboratoire pour la fin, et soudain, il avait l'intuition que si Dominic Hood avait des secrets, c'était dans cette pièce qu'il les cachait.

Il était un peu plus de 21 heures. Une demi-heure plus tôt, tapi dans l'ombre, Tobias avait vu Dominic quitter son domicile en habit de soirée. Probablement pour se rendre à son club. Il ne rentrerait donc pas avant le milieu de la nuit. Et son unique domestique était sorti presque aussitôt après.

Tobias entreprit une fouille méthodique du laboratoire. Dominic était un homme ordonné, ce qui lui facilita considérablement la tâche. Il trouva ce qu'il cherchait dans le petit tiroir de sa table de travail.

C'était un journal intime relié de cuir. L'écriture en était féminine. Les dates attestaient que le récit consigné dans ces pages remontait à une vingtaine d'années.

... Mon cœur bat si rapidement quand il frôle ma main, que je crains chaque fois de m'évanouir. Je ne trouve pas les mots pour décrire l'émotion que me procure sa présence. Le simple fait de le savoir près de moi me comble de ravissement. Il m'a conseillé de ne parler de notre relation à personne, ni à mes parents ni même à mes amies. Mais comment vais-je pouvoir garder ce merveilleux secret pour moi seule ?

Tobias feuilleta rapidement quelques pages et reprit sa lecture.

… Je n'arrive pas à croire qu'il m'ait abandonnée. Il m'avait pourtant juré que son amour pour moi était aussi grand que le mien. Tôt ou tard, il va me revenir, c'est sûr. Et nous nous enfuirons ensemble…

… Maman assure que ma réputation est ruinée. Elle a passé la journée à pleurer dans sa chambre. Quant à papa, il s'est enfermé dans son bureau. Phillips prétend qu'il s'est enivré. Je commence à être effrayée. J'ai envoyé un message à l'amour de ma vie, mais il ne m'a pas répondu. Mon Dieu, que vais-je devenir s'il ne se manifeste pas ? L'idée de vivre sans lui m'est insupportable…

… Papa vient de m'apprendre que mon amour était déjà marié. Qu'il a une petite fille, et que sa femme attend un autre bébé pour l'été. C'est impossible. Il n'aurait pas pu me mentir à ce point…

… Demain matin, nous partons pour la campagne. Papa dit qu'il n'a d'autre choix que d'accepter de donner ma main à M. Hood. Si je ne me marie pas très vite, je me retrouverai au ban de la société. Et mon amour qui ne répond toujours pas à mes messages ! J'ai le cœur brisé. Et plus aucune envie de vivre. M. Hood est un vieil homme…

Anthony bondit sur ses pieds.

— Quoi ! Dominic est mon *frère* ?

— Demi-frère, rectifia Tobias. Dans son journal intime, Helen Clifton finit par révéler le nom de l'homme qui l'a séduite l'année de ses vingt ans.

Anthony alla se planter devant la fenêtre et fixa les ténèbres.

— C'est impossible ! Si j'avais un frère, je le saurais.

— Pas nécessairement. On imagine aisément que les Clifton aient tenu à garder le secret. Quant à Hood, il a dû être trop content de reconnaître Dominic comme son fils. Crackenburne m'a raconté qu'il avait vingt ans de plus qu'Helen. Il était déjà veuf deux fois et n'avait pas eu d'enfants. Il souhaitait désespérément un héritier.

— Aussi, quand sa jeune femme lui a annoncé qu'elle était enceinte, il a voulu croire que cet enfant était le sien.

— On lui a sans doute dit que le bébé était né avant terme. C'est une pratique habituelle dans ce genre d'affaires. Le journal d'Helen se termine trois mois après la naissance de l'enfant. Dans la dernière page, elle explique qu'elle aime son enfant et qu'elle ne lui révélera la vérité que lorsqu'il sera en âge de la comprendre et de lui pardonner. Je la soupçonne d'avoir gardé le secret jusqu'à son dernier soupir. Peut-être même n'a-t-elle rien dit.

— Dominic aurait trouvé le journal après sa mort, selon toi ?

— Je n'en sais rien. Quoi qu'il en soit, ça a dû être un choc pour lui. D'après Crackenburne, Hood père est mort il y a environ cinq ans. Et la mère de Dominic est décédée l'an dernier.

— De maladie ?

— Non. Apparemment, elle souffrait de mélancolie. Toujours d'après Crackenburne, elle aurait volontairement abusé du laudanum. Dominic a hérité de quantité de propriétés ainsi que d'une coquette fortune.

— Ce qui explique ses vêtements de qualité, et son laboratoire si bien équipé, murmura Anthony.

— Dominic n'a peut-être pas de soucis d'argent, mais il n'a désormais plus personne au monde, remarqua Tobias. En dehors de toi.

Anthony pivota sur ses talons. Son regard exprimait le plus grand désarroi.

— J'ai du mal à me faire à l'idée que j'ai un frère, avoua-t-il. Mais si ce que tu dis est vrai, et que Dominic possède à la fois un nom respectable et une jolie fortune, pourquoi me déteste-t-il autant ?

— Je suggère que tu ailles le lui demander toi-même, répondit Tobias.

23

Installées à une terrasse privée protégée par un vélum, Lavinia et Joan admiraient le décor pendant qu'on leur servait leur dîner.

Vauxhall n'était qu'illuminations, ce soir. Des lampions accrochés dans les arbres éclairaient le parc, tandis que l'orchestre installé en plein air jouait du Haendel. L'endroit était magique. Si Lavinia ne s'était pas trouvée là pour des raisons professionnelles, elle aurait encore davantage apprécié cette soirée exceptionnelle.

— Cela faisait une éternité que je ne m'étais pas retrouvée ici, observa Joan, occupée à examiner le contenu de son assiette. Mais je constate que rien n'a changé. Le rôti de veau est toujours coupé si finement qu'on pourrait lire le journal à travers une tranche.

— Je suis venue deux ou trois fois avec mes parents quand j'étais enfant, expliqua Lavinia. Je me rappelle qu'ils m'avaient acheté une glace. Et aussi que nous avons assisté à un feu d'artifice.

L'évocation de ces souvenirs lui remit en mémoire cette époque où elle était jeune, innocente et vivait dans le cocon sécurisant du foyer familial. Comme les choses avaient changé ! Mais, après tout, c'était le destin de tout un chacun que de grandir et d'affronter les vicissitudes de la vie.

Joan aussi avait connu des hauts et des bas. Ce qui expliquait sans doute cette amitié inattendue qui ne cessait de grandir entre les deux femmes.

— Vous semblez perdue dans vos pensées, nota Joan. Seriez-vous en train de réfléchir à la manière d'interroger lady Huxford et lady Ferring ?

Lavinia secoua la tête.

— Pas du tout. Vous allez peut-être trouver cela bizarre, mais je songeais au destin qui nous a réunies, ce soir, autour de cette table, pour savourer un souper hors de prix, vêtues des dernières créations d'une des couturières les plus courues de la capitale.

Joan parut d'abord surprise. Puis elle éclata de rire, ce qui lui arrivait très rarement.

— Le destin aurait pu se montrer beaucoup plus féroce avec nous, vous ne croyez pas ?

Elle leva son verre.

— Buvons à la chance qui nous a fait échapper à un sort moins enviable. Nous aurions pu finir gouvernantes. Ou maîtresses de quelque tyran domestique.

Lavinia heurta son verre contre celui de Joan.

— Certes. Mais le sort n'est pas seul en cause. Nous avons aussi mis beaucoup de bonne volonté à nous en sortir.

— C'est vrai, reconnut Joan avant de boire une gorgée de vin. Nous avons su, vous et moi, prendre des risques qui en auraient sans doute effrayé plus d'une.

— Et nous avons survécu, conclut Lavinia.

— Sans doute parce que nous possédons un caractère qui nous pousse à prendre notre vie en main, estima Joan. Fielding disait toujours que ce qu'il admirait le plus en moi, c'était ma capacité à savoir tourner la page pour regarder vers l'avenir.

Lavinia esquissa un sourire.

— Dois-je en conclure que vous avez décidé que votre liaison avec lord Vale ne déshonorait pas la mémoire de votre mari ?

— C'est une bonne conclusion, en effet, admit Joan, qui coupa un morceau de viande, avant de reprendre : J'ai beaucoup réfléchi à notre conversation. Et je suis sûre de mon cœur, à présent. J'ai donc fait part de ma résolution à Maryanne. Il lui faudra un peu de temps pour accepter la situation, mais elle finira bien par comprendre – du moins, je l'espère – que je ne peux pas vivre éternellement repliée sur le passé. Fielding, en tout cas, ne l'aurait pas voulu.

— Elle comprendra, la rassura Lavinia. Elle est encore très jeune.

— Je sais... Croyez-vous que nous avons été aussi jeunes et innocentes ? J'avoue que je ne me souviens plus...

Joan s'interrompit soudain et plissa les yeux.

— Ah, les voici ! Je commençais à craindre qu'elles n'aient changé de programme.

— Lady Huxford et lady Ferring ?

— Oui. C'est parfait. On les installe à la table juste derrière vous. Comme je le souhaitais.

Un souhait appuyé par un pourboire royal, devina Lavinia, qui dut lutter pour ne pas se retourner.

— Lady Huxford m'a vue, souffla Joan.

Elle sourit et reprit en élevant légèrement la voix :

— Lady Huxford, lady Ferring. Quel plaisir de vous voir ici, ce soir.

— Bonsoir, madame Dove, répondit lady Huxford.

— Bonsoir, madame Dove, lui fit écho lady Ferring.

— Permettez-moi de vous présenter mon amie, Mme Lake.

Lavinia s'obligea à prendre son temps. Elle se retourna lentement et, imitant Joan, inclina la tête en guise de salut.

Sa première pensée fut qu'elle avait commis une terrible erreur. Le remords l'assaillit. Il n'était pas possible que ces deux vieilles femmes appuyées sur une canne aient pu recourir aux services d'un assassin professionnel.

Lady Huxford était frêle, et aussi maigre que les tranches de viande servies au dîner. Lady Ferring semblait plus robuste, mais elle se tenait voûtée et avait probablement perdu quelques centimètres depuis sa jeunesse.

Le sentiment de culpabilité de Lavinia s'évanouit toutefois lorsqu'elle croisa le regard des deux vieilles femmes. Elle y lut une force de caractère et une arrogance intactes, qui ne les quitteraient sans doute qu'à leur dernier souffle. Les corps avaient ployé sous le poids des ans, mais pas les tempéraments.

Leur sens du style n'avait rien perdu non plus de son acuité. Lady Huxford arborait une robe couleur bronze ornée de rubans jaunes, tandis que lady Ferring était vêtue d'une somptueuse tenue de soie rose.

Toutes deux portaient un charmant petit chapeau, perché de biais sur leurs cheveux argentés coiffés avec recherche. « Des perruques », en déduisit Lavinia.

— Lady Huxford, fit-elle, permettez-moi de vous présenter mes condoléances pour votre récent deuil.

Lady Huxford ajusta ses lorgnons en fronçant les sourcils.

— Quel deuil ? Mon mari est décédé voici quatorze ans, et je n'ai perdu personne depuis.

— Je pensais à la mort inattendue du fiancé de votre petite-fille, lord Fullerton, précisa Lavinia. Ses parents doivent être effondrés. C'était un si beau parti…

— Ils en trouveront bien un autre encore plus avantageux, répliqua lady Huxford.

Lavinia se tourna ensuite vers lady Ferring.

— Puisque nous parlons mariages, je me suis laissé dire que votre petit-fils n'avait plus l'intention d'épouser la petite-fille de lady Rowland. Quel dommage ! C'était pourtant une belle alliance. Le titre du jeune homme se serait très bien marié avec la fortune de la jeune fille.

Lady Ferring se ferma comme une huître.

— Mais j'ai cru comprendre qu'avec la mort de lady Rowland, la situation avait changé sur le plan financier, continua Lavinia. La dot de l'aînée de ses petites-filles a considérablement diminué, semble-t-il. Ce décès ne pouvait pas survenir à un plus mauvais moment, n'est-ce pas ?

— Le destin suit des voies impénétrables, se contenta d'observer lady Ferring.

— C'est vrai, convint Lavinia, avant de reporter son attention sur lady Huxford. À propos de destin, figurez-vous que je me trouvais à Beaumont Castle la nuit où lord Fullerton a trouvé la mort.

Lavinia aurait juré que lady Huxford avait tressailli. Mais la vieille dame se ressaisit très vite.

— Si j'en crois ce qu'on m'a dit, il y avait beaucoup de monde là-bas, cette nuit-là, riposta-t-elle. Les parties de campagne des Beaumont sont toujours très courues.

— Il y avait foule, en effet, confirma Lavinia. Mais j'ai été l'une des dernières à voir lord Fullerton vivant. Il est passé devant moi quelques minutes avant de mourir.

Lady Huxford la regardait sans mot dire.

— Il était ivre, évidemment, intervint lady Ferring. Fullerton était connu pour boire comme un trou.

— Il semblait avoir bu, je l'admets, répondit Lavinia. Et il était accompagné d'une jeune domestique.

— Les hommes seront toujours les hommes, commenta lady Huxford, avec dédain. Mais ce n'est pas là un sujet de discussion convenable.

— En l'occurrence, l'anecdote a de l'importance, insista Lavinia. Mon associé, M. March, et moi-même, avons été sollicités pour enquêter sur cette mort tragique. Et nous sommes arrivés à la conclusion que Fullerton n'est pas tombé, mais qu'il a été poussé dans le vide. Et que la domestique en question n'était autre que l'assassin, déguisé en femme.

Lady Huxford en demeura bouche bée.

— Un meurtre ? Que racontez-vous là ? Rien ne laisse penser qu'il aurait pu s'agir d'un meurtre.

— Détrompez-vous, rétorqua Lavinia. Les indices abondent. Cette fois, l'assassin a commis plusieurs erreurs.

— Cette fois ? répéta lady Ferring, interloquée. Insinueriez-vous qu'il y a eu d'autres meurtres ?

— Oui. Pour être franche, nous avons des soupçons au sujet de la mort de lady Rowland.

— Il a été établi qu'elle était morte d'avoir absorbé trop de potion somnifère, objecta lady Ferring. Personne n'a jamais évoqué l'hypothèse d'un meurtre.

Lady Huxford semblait ulcérée.

— Je ne comprends pas pourquoi on vous chargerait d'enquêter sur ces histoires.

— Mme Lake et son associé, M. March, sont enquêteurs privés, vous ne le saviez pas ? intervint Joan d'un air surpris. On les paie pour découvrir la vérité dans des affaires suspectes, comme ces récents décès, pour le moins inattendus.

— Enquêteurs privés ? articula lady Ferring en regardant Lavinia de travers. Ce n'est pas un métier digne d'une lady.

— Qui a eu l'idée absurde de vous solliciter pour enquêter sur la mort de Fullerton ? voulut savoir lady Huxford. La famille n'a jamais nourri de soupçon, que je sache.

— Il m'est malheureusement impossible de divulguer le nom de mes clients, répondit Lavinia. Ce qui se comprend aisément. M. March et moi-même ne travaillons que pour des membres de la bonne société, qui requièrent tous la plus grande discrétion. Mais je puis vous assurer, en revanche, que nous progressons dans notre enquête. Dès que nous aurons identifié l'assassin, je suis convaincue que nous pourrons démasquer ses commanditaires.

— C'est insensé ! grommela lady Huxford.

— D'ailleurs, vous pourriez peut-être m'aider dans mon enquête, madame, reprit Lavinia. Vous deviez sans doute connaître lord Fullerton, il avait à peu près le même âge que vous. Vous avez dû vous rencontrer dans votre jeunesse. Qui aurait pu souhaiter sa mort, selon vous ?

Lady Huxford affichait une expression de stupéfaction outragée.

— Vous êtes complètement folle, murmura-t-elle finalement.

Lavinia s'adressa alors à lady Ferring :

— Vous savez, madame, si on y regarde de près, on s'aperçoit qu'il existe des similitudes entre la mort de lady Rowland et celle de lord Fullerton. Par exemple, un même mobile. Il se trouve que ces deux meurtres ont eu pour conséquence l'annulation d'un mariage.

Lady Ferring écarquilla les yeux.

— Je ne comprends rien à ce que vous dites. Tout cela est ridicule. Lady Huxford a raison : vous relevez de l'asile, madame Lake.

— J'ai entendu assez de sottises pour ce soir, Sally, déclara lady Huxford, qui s'était levée. Et je n'ai aucune envie de souper en si détestable compagnie. Allons-nous-en.

Lady Ferring se leva à son tour et fit signe à un valet en livrée qui se précipita pour la soutenir.

Un autre valet apparut, vêtu d'une livrée différente, et prit le bras de lady Huxford.

— Nous partons, Daniel, annonça-t-elle. La clientèle n'est pas à la hauteur, ce soir. C'est intolérable.

Les deux domestiques escortèrent leurs maîtresses vers la sortie. Joan les suivit du regard, à la fois amusée et déçue.

— Je croyais que vous deviez les cuisiner avec subtilité ? remarqua-t-elle.

— Bah, j'ai tout de suite vu que la subtilité ne donnerait rien avec elles, répliqua Lavinia. J'ai préféré jouer avec leurs nerfs. À en croire Tobias, rendre un suspect anxieux peut donner de bons résultats.

— Je ne sais pas si elles sont anxieuses, mais furieuses, ça, oui.

— Il ne reste plus qu'à espérer qu'elles commettront une erreur qui nous sera utile.

— À supposer qu'elles soient effectivement coupables.

— Maintenant que je les ai rencontrées, je suis convaincue qu'elles n'hésiteraient pas à recruter un assassin si cela peut servir leurs buts.

— Il est vrai qu'il ne doit pas faire bon se mettre en travers de leur chemin, commenta Joan.

Lavinia regardait, elle aussi, les deux femmes qui s'éloignaient à pas comptés. Elles n'avaient parcouru que quelques dizaines de mètres, lorsqu'elle murmura :

— Mon Dieu...

— Qu'y a-t-il ? s'enquit Joan.

— Leurs chignons !

Joan plissa les yeux.

— Ils sont plutôt élaborés, certes, mais où est le problème ?

— Ils sont absolument identiques.

— Oui, et alors ?

À cet instant, une série d'explosions annonça le début du feu d'artifice. La foule poussa des cris enthousiastes.

— Le coiffeur.

— Quoi ? fit Joan en haussant la voix. Je n'ai pas entendu.

— C'est le même coiffeur qui a fait leurs chignons, répondit Lavinia, forçant elle aussi le ton pour couvrir le vacarme ambiant.

— Je ne vois pas ce que cela a d'étonnant. De toute évidence, leurs robes sortent aussi de chez la même couturière. Je vous l'ai dit, lady Huxford et lady Ferring sont inséparables. Il est logique qu'elles partagent les mêmes fournisseurs.

— Je me suis mal fait comprendre, dit Lavinia. Celui qui les a coiffées accompagnait aussi lady Oakes chez les Beaumont. Celle-ci portait exactement le même chignon le soir du bal masqué. Or, ce coiffeur m'a expliqué qu'on reconnaissait sa signature à la façon dont il enroulait les mèches.

— Qu'en déduisez-vous ?

— Vous ne voyez pas ? Le coiffeur est notre assassin.

Tobias descendait son perron, habillé en docker, quand l'attelage de Joan Dove s'immobilisa devant sa porte. Un valet en livrée ouvrit aussitôt la portière et l'invita à monter. Tobias prit place sur la banquette, et dévisagea Lavinia et Joan, intrigué.

— Que diable se passe-t-il ? Je m'apprêtais justement à aller rendre visite à Jack. Il semblerait qu'il ait trouvé quelqu'un qui sache des choses sur Zachary Elland.

— Lavinia est convaincue d'avoir identifié l'assassin, déclara Joan.

Tobias posa les yeux sur Lavinia.

— Dois-je en déduire que tu as appris quelque chose d'utile à Vauxhall ?

— Inutile de jouer les étonnés. Je t'avais dit qu'interroger lady Huxford et lady Ferring se révélerait payant, et j'avais raison. Le coiffeur qui accompagnait lady Oakes chez les Beaumont est, selon toute vraisemblance, le tueur que nous recherchons.

Tobias ne réfuta pas immédiatement l'hypothèse. Mais, comprit Lavinia, c'était parce qu'il avait désespérément besoin d'indices.

— Tu veux parler de ce gommeux qui prétendait que les cheveux roux n'étaient pas à la mode ?

— Il n'est pas le seul à me l'avoir fait remarquer. Mais oui, je parle bien de M. Pierce. Tu te rappelles sans doute le chignon qu'il avait imaginé pour lady Oakes ? Une création très originale.

— Non. Je n'ai aucun souvenir de la coiffure de lady Oakes.

— Dommage. Parce que figure-toi que lady Huxford et lady Ferring arboraient des chignons identiques, ce soir.

— Et alors ?

— As-tu déjà oublié notre entrevue avec M. Cork et M. Todd ? Ils ont pourtant expliqué qu'un coiffeur était un artiste qui s'enorgueillissait de créer des modèles uniques. Et qu'un chignon était l'équivalent d'une signature.

Tobias lança un regard en direction de Joan, comme s'il cherchait de l'aide. Mais celle-ci se contenta de hausser légèrement les épaules.

— J'ai essayé de lui expliquer que ce n'était sans doute qu'une coïncidence, mais plus j'y réfléchis, plus je pense qu'elle a raison, avoua-t-elle. Reconnaissez en tout cas que c'est étrange : le coiffeur de deux des femmes que nous suspectons d'avoir payé l'assassin se trouvait précisément à Beaumont Castle la nuit du meurtre de Fullerton.

Lavinia dévisageait Tobias. Elle voyait bien qu'il n'était pas encore entièrement convaincu, mais qu'il étudiait sa théorie avec soin.

— Cela expliquerait pas mal de choses, dit-elle d'un ton persuasif.

Il fronça les sourcils.

— Tu fais référence à la perruque blonde ?

— Oui. Plus que quiconque, un coiffeur savait qu'une chevelure blonde frapperait d'éventuels témoins.

— Cela expliquerait aussi comment de vieilles dames fort respectables en seraient venues à croiser le chemin d'un tueur professionnel, renchérit Joan. Un coiffeur est invité partout. Y compris dans le boudoir d'une lady.

Tobias plissa les yeux.

— Si je vous suis bien, nos trois dames auraient discuté d'affaires personnelles et confidentielles avec leur coiffeur.

— Eh bien, oui. Qu'est-ce que cela a d'extraordinaire ? s'étonna Lavinia.

— Tu ne me feras pas croire qu'une lady irait raconter à son coiffeur des secrets qu'elle ne confierait qu'à sa meilleure amie ?

Lavinia échangea un regard avec Joan.

— Expliquez-lui, Lavinia, murmura Joan.

— M'expliquer quoi ? demanda Tobias.

— Je sais que cela va te paraître étrange, mais la plupart des ladies discutent avec leur coiffeur de sujets dont elles ne parleraient avec personne d'autre. Il y a une certaine intimité dans le fait de se faire coiffer. On est seule dans sa chambre, avec un homme qui s'occupe de vous, vous raconte les derniers potins, vous écoute avec attention. Oui, il est tout à fait possible qu'une femme puisse comploter un assassinat avec un tel homme.

— Par tous les diables, voilà une pensée dérangeante, grommela Tobias.

Lavinia et Joan échangèrent de nouveau un regard entendu. Comment expliquer à un homme les liens qui pouvaient se tisser entre un coiffeur et sa cliente ?

— Mais qui aurait l'idée de croire un coiffeur capable de commettre un meurtre de sang-froid sans se faire pincer ? insista Tobias. Sans compter qu'il aurait pu trahir ses clientes et dénoncer leur projet.

— Il n'aurait pas été assez fou pour cela. Qu'aurait pesé dans la balance la parole d'un simple coiffeur comparée à celle de trois dames respectables, issues de la bonne société ? fit valoir Lavinia. Par ailleurs, comme tu l'as toi-même souligné, qui irait imaginer que des femmes qui passent leur vie dans leur boudoir aient pu croiser le chemin d'un assassin ?

— Lady Huxford et les deux autres ne se doutent peut-être même pas que Pierce est l'assassin, suggéra Joan. Elles pensent probablement qu'il n'est qu'un intermédiaire. Et c'est sûrement ce qu'il leur a dit.

Tobias soupira.

— Bien. Imaginons que vous ayez vu juste et que M. Pierce soit effectivement impliqué dans cette affaire. Comment, selon vous, a-t-il réussi à persuader lady Oakes de l'emmener avec elle chez les Beaumont ? Vous pensez qu'elle était au courant de ce qui se tramait ?

Joan secoua la tête.

— Personnellement, j'aurais tendance à croire que lady Oakes n'a rien à voir dans cette histoire. C'est une femme charmante, mais, pour parler crûment, elle ne brille pas par son intelligence. Pierce n'a dû avoir aucune difficulté à la convaincre que sa présence était indispensable à ce bal.

Renfoncé dans son siège, Tobias laissa son regard errer dans la rue.

— Aussi étonnant que cela puisse paraître, reprit-il au bout d'un moment, je ne nie pas qu'il existe effectivement un lien entre Pierce, deux des suspectes et l'un des meurtres. Reste à découvrir s'il est possible d'établir un lien entre cet homme et les deux autres meurtres. Je m'en occuperai dès demain.

Lavinia se sentit soulagée.

— Je savais que tu finirais par entendre raison. C'était juste une question de temps.

— Ta confiance en mes capacités intellectuelles est très gratifiante, rétorqua-t-il.

— Quelle est la suite des événements ? s'enquit Joan, curieuse.

Tobias se tourna vers Lavinia.

— As-tu gardé la carte de visite que Pierce t'a donnée le soir du bal ?

— Oui. Il habite sur Piper Street.

— Je ne suis pas encore totalement convaincu que ce coiffeur est bien le tueur à la bague, prévint Tobias. Mais il me semble quand même plus prudent de l'avoir à l'œil.

24

Une ambiance électrique régnait dans la salle de jeu du club, quand bien même la plupart des joueurs cachaient leur excitation derrière un masque d'ennui distingué. Les bonnes manières voulaient qu'un gentleman affiche une suprême indifférence pour le verdict de la chance. Cependant, songeait Anthony, ces artifices ne suffisaient pas à dissimuler les relents de transpiration et d'anxiété qui se mêlaient à la fumée des cigares.

C'était dans ce climat délétère de désespoir fiévreux qu'Edward Sinclair, son père, avait choisi de passer les dernières années de sa vie. Il avait fini par en mourir.

Anthony demeura un moment sur le seuil, à écouter le bruit des dés et des verres qui s'entrechoquaient. Les joueurs avaient en effet pour habitude de noyer leur angoisse dans l'alcool.

Ce n'était cependant pas le cas de Dominic Hood.

Comme les autres, ce dernier jouait au whist avec une bouteille de bourgogne à portée de main. Mais Anthony avait remarqué qu'il ne touchait pas à son verre. Une petite pile de papiers trônait devant lui : des reconnaissances de dettes.

Anthony l'étudia longuement, cherchant une ressemblance entre eux. Il finit par en trouver. Leur père avait laissé son empreinte dans la forme de leur nez. Et la couleur de leurs yeux, surtout. Il s'étonnait même de ne pas l'avoir remarqué plus tôt.

La partie de whist se termina. Cette fois, Dominic avait perdu. Il redistribua une partie des papiers posés devant lui. La sobriété aidait à garder la tête froide, mais elle ne suffisait pas à influencer le sort.

Avec un sourire et un hochement de tête, Dominic quitta la table et se dirigea vers la sortie. En voyant Anthony, il marqua un temps d'arrêt, puis, les mâchoires crispées, poursuivit son chemin.

— Je suis surpris de vous voir ici ce soir, observa-t-il, en passant près d'Anthony. J'avais cru comprendre que vous n'aimiez pas le jeu. Sans doute craignez-vous de perdre, ajouta-t-il avec un sourire narquois.

L'insulte atteignit son but, mais Anthony s'obligea à retourner son sourire à Dominic.

— Je crains surtout de mourir bêtement à cause d'une querelle provoquée par une partie de cartes, répliqua-t-il.

Il marqua délibérément une pause, avant de lâcher :

— Comme notre père.

Le regard de Dominic trahit un bref instant son émotion, mais il se reprit très vite.

— Alors, vous avez fini par trouver ! Cela vous a pris du temps. Vous devriez envisager de changer de métier. Un détective privé est supposé faire preuve de perspicacité, non ?

— Je n'ai d'autre choix que de garder ce métier. Contrairement à vous, je n'ai pas la possibilité de me livrer à d'amusantes expériences scientifiques le jour et de jouer aux cartes la nuit. Ce genre d'oisiveté est réservé à ceux qui ont eu la chance d'hériter d'assez d'argent pour se dispenser de chercher un emploi.

Dominic hocha la tête.

— Vous avez raison, Sinclair. Je n'ai pas connu mon père, mais j'ai hérité, c'est vrai. Ce qui signifie que j'ai davantage à offrir à Mlle Emeline que vous.

Sur ce, il planta Anthony là et s'éloigna.

Anthony sentit la moutarde lui monter au nez.

— Nom d'un chien ! grommela-t-il.

Il rattrapa Dominic dans le hall où le portier, sentant la tension monter, s'empressa de leur tendre leurs chapeaux avant de leur ouvrir la porte.

— Tenez-vous à distance d'Emeline, lança Anthony, du haut des marches.

Dominic s'immobilisa et pivota sur ses talons. À la lumière du bec de gaz, il était visible qu'il contenait difficilement sa rage.

— Pourquoi devrais-je me priver du plaisir de sa compagnie, mon cher *frère* ?

Serrant les poings, Athony descendit l'escalier.

— Vous ne l'aimez pas. Vous cherchez seulement à l'utiliser pour prendre votre revanche sur moi. Avouez-le, Hood.

— Je n'ai pas l'intention de discuter de Mlle Emeline avec vous.

— Bonté divine, tout cela n'a rien à voir avec Emeline. C'est moi que vous voulez atteindre à travers elle. Vous faut-il donc vous cacher derrière les jupes d'une femme pour vous venger ?

— Bon sang, je pourrais vous demander raison de cette insulte.

— Je vous en prie, répliqua Anthony sans se démonter. Mais ayez au moins le courage de reconnaître que c'est après moi que vous en avez. Pourquoi me haïssez-vous à ce point ? Parce que votre mère s'était laissé séduire par notre père ? Vous ne pouvez quand même pas m'en tenir pour responsable. Ni elle, d'ailleurs. Le seul coupable, c'est Edward Sinclair. Et il est mort et enterré depuis quatorze ans.

— Je vous interdis de parler de ma mère, Sinclair ! s'emporta Dominic. Votre père l'a déshonorée.

Et il se rua sur Anthony. Appliquant les leçons de Tobias, celui-ci fit un bond de côté pour l'esquiver. Il ne fut cependant pas assez rapide pour éviter la collision, et les deux hommes roulèrent sur le pavé en échangeant des coups de poing.

Dans la fièvre de cette première vraie bagarre, le cerveau d'Anthony cessa de fonctionner logiquement. Tobias, du reste, l'avait prévenu que cela se passerait ainsi. Emporté par le feu de l'action, Anthony en oublia toutes les subtilités de l'art pugilistique qu'avait essayé de lui enseigner Tobias. Il se battait à l'instinct et ne ressentait même pas les coups que lui infligeait Dominic.

Les leçons de Tobias, toutefois, n'avaient pas été vaines, car il réussit à décocher à son adversaire quelques coups bien placés, dont l'un en pleine mâchoire, qui lui procurèrent une joie sauvage.

La bagarre l'absorbait si complètement qu'il n'entendit pas qu'un attelage s'arrêtait près d'eux. Quelques secondes plus tard, cependant, une main ferme l'agrippa par le col, et le tira violemment en arrière. Incrédule, Anthony réalisa que c'était Tobias.

Par la vitre de la voiture, Lavinia et Joan Dove observaient la scène d'un air anxieux. Anthony fut soulagé de constater qu'Emeline n'était pas avec eux.

Il s'assit prudemment sur le trottoir, et essuya de sa manche le sang qui coulait de son arcade sourcilière.

— Que diable fabriques-tu là, Tobias ? marmonna-t-il.

À genoux près de lui, Dominic se massait les côtes en jetant à Tobias des regards méfiants.

— Pardonnez-moi d'avoir interrompu votre joyeuse discussion, messieurs, fit Tobias froidement, mais il se trouve que j'ai besoin d'assistants en bon état. Je vous serais donc reconnaissant de reprendre ce petit exercice une autre fois.

Anthony se releva.

— Que se passe-t-il ? demanda-t-il, avant de réaliser que la présence de Lavinia et de Joan Dove devant un club masculin à une heure aussi tardive ne pouvait être dictée que par une raison grave. Vous avez démasqué l'assassin ?

— Lavinia pense l'avoir identifié, expliqua Tobias. Je suis moins affirmatif qu'elle, mais quoi qu'il en soit, nous ne pouvons prendre le moindre risque.

Reportant son attention sur Dominic, il enchaîna :

— Je propose que nous organisions la surveillance de notre suspect. Et je pense que deux hommes vaudraient mieux qu'un, au cas où il y aurait de l'action. Ça vous intéresse ?

Dominic se leva à son tour, réprimant une grimace de douleur.

— De l'action ? Que voulez-vous dire ?

— Si mon associée a raison, cet homme est un meurtrier. Et nous avons de bonnes raisons de croire qu'il a projeté d'autres crimes. S'il s'aperçoit qu'il est suivi et se sent acculé, il peut devenir très dangereux.

— Pourquoi auriez-vous besoin de moi ? demanda Dominic. Vous avez déjà Sinclair pour vous aider.

— Je ne peux pas monopoliser tout mon temps pour épier un suspect potentiel. L'enquête doit se poursuivre. Acceptez-vous de m'aider, Hood ? Des vies sont peut-être en jeu.

Dominic coula vers Anthony un regard indéchiffrable, avant de revenir sur Tobias.

— Vous pensez vraiment qu'il pourrait tuer de nouveau ?

— Ce n'est qu'une question de temps. Je vous serais donc extrêmement reconnaissant de m'aider à garder notre suspect à l'œil.

— Je dois pouvoir me permettre de consacrer un peu de temps à cette tâche de surveillance, fit Dominic prudemment.

— Merci, lui dit Tobias. Tous les meurtres ayant jusqu'ici été commis de nuit, j'en déduis que notre assassin préfère agir dans l'obscurité. Pour ce soir, Anthony et vous allez surveiller son domicile. Discrètement, bien sûr. S'il sort de chez lui, suivez-le. Mais n'intervenez que s'il s'apprête à commettre un acte de violence. C'est clair ?

— Qui est le suspect ? voulut savoir Anthony, impatient de se lancer dans l'action.

— C'est la question que je redoutais, répondit Tobias.

Tapi dans l'ombre à côté d'Anthony, Dominic observait la porte de Pierce d'un œil sceptique.

— Je n'arrive pas à y croire, marmonna-t-il. Comment s'y prend-il, à ton avis, pour tuer ses victimes ? Il les étouffe avec des perruques ?

— Je te rappelle que tu étais d'accord pour aider Tobias dans cette affaire, rétorqua Anthony. Personne ne t'a forcé à accepter.

— March prétend qu'il y a des vies en jeu. Je ne pouvais pas refuser. Mais avoue que c'est difficile d'imaginer un coiffeur dans la peau d'un tueur.

— C'est peut-être justement pour cela qu'il a parfaitement réussi jusqu'ici, suggéra Anthony. Parce que personne ne le suspecte.

Dominic hocha la tête pensivement.

— Je n'avais pas envisagé les choses sous cet angle.

— J'ai cru comprendre que Tobias aussi avait quelques doutes, reprit Anthony. Mais l'expérience lui a appris à ne jamais prendre les intuitions de Lavinia à la légère.

Ils continuèrent à surveiller le domicile de Pierce en silence. Hormis quelques fiacres qui passaient de temps à autre, la rue était déserte.

Anthony avait mal partout. Nul doute qu'il se réveillerait le lendemain couvert de bleus. Il se consola en songeant que Dominic ne serait pas logé à meilleure enseigne.

— Mme Lake est une femme de caractère, observa ce dernier au bout d'un moment.

Anthony faillit éclater de rire, mais une coupure à la lèvre inférieure l'en empêcha.

— C'est ce que Tobias dit souvent. En des termes beaucoup plus crus.

Il se tamponna le coin des lèvres avec le mouchoir trempé dans l'alcool que lui avait donné Lavinia. Dominic aussi avait eu le sien. La jeune femme avait insisté pour que le portier du club leur en apporte.

Après un instant de silence, Anthony entendit Dominic ouvrir le paquet de sandwiches que Lavinia avait également commandés au portier.

— Elle est un peu autoritaire, commenta Dominic. Mais je lui sais gré d'avoir pensé aux sandwiches. Tu en veux un ?

Anthony s'aperçut qu'il était affamé.

— Volontiers.

Durant quelques minutes, ils mangèrent sans parler.

— À quoi ressemblait-il ? demanda soudain Dominic. Je veux dire, physiquement.

Anthony avait bien sûr compris à qui son frère faisait allusion.

— Je ne m'en souviens pas vraiment. Il s'est tué l'année de mes huit ans. Ma mère est morte quelques mois plus tard.

— Tu dois quand même bien avoir gardé un souvenir de lui en sept ans ? insista Dominic.

Anthony secoua la tête.

— Il n'était pas souvent à la maison. Nous habitions la campagne, mais lui-même passait le plus clair de son temps à Londres. Il n'avait pas grand goût pour la vie de famille.

Après une pause, il ajouta :

— Ann m'a laissé une miniature le représentant.

— Décris-le-moi.

— Je te montrerai la miniature demain. Il ressemblait à…

— À qui ?

— À nous. Ou plutôt, c'est nous qui lui ressemblons. Même stature. Même nez. Mêmes yeux.

— Et son caractère ? Il était emporté ?? Prompt à rire ? Intelligent ?

— Pas suffisamment intelligent pour éviter une querelle de jeu, apparemment. Quant au reste, j'ai cru comprendre que les femmes le trouvaient charmant.

Dominic soupira.

— Ça, c'est sûrement vrai.

— Ce dont je me souviens surtout, c'est que ma mère pleurait souvent. Et qu'il est mort sans rien nous laisser. Même pas la maison que nous habitions. Il avait tout perdu au jeu.

— C'est tout ? Tu ne te rappelles vraiment rien d'autre ?

Anthony sentit la colère monter en lui de nouveau.

— Tu veux savoir ce dont je me souviens vraiment ? Je me souviens de celui qui m'a élevé jusqu'à l'âge adulte. Je me souviens que c'est Tobias qui m'a appris à jouer aux échecs. C'est Tobias qui m'a payé un tuteur pour que je ne sois pas obligé d'aller à l'école après la mort d'Ann. C'est Tobias qui m'a offert mon premier rasoir et m'a montré comment m'en servir. C'est Tobias qui m'a enseigné le sens de l'honneur. Et c'est encore Tobias qui…

— C'est bon, le coupa Dominic, en levant la main. J'ai compris.

Anthony avala une bouchée de son sandwich, avant de demander à son tour :

— Et lui, comment était-il ? Celui qui t'a élevé comme son fils ?

Dominic fixait les ténèbres.

— Je le voyais plus comme un grand-père que comme un père. Il souffrait de la goutte et passait beaucoup de temps assis, la jambe posée sur un tabouret.

— Quoi d'autre ?

— C'est lui qui m'a offert mon premier télescope. Et qui m'a appris les mathématiques. En fait, c'est lui qui m'a donné le goût de la science.

— Il te traitait comme son propre fils ?

— Oui. Et de mon côté, je l'aimais et je le respectais comme s'il était mon vrai père. Il est mort quand j'avais dix-sept ans. Je n'ai découvert la vérité à son sujet qu'en lisant le journal intime de ma mère, après sa mort à elle. Si Bartholomew Hood savait que je n'étais pas son fils, il ne me l'a jamais fait sentir.

— Tout bien réfléchi, nous avons plutôt eu de la chance, conclut Anthony. Nous avons été élevés par des hommes de valeur. Ç'aurait pu être pire.

Dominic émit un grognement qui pouvait être interprété comme ironique.

— Tu veux dire que nous aurions pu tomber sur quelqu'un comme notre père ? C'est une façon de voir les choses à laquelle je n'avais pas pensé. Mais tu as peut-être raison.

Lavinia se servit un verre de sherry, puis alla s'asseoir dans le fauteuil à côté de celui de Tobias. Elle but une gorgée d'alcool en contemplant le feu qui se mourait dans la cheminée.

Il était presque 2 heures du matin et la maison était silencieuse. Mme Chilton et Emeline étaient couchées quand ils étaient rentrés. Joan avait proposé à Tobias de le déposer chez lui, mais celui-ci avait refusé sous prétexte qu'il voulait d'abord discuter avec Lavinia des derniers développements de l'affaire.

Lavinia regrettait, à présent, de ne pas avoir insisté pour qu'il profite de la voiture de leur amie. Bien qu'il s'efforçât de n'en rien laisser paraître, il était visiblement tendu et fatigué.

Il n'avait pas beaucoup dormi depuis leur retour de Beaumont Castle, et cette affaire commençait à lui peser. Mais elle le connaissait suffisamment pour savoir qu'il n'aimerait pas qu'elle lui témoigne la moindre compassion.

— Tu crois qu'il était sage de laisser Anthony et Dominic seuls pour surveiller Pierce ? demanda-t-elle. Tu ne crains pas qu'ils se bagarrent de nouveau ?

— Je ne pense pas qu'ils prennent un tel risque tant qu'ils seront en mission, répondit Tobias, qui but une gorgée de brandy avant d'ajouter : Avec un peu de chance, la longue nuit qui les attend les aidera peut-être à régler leurs différends.

Lavinia sourit.

— Je vois… Plutôt malin, ton stratagème.

Tobias contemplait le feu.

— Nous verrons bien si ça marche.

— Comment savais-tu que Dominic accepterait de t'aider ?

— Les jeunes gens de cet âge aiment l'action et la bravoure. J'étais certain que la perspective de sauver une vie et d'aider à capturer un assassin l'emporterait sur le désir de venger sa mère. Au moins pour un temps.

Lavinia regardait le contenu de son verre à la lumière des braises.

— Penses-tu vraiment que l'histoire de sa mère soit à l'origine de son ressentiment envers Anthony ?

— C'est sans doute un peu plus compliqué que cela. Il doit aussi avoir du mal à accepter l'idée que personne ne lui a jamais dit la vérité sur sa naissance. Sa rage est compréhensible. Et Anthony est le seul parent vivant sur lequel il peut la passer.

— Mais la vengeance est impossible, en l'occurrence. Le père d'Anthony est mort depuis longtemps. Dominic n'a aucun moyen de rendre justice à sa mère.

Tobias but une autre gorgée de brandy.

— Les jeunes gens ont rarement une approche rationnelle de la vie. Ils préfèrent se gargariser d'idéaux, et leur vision passionnée et tranchée de ce que sont le bien et le mal interfère avec la logique et le bon sens.

— Peut-être.

— Il n'y a pas de *peut-être*, rétorqua Tobias.

Il renversa la tête contre le dossier de son fauteuil et ferma les yeux.

— J'ai souvent constaté les mêmes penchants chez Anthony pour savoir à quoi m'en tenir. Il faudra que je trouve le moyen de leur apprendre, à l'un et à l'autre, qu'ils n'ont pas à porter le fardeau de vieux péchés.

Lavinia sourit, posa son verre et se leva. Tobias entrouvrit les yeux et la regarda s'approcher de lui.

Elle s'agenouilla sur le tapis, devant son fauteuil, et posa le bras sur sa cuisse. Sa robe bleu lavande s'évasait en corolle autour d'elle.

— Je ne suis pas certaine qu'Anthony et Dominic soient les seuls à manquer parfois de pondération, observa-t-elle. Toi aussi, Tobias, tu es un passionné qui se nourrit d'idéaux. Ne critique pas trop durement ce trait de caractère chez les autres. C'est une des raisons, parmi tant d'autres, qui font que je t'aime si profondément.

De la surprise – et de la passion – se lurent tout à coup dans ses prunelles.

— Lavinia...

Avec un petit grognement sensuel, il l'attira brusquement dans ses bras et la plaqua contre son torse. Il couvrit ses lèvres des siennes, l'embrassa avec fièvre. Elle lui rendit son baiser avec une ardeur émue.

Elle l'avait cru au bord de l'épuisement, mais quand il commença à lui caresser les seins, elle comprit qu'elle s'était trompée. C'était à croire qu'il n'avait pas bu du brandy, mais quelque potion revigorante.

Tobias s'attaqua sans attendre aux agrafes de sa robe et, en quelques secondes, la jeune femme se retrouva nue jusqu'à la taille. Lorsque ses pouces effleurèrent les pointes de ses seins, Lavinia sentit son cœur s'emballer. Ce n'était pourtant pas la première fois qu'il la caressait ainsi, mais chaque fois l'effet était saisissant. Elle en avait le souffle coupé.

Glissant les mains sous sa chemise, la jeune femme s'émerveilla, une fois encore, de sentir les muscles fermes de son torse. Elle entreprit ensuite de déboutonner son pantalon et, sans hésiter, enroula les doigts autour de son sexe. Tobias laissa échapper un gémissement rauque, et posa vivement la main sur celle de Lavinia pour faire cesser ses caresses.

Il se redressa. Elle comprit qu'il voulait l'allonger devant la cheminée pour lui faire l'amour.

— Non, lui murmura-t-elle à l'oreille. Laisse-moi faire ça pour toi.

— Lavinia...

Elle le fit taire d'un baiser avant de se laisser glisser sur le tapis. Là, agenouillée devant lui, elle le prit dans sa bouche.

Chaviré de plaisir, Tobias enfouit les mains dans la chevelure de la jeune femme.

En quelques secondes, Lavinia sentit les muscles de ses cuisses se raidir. Une fois de plus, il l'obligea à s'arrêter.

— Je ne vais pas pouvoir me retenir plus longtemps, souffla-t-il.

— Mais je ne veux pas que tu te retiennes, répondit-elle.

Et elle le reprit dans sa bouche. Il agrippa les accoudoirs du fauteuil, renversa la tête en arrière, le corps tendu comme un arc.

Lavinia sentit sa jouissance monter telle une vague formidable. Il demeura silencieux tandis qu'une série de spasmes le secouaient. C'était à croire qu'il s'était abandonné si complètement qu'il ne lui restait plus assez d'énergie pour émettre ne serait-ce qu'un murmure.

Après quelques secondes, il se détendit. Levant la tête, Lavinia s'aperçut qu'il avait fermé les yeux. Elle comprit qu'il s'était endormi.

Elle se releva sans bruit, alla chercher un plaid dans une armoire et l'en couvrit. Puis elle rajouta une bûche dans l'âtre et quitta la pièce sur la pointe des pieds.

25

Au matin, Tobias fut réveillé par un bruit de casseroles. Sa première pensée fut que Whitby, son domestique, faisait plus de tapage que d'ordinaire. Sa seconde pensée fut qu'il avait bien dormi et qu'il se sentait frais et dispos. C'était sa première vraie bonne nuit de sommeil depuis son retour de Beaumont Castle et il n'était que temps. Il n'avait plus l'âge de passer une nuit blanche sans en subir les conséquences.

Ah, les ravages du temps...

Puis il ouvrit les yeux et aperçut des livres de poésie alignés sur les étagères encadrant la cheminée.

Il comprit qu'il se trouvait dans le bureau de Lavinia. Et que le bruit de casseroles était provoqué par Mme Chilton.

Des images de la veille lui revinrent alors en mémoire. Le souvenir de Lavinia agenouillée entre ses cuisses suffit à réveiller brutalement son désir. Il leva les yeux vers le plafond et essaya de se représenter la jeune femme endormie, à l'étage au-dessus, ses cheveux formant une auréole flamboyante sur son oreiller.

Un nouveau bruit de casserole le tira brutalement de sa rêverie. Apparemment, Mme Chilton essayait de lui envoyer un message. C'est alors qu'il réalisa qu'Emeline, qui devait encore dormir, serait sans doute très choquée si elle découvrait qu'il avait passé la nuit dans le bureau de sa tante. La jeune génération semblait avoir adopté des positions très rigides sur la décence. Il ne pouvait qu'espérer qu'elle s'assouplirait avec l'âge.

Tobias se débarrassa du plaid qui le recouvrait, se leva, s'étira, fit rouler ses épaules raidies. Il songea ensuite à utiliser les commodités qui se trouvaient sous l'escalier, puis y renonça. Il n'était pas exclu qu'Emeline apparaisse au moment où il en sortirait. Son envie attendrait qu'il ait regagné sa maison.

Après avoir remis de l'ordre dans sa tenue et s'être recoiffé avec les doigts, il ouvrit prudemment la porte.

Mme Chilton l'attendait dans le hall, une tasse de thé à la main.

— J'ai pensé que vous aimeriez avaler ça avant de rentrer chez vous, fit-elle.

— Madame Chilton, vous êtes un ange, déclara-t-il, avant de vider la tasse, et de la lui rendre.

— Je suppose que vous repasserez tout à l'heure, pour le petit déjeuner ?

— Oui, confirma Tobias, qui se dirigeait déjà vers la porte.

Mme Chilton le suivit, non sans avoir jeté un coup d'œil en direction de l'escalier.

— Cela ne devrait pas se reproduire, monsieur, avertit-elle à voix basse. Il y a une jeune fille dans cette maison.

— J'en suis bien conscient, madame Chilton, assura-t-il.

Et, une fois sur le perron, il ajouta :

— La journée promet d'être magnifique.

— Ça ne durera pas, prédit la gouvernante. Il y aura bientôt de l'orage. Je le sens.

Là-dessus, elle lui referma la porte au nez.

Au bas du perron, Tobias leva spontanément la tête. Vêtue d'un ravissant déshabillé à fleurs, Lavinia l'observait de la fenêtre de sa chambre.

Elle lui sourit et porta les doigts à ses lèvres pour lui envoyer un tendre baiser. Mme Chilton se trompait : il n'y aurait pas d'orage. Les oiseaux gazouillaient à tue-tête et le soleil brillait déjà à l'horizon. C'était tout juste si quelques nuages d'altitude flottaient paresseusement dans le ciel d'azur.

Ce serait une très belle journée.

Deux heures plus tard, le soleil brillait toujours quand Mme Chilton entreprit de débarrasser les reliefs du petit déjeuner.

— Je maintiens qu'un orage se prépare, marmonna-t-elle en passant près de Tobias.

Lavinia leva les yeux de son journal, intriguée. Mme Chilton semblait furieuse.

— S'il pleut, je ne m'en plaindrai pas. Ça fera du bien aux plantations, répondit Tobias qui, passant du coq à l'âne, ajouta : Au fait, madame Chilton, vous n'auriez pas des courses à faire, cet après-midi ?

La gouvernante s'apprêtait à sortir, son plateau entre les mains.

— Non, monsieur, répliqua-t-elle sèchement. Le garde-manger est plein. J'ai de quoi nous nourrir pendant plusieurs jours.

Et elle disparut dans le couloir.

Lavinia reporta son attention sur Tobias.

— As-tu dit ou fait quelque chose qui aurait froissé Mme Chilton ? demanda-t-elle. Elle est d'une humeur exécrable, ce matin.

— J'ai remarqué aussi, confirma Emeline en se servant une autre tasse de café.

— Tobias, je ne voudrais pas que tu contraries ma gouvernante, le mit en garde Lavinia.

Il afficha un air d'innocence blessée.

— Je ne vois pas de quoi tu parles. Je t'assure n'avoir rien dit de déplaisant à Mme Chilton. Du reste, tu sais très bien que je l'adore.

— Hum.

Lavinia n'était pas vraiment satisfaite, mais, ne sachant trop quoi ajouter, elle se retrancha derrière son journal.

En fait, elle était intriguée par l'étrange relation qui semblait s'être nouée entre Tobias et sa gouvernante au fil des semaines. Il était manifeste que Mme Chilton témoignait de beaucoup d'indulgence à son égard. Quant à Tobias, il ne cessait de louer à haute voix sa cuisine. On aurait juré qu'ils complotaient ensemble.

Cependant, les choses avaient changé depuis leur retour de la campagne. Mme Chilton n'était plus aussi amène avec Tobias. Comme si elle avait attendu quelque chose de lui, qui n'était pas venu. Pour tout dire, elle semblait déçue.

Lavinia eut soudain un mauvais pressentiment. Elle replia brutalement son journal.

— Tobias, j'espère que tu n'as pas dans l'idée de me voler Mme Chilton ?

Il parut sincèrement surpris d'une telle accusation.

— Ça ne me serait jamais venu à l'esprit, répliqua-t-il. Whitby ne me pardonnerait pas d'amener une femme dans son domaine.

Emeline gloussa.

— Ne t'inquiète pas, Lavinia. Je suis persuadée que Mme Chilton n'a nulle envie de nous quitter.

— Mmm, grommela Lavinia en reprenant son journal.

Il se tramait quelque chose, cela ne faisait aucun doute. Car si Mme Chilton était de mauvaise humeur ce matin, Tobias, en revanche, semblait bien optimiste pour quelqu'un qui avait une affaire criminelle à résoudre.

— Vous savez, fit Emeline, reprenant le fil de la conversation que l'entrée de Mme Chilton avait interrompue, je n'ai pas été vraiment surprise d'apprendre que M. Hood était le demi-frère d'Anthony. Cela explique les quelques ressemblances que j'avais constatées entre eux.

— En effet, confirma Tobias.

— Aurez-vous besoin de mon aide, aujourd'hui ? demanda la jeune fille, pleine d'espoir.

— Je ne crois pas, répondit Tobias.

Emeline semblait si désappointée qu'il demanda :

— Pourquoi ?

— Oh, pour rien ! C'est juste que Priscilla m'implore de passer chez elle cet après-midi. J'en ai déduit que sa mère avait pris quelque rendez-vous assommant avec une couturière et qu'elle ne veut pas affronter l'épreuve seule.

Lavinia pouffa.

— Lady Wortham voudra sans doute rajouter un peu de rose dans les toilettes de sa fille.

— C'est à craindre. Priscilla est au désespoir.

Lavinia se tourna vers Tobias.

— Quel est ton programme de la journée ?

— J'ai l'intention d'aller fouiller le domicile de Pierce dans l'après-midi, pendant qu'il sera chez ses clientes.

À cet instant, ils entendirent frapper à la porte d'entrée. Le pas lourd de Mme Chilton résonna dans le hall.

Emeline replia sa serviette.

— Je me demande bien qui ça peut être à une heure aussi matinale. Une nouvelle cliente pour toi, Lavinia ?

Sa tante fit la moue.

— Je crains plutôt que ce soit une ancienne cliente qui vient s'enquérir de nos progrès.

Tobias sourit, amusé.

— Les clients aiment bien être informés.

Un murmure de voix se fit entendre dans l'entrée. Deux secondes plus tard, Mme Chilton s'encadra dans la porte de la salle à manger.

— Mme Gray désirerait vous voir, madame, annonça-t-elle.

Lavinia soupira.

— Je m'en doutais. Au moins, nous avons du nouveau à lui apprendre.

Tobias vida sa tasse de café et se leva.

— Ne manquent que les preuves.

Cet après-midi-là, un peu après 2 heures, Lavinia et Tobias se tenaient dans le salon de Pierce. Par chance, les prédictions météorologiques de Mme Chilton ne s'étaient pas encore réalisées, aussi ne furent-ils pas obligés de faire leur intrusion clandestine avec des souliers mouillés et des vêtements dégoulinants de pluie.

Cinq minutes plus tôt, le jeune garçon à qui Tobias avait offert une pièce pour surveiller la maison pendant qu'Anthony et Dominic récupéraient de leur nuit blanche était accouru dans le petit square où Tobias et Lavinia attendaient. Il venait juste de voir Pierce sortir de chez lui avec sa mallette de travail. La servante de la maison voisine lui avait dit qu'il ne rentrait jamais avant 5 heures.

— Je vais continuer à faire le guet, avait proposé le gamin, qui ne manquait pas d'astuce. Comme ça, s'il revient plus tôt que prévu, je vous avertirai en jetant une poignée de gravillons contre les vitres.

Lavinia était très excitée. Elle avait l'intuition qu'ils touchaient au but.

— Je prends la chambre ? annonça-t-elle.

— Fouille les penderies à fond, lui recommanda Tobias. Et ne perds pas de temps.

La jeune femme entra dans la chambre et entreprit d'inspecter les tiroirs de la table de nuit.

— Ce serait trop beau de trouver une perruque blonde et des vêtements de femme, lança-t-elle à Tobias, resté dans le salon attenant.

— Qui sait ? Il a forcément caché cette maudite perruque quelque part. Et puis, il serait temps que la chance tourne un peu en notre faveur.

— Je suis bien d'accord, fit Lavinia, qui s'était agenouillée pour regarder sous le lit. Tu n'as pas trouvé qu'Aspasia semblait douter de nos conclusions ? Si tu n'avais pas été là pour appuyer mes dires, je pense qu'elle ne m'aurait tout simplement pas crue.

Aspasia avait paru incrédule quand Lavinia lui avait expliqué que Pierce était vraisemblablement l'assassin.

Elle ne s'était laissé convaincre que lorsque Tobias avait confirmé qu'il partageait les soupçons de son associée.

— Elle avait toutes les bonnes raisons d'être stupéfaite, remarqua-t-il. Moi-même, je n'en reviens toujours pas. J'ai pourtant croisé beaucoup de criminels, dans ma carrière. Et de toutes sortes. Mais c'est la première fois que je soupçonne sérieusement un coiffeur.

Lavinia venait d'ouvrir la penderie, qui regorgeait de chemises et de cravates.

— Avoue que c'est une excellente couverture pour quelqu'un qui souhaite avoir ses entrées dans la bonne société. Un bon coiffeur est invité partout.

— Cette histoire m'aura au moins appris qu'un coiffeur peut plus facilement pénétrer dans ta chambre que moi, marmonna Tobias.

— Ce n'est pas la même chose, Tobias.

— Peut-être, mais c'est diablement injuste. Et vraiment peu pratique. D'ailleurs, cela fait un moment que je souhaitais que nous en parlions, tous les deux.

La main de la jeune femme se crispa sur la porte de la penderie. Elle retint son souffle et attendit la suite.

Il y eut un silence, puis Tobias murmura :

— Tiens, tiens...

Les doigts de Lavinia se détendirent. Elle recommença à respirer normalement, mais elle n'aurait pas su dire ce qu'elle avait éprouvé durant ce court instant. Du soulagement ? De la déception ?

Mais au vrai, qu'espérait-elle ? Tobias n'allait quand même pas lui parler mariage au beau milieu d'une perquisition chez un suspect !

La jeune femme s'approcha de la porte et vit qu'il avait soulevé le tapis.

— Tu as trouvé quelque chose ? s'enquit-elle.

— Peut-être.

Il sortit une lame de son manteau et l'introduisit dans la rainure qui séparait deux lattes du parquet.

— J'ai l'impression qu'une cachette a été aménagée là-dessous. Ce qui ne m'étonnerait pas. C'est aussi sous le tapis de son bureau que Zachary Elland avait dissimulé le coffre dans lequel Aspasia a trouvé son journal et les bagues. Pierce a pu vouloir l'imiter jusque dans les moindres détails.

— Mais comment peut-il savoir autant de choses sur Elland, Tobias ? Les bagues, le style des meurtres, et maintenant la cachette... Ça fait quand même beaucoup. Il devait être très proche de lui.

— C'est précisément ce que j'essaie de découvrir, expliqua Tobias. Jack m'a arrangé un rendez-vous ce soir avec quelqu'un qui a des choses à me dire sur le passé de Zachary.

Il fit levier avec sa lame. Lavinia entendit un petit craquement, puis la latte se souleva, révélant un trou. La jeune femme se précipita pour s'agenouiller au bord.

— Vide, annonça Tobias, sans réussir à dissimuler sa déception.

Il remit la latte en place, puis le tapis et se redressa, cherchant du regard une autre cache possible.

— Ils sont quand même bien quelque part, lâcha-t-il.

— Quoi ?

— Ses livres de comptes. Je t'ai expliqué comment Zachary consignait la moindre de ses transactions par écrit.

— Ne perds pas de vue qu'il ne s'agit pas de Zachary, Tobias. Nous n'avons aucune raison de penser qu'il agit en tout point de la même manière que lui.

— Je ne suis pas d'accord. Plus je réfléchis et plus j'ai la conviction que le nœud de l'affaire réside dans ces similitudes entre les méthodes de Zachary et celles de notre nouvel assassin. C'est à croire qu'ils ont étudié leurs coups ensemble.

— Ou que l'un a enseigné son savoir à l'autre, suggéra Lavinia.

— Vraisemblablement.

Avisant une petite table, dans un coin, il s'en approcha et ouvrit le tiroir.

— Je le savais ! s'exclama-t-il d'un ton triomphant en brandissant un épais cahier relié de cuir.

Lavinia le rejoignit et tous deux en examinèrent le contenu. Des noms, des dates et des horaires y figuraient en rangs serrés.

— Ça ressemble plutôt à un carnet de rendez-vous qu'à un livre de comptes, observa Lavinia.

Tobias continua de feuilleter le cahier.

— Tu as raison. C'est là qu'il note ses rendez-vous avec ses clientes. Mais il a peut-être aussi noté le nom de ses commanditaires.

— Je doute que Pierce se montre aussi imprudent. C'est un professionnel, après tout.

Tobias sortit un papier et un crayon de sa poche, et commença à inscrire les noms des clientes les plus récentes.

— Inutile de me le rappeler. Quoi qu'il en soit, c'est toujours mieux que rien. Au moins, nous avons une idée de son emploi du temps pour les jours à venir. Ça peut se révéler utile.

Lavinia détailla la liste de noms dans le cahier. L'un d'eux lui sauta aux yeux.

— Lady Huxford ! Regarde, il avait rendez-vous avec elle le trois. Quinze jours avant la mort de Fullerton.

— Ce qui prouve bien que lady Huxford et Pierce se connaissent – comme tu l'avais deviné –, mais ne nous apprend rien de nouveau. Je me demande… Nom d'un chien !

— Qu'y a-t-il ?

Tobias désigna un nom de l'index.

— Sa cliente de cet après-midi.

Lavinia lut à son tour et sentit son sang se figer.

— Mon Dieu ! Il est chez Lady Wortham ! C'était cela le rendez-vous assommant que Priscilla redoutait.

— Préparons-nous au pire, murmura Tobias. Ce ne peut pas être une coïncidence. Il est évident que Pierce est au courant de l'amitié entre Priscilla et Emeline, et qu'il a arrangé ce rendez-vous dans l'intention d'interroger la meilleure amie de ta nièce pour essayer de savoir où nous en sommes de notre enquête.

26

— Ma chère mademoiselle Priscilla, nous ne pouvons échapper à la nature, déclara Pierce en croisant le regard de sa jeune cliente dans le miroir de la coiffeuse. Vous êtes définitivement blonde.

Priscilla s'empourpra.

— J'ai bien conscience que ce n'est pas une couleur à la mode.

Assise à droite de son amie, un peu en retrait, Emeline avait l'impression de vivre un cauchemar. À son grand soulagement, Priscilla tenait son rôle à merveille.

En arrivant chez son amie, Emeline avait appris que lady Wortham avait prévu un rendez-vous avec un coiffeur. Elle avait espéré qu'il s'agissait d'une simple coïncidence, mais depuis qu'elle travaillait pour Lavinia et Tobias, Emeline avait appris à se méfier des coïncidences. Elle s'était empressée de mettre Priscilla au courant des derniers développements de l'enquête. Celle-ci avait alors décidé de laisser sa mère en dehors de tout cela. Elle risquait de s'affoler en apprenant qu'elle avait invité un assassin pour coiffer sa fille.

Quand Pierce s'était présenté à la porte avec sa trousse de travail, Priscilla l'avait accueilli avec un aplomb digne d'admiration.

Elle s'était installée devant sa coiffeuse, une serviette posée sur les épaules, et s'était abandonnée aux mains de ce coiffeur assassin comme si c'était la chose la plus normale du monde.

Elle se comportait même avec tant de naturel qu'Emeline en arrivait à se demander si elle ne s'amusait pas. Le fait que Pierce fût bel homme – et très élégant – facilitait peut-être les choses. Il était en vérité assez difficile de l'imaginer en tueur à gages.

Lady Wortham, assise de l'autre côté de la coiffeuse, ne se doutait pour sa part pas une seule seconde que le jeune homme qui brossait les cheveux de sa fille avait probablement tué au moins trois personnes au cours des dernières semaines.

— Pensez-vous que nous devrions teinter les cheveux de Priscilla en plus foncé, monsieur Pierce ? risqua-t-elle, une pointe d'anxiété dans la voix.

— Les teinter ? se récria Pierce. Oubliez cette idée, ajouta-t-il en exhibant entre ses doigts une mèche des cheveux de Priscilla comme l'aurait fait un magicien. C'est de l'or pur, madame. Ce serait un crime contre nature que d'altérer un pareil coloris. Je vous interdis formellement de recourir au henné.

Lady Wortham agita nerveusement son éventail.

— Mais que suggérez-vous, alors ? Une perruque ?

Pierce secoua la tête.

— C'est hors de question chez une personne aussi jeune. Ce serait une honte de cacher sous un postiche une aussi belle chevelure. En outre, cela gâterait la fraîcheur de sa peau et la perfection de son profil. Qu'elle a d'ailleurs hérités de vous, madame.

Lady Wortham en resta un instant bouche bée. Emeline eut même la surprise de la voir rougir légèrement.

— Eh bien, merci, monsieur Pierce, dit-elle finalement, s'éventant avec un regain d'énergie. J'ose avouer que dans ma jeunesse, je n'ai jamais manqué de cavaliers à aucun bal. Et Priscilla me ressemble… Sauf en ce qui concerne les cheveux, qu'elle a, hélas, hérités de son père.

— En effet. Comme je vous le disais, j'essaie de ne pas proposer de perruque aux jeunes filles, à moins qu'il n'existe pas d'alternative. Or, en l'espèce, nous avons une alternative. Et je précise qu'elle est fabuleuse.

Il y eut un silence tendu. Emeline réalisa que, en dépit de la situation, Priscilla et elle étaient aussi curieuses que lady Wortham d'entendre la réponse de Pierce.

— Laquelle, monsieur Pierce ? le pressa lady Wortham.

Pierce prit la pause.

— Puisque nous ne pouvons faire en sorte que votre fille suive la mode, inversons le cours des choses. Transformons-la afin que ce soit elle, par son style, qui inspire la mode.

Lady Wortham s'éventait cette fois frénétiquement.

— Mon Dieu...

— Faites-moi confiance, madame. J'ai étudié mon art à Paris et je connais mon métier, assena Pierce.

Il fouilla dans sa mallette, en sortit des épingles et des papillotes.

— Mais avant de faire quoi que ce soit, reprit-il, je veux votre parole que ma création ne sera pas défigurée par du rose.

Lady Wortham se raidit visiblement, et pinça les lèvres.

Pierce s'empara de ses ciseaux.

— Mlle Priscilla possède des toilettes d'une autre teinte, je présume ? Elle ne porte certainement pas en permanence cette couleur ridicule.

Priscilla émit un petit bruit étranglé et s'empara de sa tasse de thé. Emeline croisa son regard dans le miroir. Ni l'une ni l'autre n'osaient dire un mot.

Lady Wortham se racla la gorge.

— Je trouve que le rose convient particulièrement bien à une jeune fille de cet âge, qui, en outre, possède un tel physique.

Pierce commença à manier ses ciseaux, non sans laisser échapper un soupir.

— Permettez-moi de vous dire, madame, que tout ce rose, allié à une chevelure aussi blonde, n'est pas sans évoquer un gâteau à la crème surmonté de chantilly.

Lady Wortham était au bord de l'apoplexie.

— Ma fille ? Un gâteau à la crème ? Comment osez-vous, monsieur !

— Un gâteau à la crème ne peut être élégant, ni avoir du style, poursuivit Pierce sans se soucier de l'expression scandalisée de lady Wortham. En revanche, je suis convaincu que des couleurs plus fortes – du vert émeraude, par exemple, ou un bleu saphir – donneraient à Mlle Priscilla une tout autre allure.

— Une allure de quoi ? voulut savoir lady Wortham, circonspecte.

— De déesse.

Lady Wortham battit des paupières.

— Une déesse ? Ma Priscilla ?

Pierce croisa le regard de la jeune fille dans la glace.

— Avez-vous une telle toilette dans votre garde-robe, mademoiselle ? Sinon, je vous conseille de prendre rendez-vous avec votre couturière au plus vite.

— Eh bien, commença Priscilla, il y a la nouvelle robe que tante Béatrice m'a offerte pour mon anniversaire.

— Honnêtement, je ne pense pas qu'elle convienne à ma fille, fit valoir lady Wortham, qui semblait cependant moins sûre d'elle. Béatrice l'a commandée sans me consulter.

— Montrez-la-moi, ordonna Pierce.

Emeline bondit de sa chaise.

— J'y vais ! proposa-t-elle.

Elle ouvrit la penderie et sortit la robe en question.

Les trois femmes regardèrent la tenue turquoise en attendant le verdict de Pierce.

— Parfait, décréta-t-il. Absolument parfait. Soyez assurée, madame, ajouta-t-il à l'adresse de lady Wortham, que les gentlemen se jetteront aux pieds de votre fille. Et qu'ils se battront pour la conduire à l'autel.

Une demi-heure plus tard, lady Wortham contemplait sa fille, médusée.

— Incroyable ! s'exclama-t-elle. Le résultat est spectaculaire. Je n'aurais jamais imaginé qu'une coiffure aussi simple puisse se révéler aussi élégante.

Pierce admirait son travail avec une fierté toute professionnelle.

— La simplicité est l'essence même de l'élégance, madame.

Emeline n'était pas moins stupéfaite que lady Wortham. Pierce avait dégagé le visage de Priscilla et rassemblé ses cheveux en un gracieux chignon, soulignant ainsi la ligne de son cou et son fin profil. Emeline avait toujours trouvé son amie ravissante, mais il y avait à présent chez elle une assurance et un mystère qui n'existaient pas auparavant.

— Priscilla, tu es resplendissante, murmura-t-elle.

Son amie rougit, mais ne parvint pas à détourner les yeux de son reflet dans le miroir.

— C'est vrai ? Tu aimes ?

— Sans l'ombre d'une hésitation. J'ai hâte de te voir dans ta nouvelle robe.

Pierce se tourna vers Emeline.

— Vous me voyez ravi que cela vous plaise, mademoiselle Emeline. J'ai une heure devant moi avant mon prochain rendez-vous. Voulez-vous que je vous coiffe à votre tour ? Ce n'est pas que votre coiffure soit ratée, loin de là. Mais elle est un peu trop à la mode, si vous voyez ce que je veux dire. Vous gagneriez à vous montrer plus originale.

— Oh, je ne voudrais pas abuser de votre temps, ni de l'hospitalité de lady Wortham, répondit Emeline, non sans regret.

Pierce était peut-être un assassin, mais on ne pouvait nier son talent en matière de coiffure. Ç'aurait été tellement amusant de lui donner carte blanche.

Priscilla abandonna sa chaise.

— Mais si, Emeline, laisse-le te coiffer. Maman n'y verra aucune objection.

— Bien sûr que non, confirma lady Wortham, magnanime. C'est si fascinant de regarder M. Pierce travailler !

Emeline consentit finalement à s'asseoir devant la coiffeuse.

Pierce arrangea sur ses épaules une autre serviette, puis il s'empara de sa brosse et croisa le regard de la jeune fille dans le miroir.

— C'est un vrai plaisir que de coiffer des jeunes filles, assura-t-il. La plupart de mes clientes sont nettement plus âgées et portent des perruques. Dites-moi, mademoiselle Emeline, votre tante vous a-t-elle dit que nous avions fait connaissance au château des Beaumont ?

Emeline sentit son sang se glacer dans ses veines. Du coin de l'œil, elle vit Priscilla se tendre.

Elle s'efforça de se ressaisir.

— Elle m'a en effet raconté qu'elle avait rencontré un coiffeur qui lui avait fait des remarques sur ses cheveux, mais elle ne se souvenait plus de son nom.

Pierce parut très vexé.

— Je lui avais laissé ma carte.

— Elle a dû la perdre, supposa Emeline.

— Ce qui n'a rien d'étonnant ; son ami, M. March et elle étaient plutôt préoccupés. Ils semblaient convaincus que la mort de lord Fullerton n'était pas un accident. Et ils tentaient de le prouver.

— Pas un accident ? répéta lady Wortham, stupéfaite. Je n'ai rien entendu de tel au sujet de la mort de Fullerton.

— Parce que ma tante et M. March n'ont pu trouver aucune preuve de meurtre, expliqua Emeline. De toute façon, lord Beaumont a refusé qu'une enquête soit menée sous son toit.

— Donc, leurs recherches n'ont pas abouti ? demanda Priscilla d'un ton parfaitement innocent.

— J'ai peur que non, confirma Emeline. M. March est plutôt contrarié. Mais ma tante pense qu'ils perdent leur temps. Elle voudrait le convaincre de renoncer à cette affaire, ajouta-t-elle, pas peu fière de ce dernier mensonge.

— Vous croyez qu'elle y parviendra ? s'enquit Pierce, d'un ton détaché.

— Oh oui, assura Emeline, avant de lâcher son mensonge final à mi-voix : la famille de Fullerton ne veut pas entendre parle d'enquête. Ma tante trouve ridicule de passer du temps sur une affaire pour laquelle ils n'ont pas de clients et qui ne leur rapportera donc pas un sou. M. March finira bien par se ranger à son avis.

— Sans vouloir vous offenser, ma chère Emeline, intervint lady Wortham sur un ton désapprobateur, je dois vous avouer que je trouve le nouveau hobby de votre tante pour le moins étrange.

Emeline se demanda comment réagirait Lavinia si elle lui racontait que lady Wortham considérait son métier comme un « hobby ».

— J'imagine qu'une femme intelligente comme Mme Lake trouve dans ce travail un défi intéressant, intervint Pierce.

Emeline sentit ses cheveux se dresser sur sa nuque. Elle pria le ciel pour que Pierce ne s'en aperçoive pas.

27

Emeline et Priscilla pénétrèrent ensemble dans Hyde Park, où elles avaient prévu de retrouver Anthony et Dominic. Elles avaient déployé leurs ombrelles pour se protéger du soleil, mais ne portaient pas de chapeau, afin de laisser voir leur nouvelle coiffure.

— J'ai le cœur qui bat à tout rompre, confia Emeline. Je me demande s'il va jamais ralentir.

— J'en tremble encore, renchérit Priscilla. Chaque fois que je regardais dans le miroir, je voyais les ciseaux dans sa main et je pensais à ces gens qu'il a probablement tués.

— À présent, je ne regarderai plus jamais aucun coiffeur du même œil.

— Moi non plus. Mais quel dommage que M. Pierce soit un assassin ! Je lui dois une fière chandelle. En l'espace d'une heure, il a changé ma vie en convainquant maman que le rose ne m'allait pas.

Emeline jeta un coup d'œil à son amie, qui portait la robe turquoise de la tante Béatrice.

— Il avait raison. Les couleurs fortes te mettent vraiment en valeur.

— Merci, répondit Priscilla. Quel après-midi, tu ne trouves pas ? Je pense que nous nous en sommes plutôt bien sorties avec Pierce. À croire que nous étions nées pour la scène.

— Ne suggère pas une telle chose devant ta mère, elle s'évanouirait sur-le-champ. Cela dit, tu as raison :

nous avons fait face. Tu t'es d'ailleurs montrée particulièrement brillante.

— Le compliment vaut aussi pour toi. Pierce n'a peut-être pas cru que Lavinia et M. March allaient renoncer à leur enquête faute de clients, mais je suis persuadée qu'il est reparti avec le sentiment qu'ils n'avaient pas avancé d'un iota.

Emeline ne put retenir un frisson.

— Je l'espère. Attends que je raconte à ma tante et à M. March notre après-midi ! Ils ne vont pas en croire leurs oreilles.

— De toute évidence, il avait arrangé ce rendez-vous avec maman dans l'espoir d'apprendre quelque chose de ma bouche, assura Priscilla. Il a dû être ravi que tu sois là.

Elle s'interrompit et sourit.

— Ah, voici Anthony et Dominic ! Je t'avoue que j'ai été stupéfaite d'apprendre qu'ils étaient demi-frères.

— Je suppose que c'est précisément ce lien familial qui expliquait ces frictions entre eux, remarqua Emeline tandis que les deux jeunes gens venaient à leur rencontre. J'espère qu'ils auront réussi à surmonter leur différend, à présent que la vérité a éclaté au grand jour.

Priscilla avait crispé la main sur son ombrelle.

— Emeline, dit-elle avec un détachement étudié, crois-tu que M. Hood aimera ma nouvelle coiffure ? Et ma robe ?

— Priscilla, tu es irrésistible. Il va se jeter à tes pieds, exactement comme l'a prédit M. Pierce.

Priscilla fit la grimace.

— Je préférerais qu'il me montre comment me servir de son microscope.

Anthony et Dominic les avaient pratiquement rejointes. Emeline s'aperçut alors qu'ils marchaient à grandes enjambées et que leur mise n'était pas aussi soignée que d'ordinaire. Leur chapeau était enfoncé bas sur les yeux, et on aurait juré qu'ils étaient sortis sans prendre le temps d'ajuster leur cravate et le col de leur chemise.

— Quelque chose ne tourne pas rond, chuchota-t-elle à son amie.

Anthony et Dominic s'immobilisèrent devant elles.

— Que faites-vous ici ? demanda Anthony, sans même un hochement de tête pour les saluer. Seriez-vous devenues folles ?

Emeline n'en revenait pas. Quelle goujaterie !

— Je te rappelle que nous avions convenu de nous retrouver tous les quatre ici.

— C'était avant que nous apprenions que vous aviez passé l'après-midi en compagnie d'un assassin, intervint Dominic, le regard noir.

— Vous êtes au courant ? s'étonna Priscilla.

— Tobias et Lavinia ont découvert qu'il avait rendez-vous avec vous en fouillant son domicile, expliqua Anthony en dévisageant les deux jeunes filles tour à tour. Tout va bien ?

— Mais oui, répliqua Emeline. Tout s'est parfaitement passé. Nous pensons même avoir convaincu Pierce que l'enquête piétinait.

Priscilla fronça les sourcils.

— Pourquoi êtes-vous si curieusement mis, tous les deux ?

— M. March ne nous a pas laissé le temps de soigner notre tenue, expliqua Dominic. Il a insisté pour que nous vous retrouvions au plus vite afin de vous ramener au 7, Claremont Lane. Mme Lake souhaite vous parler. Ensuite, nous vous ramènerons chez vous, Priscilla.

— Maintenant que Pierce s'intéresse à vous, Tobias vous interdit, à l'une et à l'autre, de sortir seules, précisa Anthony.

— Pour l'amour du ciel, grommela Emeline, je vous répète que tout va bien. Et Pierce n'a plus de raison de chercher à nous revoir puisqu'il a obtenu les renseignements qu'il voulait.

— Je ne pense pas que nous soyons en danger, renchérit Priscilla.

— C'est un assassin, déclara Dominic d'un ton sans réplique en prenant le coude de Priscilla pour l'entraîner vers la sortie, tandis qu'Anthony faisait de même avec Emeline. Du reste, Tony et moi n'avons pas de temps à perdre en promenade. Nous avons du travail.

Emeline pressa le pas pour se maintenir à la hauteur d'Anthony.

— Quel genre de travail ?

— Nous devons surveiller le domicile de Pierce nuit et jour, expliqua Anthony. Voilà pourquoi nous vous ramenons à la maison.

Emeline jugea que c'en était assez.

— Soyez gentils, tous les deux, de ne pas nous traiter comme deux pauvres idiotes incapables de se débrouiller seules. Je vous rappelle que Priscilla et moi venons de jouer la comédie à un assassin. Nous ne sommes pas totalement incompétentes.

— Tout à fait, approuva Priscilla avec véhémence.

Anthony tourna la tête vers Emeline. La lumière rasante éclairait son visage sous le bord du chapeau, et elle vit pour la première fois ses traits avec une précision impitoyable.

— Ton œil ! s'exclama-t-elle en s'arrêtant net, obligeant Anthony à l'imiter. Tu es blessé ! Pour l'amour du ciel, que t'est-il arrivé, Tony ?

Priscilla s'immobilisa à son tour, pour scruter le visage de Dominic.

— Vous avez un bleu à la mâchoire ! remarqua-t-elle. Dieu du ciel, l'assassin s'en est-il pris à vous ? Pourquoi ne nous a-t-on rien dit ?

Dominic porta la main à sa mâchoire encore endolorie.

— Ce n'est pas Pierce qui est responsable de cela.

— Certainement pas, renchérit Anthony en rougissant. N'oubliez pas que ce n'est qu'un *coiffeur*.

— Et un tueur à gages, si Lavinia et Tobias ont vu

juste, souligna Emeline. Mais si ce n'est pas Pierce, qui vous a fait cela ?

Anthony échangea un regard avec Dominic, puis haussa les épaules.

— Il faisait très sombre, cette nuit, devant chez Pierce. Je me suis pris un arbre sur le trottoir.

— Je vois, fit Emeline. Les arbres sont en effet très dangereux pour les piétons.

Priscilla interrogea Dominic du regard.

— Et vous, monsieur ? Il vous est arrivé la même mésaventure ?

— J'ai raté une marche, marmonna Dominic. Et j'ai heurté la rampe.

28

Ce soir-là, un peu avant minuit, Anthony ouvrit le sac contenant les sandwiches qu'il avait achetés en début de soirée. Il se servit puis tendit le sac à Dominic, qui prit le dernier sandwich.

— Demain soir, j'en achèterai davantage, promit Anthony entre deux bouchées.

— Nous n'aurions peut-être pas dû donner la moitié du sac à ces deux gamins, tout à l'heure, observa Dominic.

Anthony se remémora les deux jeunes garçons qu'ils avaient rencontrés, un peu plus tôt dans la soirée. Ils ne devaient pas avoir plus de huit ou neuf ans, mais affichaient une connaissance de la rue qui n'était pas de leur âge. Ils paraissaient si affamés que ni Anthony ni Dominic n'avaient pu se retenir de leur offrir leurs sandwiches. Les deux gamins étaient repartis avec leur trésor, ravis.

— Je pourrais peut-être demander à Whitby de nous en confectionner, suggéra Anthony. Il prépare les sandwiches au saumon divinement.

— Excellente idée, approuva Dominic. Cela dit, ce ne sera peut-être pas nécessaire. Notre surveillance ne durera pas éternellement. Tobias semble persuadé que Pierce ne va pas tarder à passer à l'action. Et j'ai confiance en son intuition.

Le temps passa. La rue, éclairée par un pâle rayon de lune, était déserte. Les lumières aux fenêtres de

Pierce étaient éteintes depuis plus d'une heure. On pouvait donc en déduire qu'il s'était couché.

Anthony s'étira pour détendre ses muscles.

— Tu n'as pas remarqué une différence, chez Emeline et Priscilla, aujourd'hui ? demanda-t-il soudain.

Dominic réfléchit un instant.

— Une différence ? Qu'entends-tu par là ?

— Je ne sais pas. Il m'a semblé qu'elles étaient particulièrement en beauté.

— Elles sont toujours ravissantes.

— C'est vrai.

Il y eut un autre long silence.

— Je pense que Priscilla est très attirée par toi, risqua Anthony.

— Elle est surtout attirée par le contenu de mon laboratoire.

— N'en sois pas si sûr. Vous avez beaucoup de points communs, tous les deux.

— Hmm.

— Tu la trouves à ton goût. Je le sais. Avoue que tu ne t'es jamais vraiment intéressé à Emeline. Tu flirtais avec elle uniquement pour me faire enrager.

Dominic haussa les épaules.

— Tu es très amoureux d'Emeline, n'est-ce pas ?

— Oui. Sa tante souhaite que nous attendions avant d'annoncer nos fiançailles, mais nous perdons patience. Pour presser le mouvement, il faudrait que j'arrive à convaincre Tobias d'épouser Lavinia et d'aller s'installer au 7, Claremont Lane.

— Afin qu'Emeline et toi récupériez sa maison ? devina Dominic. C'est très malin. Crois-tu qu'il acceptera ?

— Pour l'instant, j'ai un peu de mal à le convaincre, mais je finirai bien par y parvenir.

Tout à coup, Anthony se raidit.

— Tu as vu ?

— Quoi ?

— J'ai l'impression que quelqu'un se tient à l'entrée de l'allée qui mène derrière chez Pierce.

Dominic plissa les yeux tandis qu'une silhouette émergeait de l'ombre.

— Je le vois. Je *la* vois, plutôt. C'est une femme vêtue d'un grand manteau.

— Je parie que c'est Pierce déguisé, chuchota Anthony.

— Sûrement, souffla Dominic. Ne bougeons plus.

La silhouette sombre déboucha dans la rue et obliqua vers la gauche. Il y avait quelque chose d'étrange dans sa façon de se mouvoir en silence.

— On dirait un fantôme, murmura Dominic.

La vieille maquerelle descendit une autre rasade de gin, puis s'essuya les lèvres d'un revers de main.

— À l'époque, on m'appelait la mère Maud, expliqua-t-elle à Tobias, assis en face d'elle. Les affaires marchaient bien. Je m'étais spécialisée dans les jeunes garçons et les jeunes filles. C'est incroyable la clientèle qu'il y a pour les gamins. Et dans toutes les classes de la société, même les plus hautes, croyez-moi.

Tobias réussit à dissimuler son dégoût. La taverne, l'une des plus mal famées de la ville, était sombre et enfumée. En comparaison, le Gryphon aurait pu passer pour un club de gentlemen.

La mère Maud interrompit son récit et attendit.

Tobias posa quelques pièces supplémentaires sur la table. Et plaça à côté la bague qu'il avait trouvée auprès du cadavre de Fullerton. Le petit cercueil doré brillait d'une lueur maléfique dans ce décor.

— Jack m'a expliqué que vous aviez vendu, il y a des années de cela, deux jeunes garçons à un homme qui portait une bague semblable à celle-ci, lâcha-t-il.

Maud contempla longuement le bijou sans dire un mot. Puis elle reporta son attention sur l'argent. Elle semblait mal à l'aise.

Tobias rajouta quelques pièces.

— Ouais, marmonna la mère Maud, qui but une nouvelle rasade de gin pour se donner du courage, j'ai fait des affaires avec un homme qui portait une bague comme celle-là.

— Parlez-moi de cette transaction.

— Il était différent de mes clients habituels.

— Comment cela ?

— La plupart m'achetaient des enfants pour les faire travailler, dans la rue ou ailleurs, ou pour des usages auxquels je préfère ne pas penser.

Tobias non plus préférait ne pas y penser. Mais il avait besoin de connaître la vérité.

— Et l'homme à la bague, insista-t-il, pourquoi désirait-il ces deux garçons ?

Maud avala une nouvelle rasade de gin. Ses yeux étaient injectés de sang, à présent.

— Il prétendait qu'il était un homme d'affaires, mais qu'il n'avait pas d'enfant pour reprendre son entreprise. Il cherchait deux apprentis. Pour leur enseigner le métier, qu'il disait.

Elle ricana.

— Mais si c'était vrai, il aurait tout aussi bien pu s'adresser à un orphelinat, non ?

— Or, c'est vous qu'il est venu voir.

— Ouais. Et il m'a joliment bien payée. Remarquez que je lui en ai donné pour son argent. Deux beaux garçons, en bonne santé, et malins avec ça. Deux frères. L'un avait à peu près huit ans, et l'autre cinq.

— Qu'était-il arrivé à leurs parents ?

— La mère était morte dans un bordel. Les deux mômes étaient à la rue quand je les ai trouvés. L'aîné s'occupait du plus jeune. Ils vivotaient en vidant les poches des passants.

— Et le père ?

— Inconnu au bataillon.

Tobias contempla la bague.

— Savez-vous ce qu'il est advenu de ces deux garçons ?

— Je n'ai pas pour habitude de poser de questions, rétorqua Maud avec une pointe de fierté dans la voix. C'est pour ça que mes affaires marchaient bien. Mes clients savaient qu'ils pouvaient compter sur ma discrétion.

— Mais vous n'avez jamais entendu aucun ragot sur la nature du « métier » que voulait leur enseigner cet homme à la bague ?

— Si. On racontait beaucoup de choses sur ce type. Il paraît qu'en le payant ce qu'il réclamait, il vous débarrassait de qui vous vouliez. Même un gentleman ou une lady. Mais seulement s'il jugeait qu'ils méritaient d'être tués.

— Et sait-on ce qu'est devenu cet homme ?

Maud haussa les épaules.

— Apparemment, il a pris sa retraite. Et laissé le boulot à ses apprentis.

Anthony et Dominic s'étaient embusqués dans le petit square qui faisait face au 20, Treadhall Square. La maison qu'ils surveillaient était une élégante demeure à deux étages.

Ils avaient suivi Pierce, conformément aux instructions de Tobias, en prenant soin de demeurer à distance pour éviter d'être repérés. Quand ils l'avaient vu entrer dans la maison par la porte de service, ils s'étaient cachés dans le square.

— Si tu veux mon avis, chuchota Dominic, il n'y a qu'une seule explication à sa présence dans cette maison habillé en femme. Et ça n'a certainement rien à voir avec la coiffure de quelque lady.

— Je sais, répondit Anthony, qui frissonna en songeant à ce qui menaçait de se passer sous leurs yeux.

— Qu'est-on censé faire, bon sang ? le pressa Dominic.

— Je ne vois qu'une solution. Frapper à la porte principale et réveiller toute la maisonnée.

— Ils vont nous prendre pour des fous si nous leur annonçons qu'il y a un assassin sous leur toit.

— Tu as une meilleure idée ?

— Non.

— Alors dépêchons-nous, fit Anthony.

Ils traversèrent la rue en courant et gravirent quatre à quatre les marches du perron de la maison endormie. Anthony agrippa le lourd heurtoir en bronze et frappa de toutes ses forces cinq ou six fois de suite contre le battant de chêne.

— Si ça ne réveille pas au moins un domestique, c'est à désespérer, murmura Dominic.

Mais, au grand étonnement des deux jeunes gens, personne ne vint ouvrir.

— Essaie encore, suggéra Dominic. Plus fort.

Anthony s'exécuta. Sans plus de succès. Il recula d'un pas, et balaya du regard les fenêtres obscures des étages.

— Les maîtres ont peut-être donné leur soirée aux domestiques.

— La maison est grande. J'ai du mal à croire que tout le personnel se soit absenté le même soir. Il doit bien y avoir quelqu'un à l'intérieur.

— Si on essayait de rentrer par l'une des fenêtres, proposa Anthony.

— Et risquer d'être pris pour des cambrioleurs ? Non. J'ai une meilleure idée.

Dominic posa sur le trottoir la besace qu'il portait en bandoulière. Puis il fouilla dedans et en sortit deux étranges bâtonnets.

— Qu'est-ce que c'est ? demanda Anthony.

— Des tubes contenant ma nouvelle formule explosive.

— *Une formule explosive ?* répéta Anthony, qui s'écarta instinctivement.

— J'ai pensé à apporter ces tubes au cas où nous aurions besoin d'une arme quelconque pour contrer les agissements de Pierce.

— C'était bien vu, approuva Anthony. Mais fais attention avec ces trucs-là. C'est dangereux.

— En utilisant les deux tubes, je suis sûr de réveiller tout le quartier. Et *a fortiori* quiconque se trouve dans la maison, expliqua Dominic.

Là-dessus, il alluma les mèches qui sortaient de chaque tube, puis les envoya rouler sur le trottoir. Pendant quelques secondes d'extrême tension, Anthony fixa les mèches qui se consumaient avec force étincelles.

Puis, dans un vacarme à crever les tympans, les deux tubes explosèrent simultanément. La détonation, assourdissante, renvoyée par les murs des immeubles alentour, se répercuta dans l'air interminablement, tandis que les tubes crachaient des étincelles aveuglantes.

— Très impressionnant, cria Anthony.

— Je ne suis pas mécontent du résultat, hurla Dominic, en réponse.

Une fenêtre d'une des maisons voisines s'ouvrit à la volée. Un homme coiffé d'un bonnet de nuit se pencha à la rambarde.

— Le feu ! cria-t-il. Il y a le feu dans la rue. Appelez les pompiers !

D'autres fenêtres s'ouvrirent, laissant apparaître d'autres têtes. Les cris « Au feu ! » se firent entendre tout le long de la rue. Une femme poussa un hurlement strident. Des portes s'ouvrirent. Dont celle du numéro 20.

— Que se passe-t-il ? demanda une femme aux cheveux gris, qui serrait le col de sa robe de chambre.

— Il y a un assassin dans la maison, répondit Anthony.

La femme porta la main à son oreille.

— Qu'est-ce que vous dites ? Parlez plus fort, jeune homme.

— *Un assassin !* répéta Athony qui se ruait déjà dans le hall.

— Restez là, ordonna Dominic à la femme, avant d'emboîter le pas à Anthony. Nous devons l'arrêter.

— Hé ! Où vous allez, comme ça ? cria-t-elle. À l'aide ! Au secours ! Des cambrioleurs !

Anthony changea de tactique.

— C'est à cause du feu ! lui cria-t-il dans l'oreille. Nous venons évacuer la maison.

— Le feu ? Il y a le feu ? s'exclama la femme, affolée.

— Reste-t-il quelqu'un dans la maison ? cria à son tour Dominic.

— Oui, le maître. Il est dans son lit, à l'étage. Mais il ne peut plus marcher. Il va être pris au piège.

— Nous allons le descendre, promit Anthony.

Il se précipita vers l'escalier, Dominic sur ses talons. Ils gravirent les marches quatre à quatre. Arrivés sur le palier, ils repérèrent un rai de lumière sous l'une des portes. Celle-ci s'ouvrit soudain et une silhouette enveloppée dans un manteau apparut.

— Le voilà ! hurla Anthony.

Ils se ruèrent à l'assaut de l'intrus. Celui-ci se précipita à l'autre bout du couloir, puis fit brusquement volte-face.

— Attention ! avertit Dominic. Il est peut-être armé.

Ils ralentirent l'allure, mais l'intrus se contenta de pousser une porte et de disparaître dans l'escalier de service.

— Nom d'un chien ! fulmina Anthony. Il va nous échapper.

— Tony ! l'appela soudain Dominic. Regarde la chambre ! Il a mis le feu.

Anthony se retourna. La lueur provenant de la chambre dont la porte était restée ouverte était en effet trop vive pour être celle d'une chandelle. Dominic s'était déjà rué à l'intérieur et tentait d'éteindre les flammes avec une couverture.

Au milieu du lit, un frêle vieillard agitait les bras tel un pantin.

— Sauvez-moi ! Sauvez-moi ! Elle a tenté de m'assassiner dans mon propre lit.

Anthony s'empara d'une autre couverture et entreprit de lutter contre l'incendie au côté de Dominic.

L'assassin courait à perdre haleine, incapable de réfléchir. Les poumons en feu, il se réfugia dans une ruelle pour reprendre son souffle. Puis il se débarrassa de sa perruque blonde et de son manteau, qu'il jeta sur le pavé.

Le cœur battant à tout rompre, il mesurait combien, cette fois, il avait été près de se faire prendre. Et il se demandait si Zachary, dans les mêmes circonstances, aurait éprouvé la même frayeur.

D'où avaient bien pu sortir ces deux énergumènes, qui avaient fait irruption avant qu'il ait pu terminer son travail ? Et tout à coup, il comprit. Emeline et Priscilla avaient menti. March et son associée avaient si bien avancé dans leur enquête qu'ils avaient fini par l'identifier comme suspect.

Et March avait envoyé ces deux types pour le surveiller. Ils l'avaient suivi dans l'espoir de le prendre sur le fait.

La partie était terminée. March avait gagné.

Il lança un coup d'œil au manteau et à la perruque blonde. Quelqu'un les découvrirait peut-être le lendemain, mais rien ne permettrait de remonter jusqu'à lui. D'ailleurs, on ne trouverait jamais la moindre preuve de ses crimes.

Cependant, il ne voulait prendre aucun risque. March avait des relations haut placées.

Il sortit prudemment de la ruelle, s'assura que personne ne rôdait dans les parages, puis reprit sa course éperdue. Les deux autres perdraient du temps à éteindre l'incendie. Il pouvait donc profiter de son avance sur eux. Quelques minutes lui suffiraient, au demeurant. Il s'était préparé depuis longtemps à toute éventualité.

Il disparaîtrait purement et simplement du paysage. Peut-être passerait-il un an ou deux à Paris. Ou en Italie. Puis il reviendrait à Londres en gentleman. Personne ne le reconnaîtrait. Et donc ne songerait à l'accuser des meurtres de ces derniers mois.

Cette pensée rassurante lui donna des ailes.

Un quart d'heure plus tard, en nage, Anthony et Dominic ruminaient leur frustration.

— Bon sang! s'exclama Dominic en frappant le mur du plat de la main. Quand je pense qu'on le tenait presque.

— Il a allumé cet incendie pour détourner notre attention. Et il y a parfaitement réussi.

— Ce qui est sûr, c'est qu'il sait à présent qu'il est découvert. Il risque donc de s'évanouir dans la nature.

— Je suppose qu'il est inutile de retourner chez lui, avança Anthony. Il n'est pas stupide au point d'aller traîner là-bas.

— Je ne suis pas très pressé d'informer Tobias que nous avons perdu la trace de notre gibier, avoua Dominic.

— Moi non plus, renchérit Anthony, qui serrait dans son poing la bague trouvée sur la table de chevet du vieillard. Mais nous n'avons pas vraiment le choix.

Dominic soupira.

— Allons prévenir Tobias que notre assassin court toujours.

L'assassin rentra chez lui par la porte de derrière, celle-là même par laquelle il était sorti moins d'une heure plus tôt. La colère et la frayeur se le disputaient en lui. Il aurait volontiers frappé dans quelque chose.

Le souffle court, il lâcha un chapelet de jurons dans le noir.

Mais l'heure n'était pas aux lamentations. Il n'avait pas de temps à perdre. Il se vengerait de March plus tard, et lui prouverait qu'il n'était pas invincible.

Il fila dans sa chambre et décrocha l'un des tableaux. Puis, pressant la paume contre le mur, il fit pivoter un panneau qui découvrit une cache secrète. Il prit le pistolet, la lettre, les bagues à tête de mort, l'argent et les bijoux que ses clients lui avaient remis en échange de ses services.

Quand il eut refermé la cache, il alla à la penderie. Il n'emporterait qu'une seule tenue de rechange. L'idée de laisser derrière lui tous ses beaux vêtements le chagrinait, mais il ne voulait pas s'encombrer de lourds bagages qui ne feraient que le retarder.

C'est en ouvrant la porte de la penderie qu'il se retrouva face à son destin.

Avant même qu'il ait pu réagir, la silhouette sombre lui colla son pistolet sur la tempe et appuya sur la détente.

29

Tobias tint haut sa lanterne, pour éclairer la porte de Pierce. Un peu en retrait, Anthony et Dominic le regardèrent tourner la poignée.

— Ce n'est pas verrouillé, annonça Tobias.

Il tendit la lanterne à Dominic et dégaina son pistolet.

— Je doute qu'il soit encore ici, mais ne prenons pas de risques. Restez derrière moi.

— Il doit être déjà loin, marmonna Anthony. Quand je pense qu'on le tenait presque !

— S'il n'avait pas allumé cet incendie, nous l'aurions coincé, renchérit Dominic.

— Vous n'avez rien à vous reprocher. Le plus important était d'éteindre le feu. Si vous ne vous en étiez pas chargés, sir Rupert serait mort, à l'heure qu'il est. Et sa servante aussi, probablement.

Il ouvrit la porte si brutalement que le battant alla cogner contre le mur. L'intérieur de la maison était plongé dans les ténèbres. Tobias demanda la lanterne à Anthony, puis se mit en marche. Il avançait prudemment, les deux jeunes gens sur ses talons. Le salon était désert. Il prit alors la direction de la chambre à coucher.

L'odeur de la mort le frappa avant même qu'il n'aperçoive le corps.

— Finalement, Pierce ne s'est pas enfui, déclara-t-il, impassible.

Dominic et Anthony s'arrêtèrent près de lui, les yeux rivés sur l'horrible scène.

— Sa tête, fit Dominic d'une drôle de voix. Et tout ce sang…

— Dieu ait pitié de son âme, murmura Anthony.

Tobias réalisa que c'était la première fois que les deux jeunes gens étaient confrontés à une mort violente.

— Restez sur le seuil, leur ordonna-t-il. N'entrez pas dans la pièce.

Lui-même pénétra avec précaution dans la chambre, pour ne pas détruire d'éventuels indices. Mais il ne vit rien qui pût laisser deviner qu'il y ait eu une autre personne que Pierce sur les lieux.

Le coiffeur gisait face contre terre, la tête baignant dans une mare de sang déjà à moitié coagulé, la main droite crispée sur un pistolet.

— Il a dû comprendre que c'était terminé pour lui, conjectura Anthony. Et il a préféré s'en aller de lui-même plutôt que de se balancer au bout d'une corde.

Dominic hocha la tête.

— Il a voulu mourir en gentleman.

Tobias contemplait le cadavre, encore incrédule.

— Comme son frère.

Un peu avant l'aube, Lavinia et Tobias vinrent annoncer la nouvelle à Aspasia. La jeune femme descendit dès que sa gouvernante, tirée de son sommeil, lui apprit qu'elle avait des visiteurs. Aspasia avait beau sortir du lit, elle restait toujours parfaitement élégante, ne put s'empêcher de remarquer Lavinia.

— Pierce s'est suicidé ? répéta-t-elle en se laissant tomber sur le sofa de son salon. Mon Dieu ! Exactement comme Zachary.

— Anthony et Dominic ont failli le prendre sur le fait, expliqua Tobias. Il aura compris qu'il avait perdu la partie.

Lavinia le suivit des yeux tandis qu'il allait se planter devant la cheminée éteinte. Il semblait tendu, nerveux. Un peu plus tôt, déjà, lorsqu'elle lui avait ouvert sa porte, elle avait remarqué qu'il n'était pas dans son assiette. Elle lui avait offert un verre de brandy, mais cela n'avait pas suffi. Il lui avait alors raconté les ultimes rebondissements de l'affaire. Et quand il avait annoncé qu'il se rendait chez Aspasia pour la mettre au courant, elle avait décidé de l'accompagner.

— Je ne comprends pas, fit Aspasia en réprimant un frisson. Pourquoi ne s'est-il pas enfui, tout simplement ?

— Je ne peux pas répondre à sa place, fit Tobias. Mais depuis le début, il ne cessait d'imiter son frère. Peut-être a-t-il voulu tirer sa révérence de la même façon que Zachary.

Aspasia ferma les yeux.

— C'est si horrible.

— Ce n'est qu'hier soir que Tobias a appris que Zachary avait un frère, expliqua Lavinia. Les deux garçons avaient été vendus en même temps à un homme sans enfants, qui cherchait des apprentis pour reprendre son entreprise.

— Je suppose que l'homme en question était le premier tueur à la bague, fit Tobias, sans quitter l'âtre du regard. Et ses deux apprentis ont suivi ses traces.

— Et à présent, tous deux sont morts, conclut Lavinia.

Le fiacre qui les avait conduits chez Aspasia les attendait dans la rue quand ils ressortirent, vingt minutes plus tard. Tobias aida Lavinia à monter dans la voiture, puis il s'installa sur le siège en face d'elle. Il semblait plus morose que jamais.

— Je comprends que cette affaire t'ait affecté, murmura-t-elle. Mais c'est terminé, à présent.

Tobias regardait par la vitre. L'aube se levait à peine sur la ville.

— Oui, dit-il.

— Tu te sentiras mieux après quelques heures de sommeil, tu verras.

— Sans doute.

Lavinia cherchait désespérément un moyen de l'atteindre à travers la carapace derrière laquelle il s'était retranché. Ne trouvant rien, elle décida d'attaquer bille en tête.

— Je ne te comprends pas, Tobias. Tu viens de résoudre une énigme criminelle. Alors, pourquoi fais-tu cette tête ?

L'espace d'un instant, elle crut qu'il n'allait pas lui répondre. Mais finalement, il leva la tête et la regarda droit dans les yeux.

— Pierce n'était pas beaucoup plus vieux qu'Anthony et Dominic.

Cette fois, Lavinia comprit.

— Et pas beaucoup plus vieux que Ned non plus, ajouta-t-elle en lui prenant la main. Tu ne peux pas tous les sauver, Tobias. Tu fais déjà beaucoup. Ne te rends pas la vie impossible.

Il lui pressa la main avec force, sans un mot, puis l'attira dans ses bras. Ils demeurèrent ainsi enlacés jusqu'à ce que le fiacre s'arrête devant le 7, Claremont Lane.

Tobias descendit de voiture, offrit le bras à Lavinia et l'escorta jusqu'à sa porte. Elle ouvrit son réticule pour en sortir sa clé.

— Il y a autre chose, dit-il tandis qu'elle introduisait la clé dans la serrure.

La jeune femme se retourna vivement.

— Quoi ?

— Cette affaire n'est pas tout à fait terminée.

— Pierce s'est suicidé. Que te reste-t-il à découvrir ?

— L'identité du premier tueur à la bague.

— Mais, Tobias, tu as dit toi-même qu'il était probablement mort. Pourquoi le rechercher ?

— Parce que je veux savoir qui a transformé deux gamins innocents en assassins professionnels.

30

Le lendemain après-midi, Lavinia remarqua la lampe dans la vitrine d'un antiquaire. C'était une ravissante copie d'une antiquité romaine. La scène sculptée sur le pied représentait Alexandre tranchant le nœud gordien.

La jeune femme entra sans hésiter dans la boutique.

— Jolie, n'est-ce pas ? commenta le marchand. Cette lampe conviendrait fort bien pour le bureau d'un gentleman.

Lavinia tint quelques instants la lampe dans la main, essayant de se l'imaginer sur le bureau de Tobias.

— Oui, acquiesça-t-elle, cela conviendra parfaitement.

Quelques minutes plus tard, elle sortait du magasin avec la lampe soigneusement emballée dans du papier de soie.

Alors qu'elle ouvrait son ombrelle, elle aperçut Aspasia, éblouissante dans une robe bleu saphir, ses pieds fins chaussés de bottines vernies, qui descendait d'un fringant petit attelage, au bout de la rue. Une seconde plus tard, elle s'engouffrait dans la boutique d'une couturière.

Mue par une inexplicable impulsion, Lavinia décida de ne pas rentrer directement au 7, Claremont Lane.

Un quart d'heure plus tard, Lavinia traversait le petit square, en face du domicile d'Aspasia. Elle se demandait toujours quelle mouche l'avait piquée, mais elle n'avait pu résister à l'envie de suivre son intuition. Comme si elle était dictée par un curieux sentiment d'urgence.

En réalité, Tobias n'était pas le seul à penser que cette affaire n'était pas terminée. Lavinia s'était réveillée avec la même certitude.

Le square était désert, à l'exception d'un vieil homme assoupi sur un banc, sa canne posée en travers des cuisses. Il ouvrit les yeux au passage de Lavinia et eut un regard de discrète approbation. La jeune femme le soupçonna d'avoir été un séducteur dans sa jeunesse.

— Il n'y a rien de plus agréable à l'œil qu'une belle femme rousse dans un square, par un après-midi d'été, déclara-t-il. Bonjour, madame.

Lavinia s'arrêta et lui sourit.

— Bonjour, monsieur. Pardonnez-moi d'avoir interrompu votre sieste.

Il eut un geste de la main d'une grâce surprenante.

— Ce n'est pas grave, ne vous inquiétez pas. Mes rêves de vieil homme n'ont pas grande importance.

— Ne dites pas de sottises. Tous les rêves sont importants, rétorqua Lavinia, puis, tirant une pêche de son panier, elle la tendit au vieillard: Voulez-vous une pêche? Elles avaient l'air si appétissantes que je n'ai pas pu résister.

L'homme saisit le fruit et le contempla avec un sourire.

— C'est très gentil de votre part. J'apprécie beaucoup.

— Je vous en prie. Et arrêtez de prétendre que vos rêves ne sont pas importants.

— Même si ce sont des rêves de jeunesse et qu'ils n'ont abouti à rien?

Lavinia médita cette réponse un instant.

— C'est sans doute merveilleux de voir ses rêves se réaliser, mais cela n'arrive pas souvent. Rassurez-vous, vous n'êtes pas le seul dans ce cas.

— Sans doute.

— Après tout, cela vaut peut-être mieux. Tous les rêves ne méritent pas d'être réalisés.

— Vous avez raison. Mais certains méritent cependant qu'on prenne des risques pour les concrétiser; c'est un vieux monsieur qui vous l'assure...

— Je vous crois. Mais l'essentiel, en définitive, n'est peut-être pas d'y parvenir, mais d'avoir tout mis en œuvre pour ce faire. Ainsi, même si nous échouons, nous aurons au moins la satisfaction de savoir que ce n'est pas parce que nous avons manqué de volonté ou de détermination.

Il sourit.

— Je suis entièrement d'accord avec vous. Quelle tristesse que d'arriver à la fin de sa vie et de s'apercevoir qu'on n'a pas osé prendre les quelques risques nécessaires.

Lavinia était fascinée par l'intensité du regard du vieil homme.

— Quelque chose me dit, monsieur, que si vos rêves ont échoué, ce n'est pas parce que vous avez manqué de détermination.

— Et quelque chose me dit, ma chère, que vous me ressemblez sur ce point.

Il sortit un canif de sa poche et entreprit de peler sa pêche, avant d'ajouter:

— Je suis heureux que vous ayez encore beaucoup d'années à vivre pour donner corps à vos rêves. Mon médecin m'a informé qu'il me restait tout au plus six mois. Mon cœur est fatigué, voyez-vous.

Lavinia fronça les sourcils.

— N'écoutez pas les médecins. Ils se trompent plus souvent qu'à leur tour quand il s'agit de pronostiquer ce genre de choses. Personne ne sait précisément le temps qui nous est imparti.

— Ce n'est que trop vrai, reconnut le vieil homme, qui avala un morceau de pêche avec un plaisir presque sensuel.

— Il y a une herboriste sur Wren Street, reprit Lavinia. Mme Morgan. Ma mère assurait toujours qu'elle possédait des connaissances supérieures à celles de bien des docteurs. Allez la voir et décrivez-lui vos symptômes. Elle pourra peut-être vous prescrire un tonique efficace.

— Merci du conseil, je le suivrai, répondit-il, avant de croquer à nouveau dans sa pêche : Vous êtes venue là pour profiter du soleil ?

Lavinia coula un regard vers la porte d'Aspasia.

— Pas exactement. Je voulais rendre visite à quelqu'un du quartier.

Le vieil homme avait suivi son regard.

— La dame qui habite au numéro dix-sept ?

— Oui.

Il reporta son attention sur sa pêche.

— Elle est sortie. Je l'ai vue monter dans sa voiture tout à l'heure.

— Vraiment ? feignit de s'étonner Lavinia. Quel dommage. Je l'ai manquée. Tant pis, je laisserai ma carte à sa gouvernante.

— La gouvernante n'est pas là non plus, annonça le vieil homme. Elle est sortie peu de temps après sa maîtresse.

— Ah, je n'ai pas de chance !

Lavinia avait projeté de s'introduire chez Aspasia en persuadant la gouvernante qu'elle avait d'importantes nouvelles pour sa maîtresse et qu'elle préférait attendre son retour. Elle aurait assuré que cela ne la gênait pas de patienter dans le bureau plutôt que dans le salon. Et elle en aurait bien sûr profité pour jeter un coup d'œil dans les tiroirs. Son plan n'était pas plus précis dans la mesure où elle n'avait aucune idée de ce qu'elle devait chercher, et encore moins de ce qu'elle espérait trouver. Mais son intuition lui commandait de s'intéresser de plus près à Aspasia Gray.

— La maison est vide, déclara le vieillard. Il vous faudra revenir une autre fois.

Lavinia hocha la tête.

— Eh bien, tant pis. Je dois y aller, à présent. N'oubliez pas l'herboriste de Wren Street.

— Je n'oublierai pas. De même que je n'oublierai pas notre petite conversation au sujet des rêves.

— Moi non plus. Au revoir, monsieur.

Lavinia le quitta sur un dernier sourire. Puis elle sortit du square, traversa la rue et alla jusqu'au coin. Là, elle s'arrêta et lança un regard par-dessus son épaule. La tête inclinée sur la poitrine, le vieux monsieur était retourné à sa sieste.

Lavinia s'engagea dans la ruelle qui longeait l'arrière des maisons et s'immobilisa devant la barrière du numéro dix-sept.

Celle-ci était fermée à clé. Et le mur était un peu haut pour être franchi aisément. Regardant autour d'elle, Lavinia avisa une échelle, vraisemblablement oubliée par un jardinier. Elle s'assura que personne ne l'observait, s'empara de l'échelle et escalada le mur.

La petite cour était vide. Lavinia s'approcha de la porte de service et ouvrit son réticule pour en tirer le passe dont elle ne se séparait désormais jamais.

Il lui fallut plus de temps que n'en aurait mis Tobias, mais elle finit tout de même par entendre le petit cliquètement qui l'avertit qu'elle avait réussi.

Elle retint son souffle un instant, puis se décida à pousser le battant. Elle attendit dans l'office, l'oreille tendue avant de gagner le couloir d'où partait l'escalier qui desservait l'étage.

Elle eut soudain le pressentiment que si Aspasia Gray cachait quelque secret, c'était dans l'intimité de sa chambre.

Assis derrière son bureau, Tobias ouvrit le livre de comptes qui avait appartenu à Swaine, le perruquier assassiné. Il ne savait précisément ce qu'il espérait découvrir cette fois-ci, et qui lui aurait échappé la première fois qu'il avait passé en revue les transactions du perruquier. Cependant, il était convaincu d'avoir manqué un détail important.

La veille au soir, il avait expliqué à Lavinia qu'il voulait découvrir qui avait enseigné l'art du crime à Zachary et Pierce. Mais au cours de la nuit il avait rêvé de perruques et de livres de comptes, et de Pierce tendant sa carte de visite à Lavinia.

Quand il s'était réveillé, un peu avant l'aube, il avait eu la certitude que l'affaire n'était pas terminée. Il y avait un autre assassin. Qui n'allait sans doute pas tarder à frapper de nouveau.

Emeline et Priscilla étaient arrivées les premières à l'institut. Du hall, elles virent Anthony et Dominic descendre d'un fiacre et gravir les marches de l'imposant perron.

Les deux jeunes gens arboraient de nouveau une tenue soignée ; pourtant, Emeline devina tout de suite que quelque chose n'allait pas. L'un comme l'autre affichaient un air sombre.

— On jurerait qu'on leur a demandé de creuser une tombe, commenta Priscilla, que l'expression des deux garçons avait aussi frappée.

— La scène chez Pierce a dû les secouer, observa Emeline.

Priscilla hocha la tête.

— Je comprends aisément qu'ils ne soient pas d'humeur à écouter la conférence d'aujourd'hui. Moi-même, je ne déborde pas d'enthousiasme.

— J'ai entendu Tobias expliquer à Lavinia que ni Anthony ni Dominic n'avaient encore été confrontés à une mort violente. Le choc a dû être rude.

— Je suggère que nous renoncions à la conférence pour nous rendre dans un salon de thé où nous pourrons discuter tranquillement, proposa Priscilla.

Emeline approuva sans réserve.

Le commentaire de Swaine était d'un laconisme désolant :

Une perruque blonde, cheveux mi-longs.

Le prix et la date de la vente figuraient en regard de cette description, mais rien ne permettait d'identifier l'acheteur. Et un mystère demeurait : la perruque avait été vendue deux jours *après* la mort de Fullerton. L'assassin n'avait donc pas pu la porter au château.

Une autre perruque blonde avait donc dû être achetée auparavant. Sinon, pourquoi tuer Swaine ? Peut-être que le perruquier avait oublié de préciser la teinte dans l'une de ses ventes précédentes. Ou, plus sûrement, il avait employé un autre qualificatif que « blond », songea Tobias. Après tout, les femmes usaient d'un vocabulaire particulièrement nuancé pour décrire les diverses couleurs de leurs tenues.

Emeline échangea un regard entendu avec Priscilla. Renoncer à la conférence avait été une sage décision.

Anthony et Dominic avaient aussitôt accepté le changement de programme, et tous quatre s'étaient bientôt retrouvés attablés autour d'un thé. Les deux jeunes gens étaient demeurés sombres, jusqu'à ce qu'Emeline, prenant le taureau par les cornes, leur demande de raconter leurs aventures de la nuit précédente.

— Je pense que nous avons le droit de savoir, expliqua-t-elle. Après tout, Priscilla et moi avons été impliquées dans l'enquête.

C'était comme si un charme avait été soudain rompu. Ils avaient commencé le récit de leur soirée, se relayant pour apporter certaines précisions.

— Il y avait tellement de sang, conclut Anthony. C'était un spectacle difficilement soutenable.

Dominic contemplait sa tasse.

— Tobias a retourné le corps pour examiner la blessure. J'avoue que j'aurais été parfaitement incapable de le faire.

— Tobias a souvent été confronté à ce genre de morts, lui rappela Emeline. Je suppose qu'il a appris à s'endurcir.

— Le pistolet était encore dans sa main quand nous l'avons trouvé, murmura Anthony, qui fixait sa propre main crispée sur l'anse de sa tasse.

Les trois autres suivirent son regard et contemplèrent sa main droite en silence.

Puis un frisson parcourut soudain Emeline. Elle regarda Anthony droit dans les yeux.

— Quelle main ? souffla-t-elle.

Le jeune homme leva les yeux, perplexe.

— Pardon ?

— Tu tiens ce verre dans la main droite, lui fit remarquer Emeline. Est-ce bien ainsi que vous avez trouvé Pierce, hier soir ? Avec le pistolet dans la main droite ?

— Oui, confirma Anthony.

Priscilla s'était raidie.

— Vous en êtes sûrs, tous les deux ? C'était bien la main droite ?

Dominic hocha la tête.

— Avec le bras étendu ainsi, fit-il en mimant la scène.

Emeline et Priscilla échangèrent un regard horrifié.

— Mon Dieu… murmura Priscilla. Je n'y crois pas.

Pour la énième fois, Tobias relut la liste des ventes réalisées par Swaine le jour du bal chez les Beaumont. Et s'arrêta de nouveau au même endroit. Le perruquier avait noté la vente d'une perruque d'un style particulier. Et soudain, Tobias eut une illumination.

— Mais oui ! s'exclama-t-il en refermant le livre de comptes. J'aurais dû m'en douter.

Il se levait de son siège, quand il entendit une cavalcade dans le couloir. Anthony n'avait pas couru dans la maison avec cette fougue depuis l'adolescence. Quelqu'un l'accompagnait. Dominic, probablement. Ces deux-là étaient devenus inséparables.

La porte du bureau s'ouvrit à la volée. Anthony et Dominic firent irruption dans la pièce.

— Tobias, il était gaucher ! s'écria Anthony.

— Emeline et Priscilla en sont certaines, renchérit Dominic. Elles ont passé un après-midi entier avec lui. Elles se souviennent très bien que Pierce maniait les ciseaux de la main gauche.

— Merci, messieurs, fit Tobias tout en ouvrant un tiroir pour en sortir son pistolet. Votre information vient conforter mes propres souvenirs. Je me rappelle que, chez les Beaumont, Pierce avait tendu à Lavinia sa carte de visite de la main gauche. C'est donc qu'il ne s'est pas suicidé. Il a été assassiné, tout comme Zachary il y a trois ans.

— Où vas-tu ? voulut savoir Anthony, voyant que Tobias se dirigeait vers la porte.

— Poursuivre mon enquête. Cette affaire est loin d'être achevée. Et je vais encore avoir besoin de votre aide.

— Pas de problème, assura Anthony.

— Que voulez-vous que nous fassions ? demanda Dominic.

Visiblement, ils s'étaient déjà remis du choc de la veille. C'était peut-être là la preuve qu'ils étaient faits pour ce métier.

— Où sont Emeline et Priscilla ?

— Nous les avons laissées au salon de thé.

— Retournez les chercher et escortez-les jusque chez Lavinia, ordonna Tobias. Attendez-moi là-bas, et ne les quittez pas d'une semelle toutes les trois.

— Vous avez des raisons de croire qu'elles courent un danger ? s'enquit Dominic.

— Oui. Et Lavinia plus que quiconque.

Le vieillard leva les yeux vers la femme qui s'était arrêtée devant son banc.

— Je ne connais rien de plus beau que la vue d'une jolie femme dans un square par un bel après-midi d'été, murmura-t-il.

— À votre âge, j'imagine que vous n'êtes plus en état de faire autre chose que de regarder les femmes, répliqua-t-elle froidement.

Il haussa les épaules.

— Il me reste encore quelques rêves.

— Ils doivent être aussi fatigués que vous.

— Vous avez sans doute raison. Mon médecin prétend que je n'ai plus que six mois à vivre. Mon cœur est usé.

Aspasia Gray ouvrit son réticule et en sortit un petit pistolet.

— Dans ce cas, je pense que vous ne refuserez pas une dernière faveur à une dame.

Lavinia ouvrit le dernier tiroir de la penderie, et retint un cri de triomphe : il contenait une perruque blonde.

— Je me doutais qu'elle devait bien être quelque part, dit-elle à haute voix, ravie de sa trouvaille.

La perruque à elle seule ne constituait toutefois pas une preuve suffisante de culpabilité. Lavinia avait besoin de dénicher d'autres indices qui établiraient de façon plus irréfutable encore un lien entre Aspasia et la récente série de meurtres. Mais du moins cette perruque constituait-elle un bon début. Lavinia était impatiente d'annoncer sa découverte à Tobias.

Tout à coup, la jeune femme entendit le bruit étouffé de la porte d'entrée qui s'ouvrait.

Elle se figea, le cœur battant.

Elle s'efforça de surmonter la peur paralysante qui l'avait saisie et s'empressa de refermer la penderie.

Avec un peu de chance, elle pouvait encore s'esquiver par le chemin par lequel elle était arrivée.

Elle s'approcha de la porte et colla l'oreille au battant.

— Je sais que vous êtes là, Lavinia, cria Aspasia, du bas de l'escalier principal. Allez, montrez-vous, sinon je loge une balle dans la tête du vieil homme qui m'accompagne.

Lavinia frissonna de la tête aux pieds. Aspasia avait pris le vieillard du square en otage.

— Je savais depuis le début que vous me compliqueriez les choses, reprit Aspasia. Voilà pourquoi j'avais demandé à deux gamins de vous garder à l'œil, et ce, bien que l'enquête soit censée être terminée. Quand ils vous ont vue vous approcher de chez moi, ils sont venus me prévenir.

Sa voix semblait plus proche, à présent. Lavinia perçut un pas pesant dans l'escalier et comprit qu'Aspasia obligeait le vieillard à monter.

La jeune femme ôta le médaillon en argent qu'elle portait au cou, le tint par la chaîne, puis sortit dans le couloir et s'approcha lentement du palier.

Quand elle jeta un coup d'œil en bas, ses craintes se trouvèrent confirmées. Aspasia et le vieillard avaient déjà gravi la moitié des marches. Le vieillard respirait avec peine et se cramponnait à la rampe d'une main, tandis que l'autre était crispée sur sa canne. Mais il n'avait d'autre choix que d'avancer : Aspasia avait collé le canon d'un pistolet contre sa tempe.

— Relâchez-le, Aspasia, ordonna Lavinia tout en imprimant à la chaîne un léger mouvement de balancier afin que le médaillon capte la lumière qui entrait par une haute fenêtre. Il ne peut pas vous faire de mal.

Aspasia parut amusée.

— Évidemment, riposta-t-elle En revanche, il m'est très utile pour le moment. Figurez-vous que j'ai beaucoup appris sur vous, ces derniers temps, Lavinia. Vous partagez avec Tobias un grand sens de l'honneur.

Ni l'un ni l'autre ne laisseriez quelqu'un mourir à votre place pour faciliter votre fuite.

— Je ne cherche pas à fuir, Aspasia, répliqua Lavinia, sans cesser d'agiter son médaillon. Vous voyez ? Je suis là, devant vous. Vous pouvez donc le relâcher.

— Pas encore.

Aspasia contemplait le médaillon. Elle secoua la tête, comme si sa vue la troublait. Puis elle poussa le vieil homme pour qu'il presse le pas.

— Pas tant que nous ne serons pas plus près, précisa-t-elle. À cette distance, les pistolets ne sont pas très fiables.

— Vous parlez en experte, j'imagine. Combien de personnes avez-vous tuées, Aspasia ?

Celle-ci éclata d'un rire léger.

— En comptant ceux que j'ai abattus avec Zachary ? Treize, en tout.

— Un chiffre porte-malheur, observa le vieil homme.

— Tais-toi, vieux débris ! lui intima Aspasia. Ou j'appuie sur la détente.

Lavinia se pencha par-dessus la balustrade en balançant son médaillon.

— Non ! fit-elle. Aspasia, regardez-moi. Écoutez-moi. Il n'a rien à voir dans cette histoire. Rendez-lui sa liberté.

— Enfuyez-vous, lui conseilla le vieil homme, qui s'était arrêté pour reprendre son souffle. Je ne crois pas qu'elle ait une autre arme. Le temps qu'il lui faudra pour recharger après m'avoir tué devrait vous permettre de vous échapper.

— Je t'ai dit de te tenir tranquille ! fit-elle en lui flanquant un coup de crosse.

— C'est vous qui avez tué Pierce, n'est-ce pas ? demanda en hâte Lavinia, pour la détourner du vieillard.

— Oui, avoua Aspasia, qui semblait captivée par le médaillon scintillant. Je n'avais pas le choix. Il me faisait chanter.

Lavinia aperçut une ombre dans le hall. Elle crut tout d'abord à un effet de son imagination, mais reprit cependant espoir. Il lui parut soudain vital de faire parler Aspasia.

— Pourquoi Pierce vous faisait-il chanter ? s'enquit-elle. Qu'avait-il appris sur votre compte ?

Aspasia haussa les sourcils, étonnée.

— Vous n'avez pas encore compris ? Vous me décevez, Lavinia. Je n'étais pas seulement la maîtresse de Zachary, j'étais aussi sa partenaire.

Lavinia était stupéfaite.

— Sa *partenaire* ?

— Je ne vois pas ce que cela a d'étrange ? Vous et Tobias êtes associés, non ?

— Pourquoi Elland avait-il fait de vous sa partenaire ?

Aspasia eut un sourire froid.

— Parce qu'il m'aimait. Et parce qu'il avait deviné que nous étions de la même trempe. Voyez-vous, Zachary avait pris beaucoup de plaisir à travailler pour la Couronne, pendant la guerre. Mais le métier d'espion ne paie pas. Voilà pourquoi il avait préféré se lancer dans des activités plus lucratives.

— Vous l'avez aidé ?

— J'ai vite découvert que j'adorais cela. Aucune drogue ne procure un plaisir aussi intense que celui de donner la mort. Vous en retirez un sentiment d'extraordinaire puissance. On ne peut l'imaginer avant d'en avoir fait l'expérience.

— Mais si vous l'aimiez et que vous étiez associés, pourquoi, au nom du ciel, l'avoir tué ? s'étonna Lavinia.

— Zachary se délectait de ce qu'il considérait comme un jeu entre Tobias et lui. Mais moi, je constatais que Tobias progressait rapidement dans son enquête. J'ai insisté pour que nous lui réglions son compte, mais il n'a pas voulu m'écouter. Il était si sûr de gagner la partie.

— Vous saviez que Tobias avait tout deviné et qu'il ne tarderait pas à lui mettre la main dessus, n'est-ce pas ?

— Oui. Et je savais aussi que lorsque cela arriverait, on découvrirait que j'étais mêlée à certains des crimes de Zachary. J'ai songé à supprimer moi-même Tobias, puis j'ai finalement jugé qu'il serait plus simple, et plus sûr, de me débarrasser de Zachary. D'autant qu'il avait pris la précaution de consigner par écrit ce qui me reliait à certains meurtres. Pour une raison que je ne m'explique pas, cette lettre avait disparu. Et elle n'a réapparu, semble-t-il, que très récemment.

— Vous êtes ensuite partie pour Paris.

— Il me semblait plus prudent de disparaître quelque temps, pour ne pas donner à Tobias l'occasion de se poser trop de questions. Et puis, il y a deux mois, je suis rentrée à Londres.

— Pour reprendre vos activités criminelles.

— À mes yeux, c'était plus un sport qu'une profession, expliqua Aspasia. Mes petites aventures étaient un excellent remède à l'ennui. Mais le matin du bal chez les Beaumont, je reçus la première lettre de chantage, accompagnée de la bague.

Lavinia hocha la tête. Tout s'éclairait soudain.

— Vous ne saviez pas qui était l'auteur de cette lettre, alors vous avez eu l'idée d'engager Tobias pour le découvrir.

— Chacun ses talents. Moi, je sais tuer. Mais je ne suis pas particulièrement douée pour enquêter.

— Et que s'est-il passé hier soir ?

— Lorsque j'ai appris que vous aviez identifié Pierce comme étant le tueur, j'ai aussitôt décidé de faire surveiller sa maison. Par les deux gamins qui vous ont suivie aujourd'hui, d'ailleurs. Dès que Pierce sortit, ils m'avertirent. Je me rendis alors chez lui dans l'espoir de mettre la main sur la lettre de Zachary.

— Mais vous ne l'avez pas trouvée.

— Non. Il y avait bien une cachette, dans le parquet, mais elle était vide. J'ai donc attendu le retour de Pierce cachée dans la penderie. Je comptais l'obliger à me révéler où il avait mis la lettre. Peu après, je l'entendis rentrer. Il haletait comme s'il avait couru pour échapper à des poursuivants. Je compris aussitôt qu'il s'était passé quelque chose. Puis il pénétra dans la chambre et fit pivoter un panneau dissimulé dans le mur. J'en savais assez. Il ne me restait plus qu'à l'éliminer, à récupérer la lettre et à filer.

Le vieil homme s'était accoudé à la rampe, luttant toujours pour reprendre son souffle. Il y eut un mouvement dans le hall, et Tobias apparut, l'arme au poing. Il s'approcha de l'escalier.

— Tu as, hélas, commis deux erreurs, Aspasia.

Celle-ci se retourna, les yeux écarquillés de surprise.

— *Tobias !* Comment as-tu…

Ce qui suivit eut lieu en moins de temps qu'il n'en faut pour le dire. Le vieil homme se redressa brusquement, fit décrire à sa canne un arc de cercle qui se termina sur la nuque d'Aspasia. La jeune femme bascula tête la première. Le pistolet explosa, mais la balle alla se perdre dans un mur. Puis Aspasia dégringola le long de l'escalier, heurtant chaque marche avec un bruit sinistre. Tobias dut faire un saut de côté pour l'éviter.

Les yeux rivés sur le corps immobile, Lavinia ne s'aperçut même pas que le vieil homme avait fini de gravir l'escalier et l'avait rejointe sur le palier.

— Vous êtes de l'étoffe dont on fait les rêves, madame, déclara-t-il. Si j'avais seulement trente ans de moins, cette histoire se terminerait tout autrement, je vous le garantis.

Lavinia le fixait, muette.

Le vieil homme avisa Tobias, qui montait à son tour.

— Ou peut-être que non, reprit-il. Ce monsieur vous mérite. J'aurais même aimé l'avoir comme apprenti. Il m'aurait brillamment succédé.

Il souleva son chapeau.

— Au revoir, madame. J'espère que vous vous remémorerez notre conversation sur les rêves de temps à autre.

Sur ces mots, il se dirigea vers l'escalier de service et en poussa la porte.

À la grande surprise de Lavinia – et à son grand soulagement –, Tobias ne se lança pas à sa poursuite. Côte à côte, ils contemplèrent la porte par laquelle le vieillard venait de disparaître.

— Ça va ? demanda Tobias à la jeune femme.

— Oui. Et Aspasia ?

— Morte. Je pense qu'elle avait la nuque brisée avant même de rouler dans l'escalier.

Lavinia frissonna en se rappelant la violence du coup qu'avait reçu Aspasia.

— Tobias, dis-moi que je me trompe, murmura-t-elle.

Tobias se pencha pour ramasser un petit objet tombé sur le tapis, au bord de l'escalier. C'était une bague ornée d'une tête de mort en or.

— Je crois que nous pouvons nous féliciter, déclara-t-il tranquillement. Nous venons de croiser le chemin du légendaire tueur à la bague, et nous sommes encore vivants pour en parler.

31

Ils s'étaient rassemblés dans l'élégant salon vert et or de Joan Dove. Lavinia s'était installée sur le sofa, près de leur hôtesse. Tobias et lord Vale se tenaient appuyés au mur, à côté de l'une des fenêtres.

— Mes condoléances pour la perte de votre cliente, dit Vale. Vu les circonstances, j'imagine que vous n'aurez pas la possibilité de toucher vos honoraires dans cette affaire ?

Tobias fit la grimace.

— En effet. Nous avons définitivement perdu nos honoraires. Mais, au moins, je n'ai pas perdu mon associée.

Lavinia feignit de n'avoir pas entendu. Depuis leur mésaventure de la veille, Tobias n'avait pas manqué une occasion de lui rappeler qu'elle avait frôlé le désastre.

— Il reste un ou deux détails que je n'ai pas totalement compris, intervint Joan. Dites-m'en un peu plus sur cette histoire de perruques.

— Nous ne saurons jamais où Pierce s'était procuré la perruque blonde dont il se servit pour tuer Fullerton chez les Beaumont, répondit Lavinia. Mais j'avais mis en garde Tobias, dès le début, sur la difficulté de remonter à la source d'un tel achat. Personnellement, je pense que Pierce l'avait rapportée de Paris, où il avait étudié la coiffure. Tout ce que nous savons, c'est qu'il s'est servi d'une telle perruque. Et Aspasia le savait également puisque nous le lui avions dit. Elle en était vite arrivée à la conclusion que j'étais une source d'ennuis dont elle devait se débarrasser. C'est pourquoi, de retour à Londres, elle acheta à son tour une perruque blonde, puis, ainsi affublée, alla recruter un gaillard destiné à m'effrayer.

— Au cas où Ned se ferait prendre, elle voulait que nous supposions que c'était le tueur à la bague qui l'avait engagé, précisa Tobias.

— Et Swaine ? demanda Vale. Pourquoi a-t-il été tué ?

— Ce n'est qu'hier, en examinant de nouveau son livre de comptes, que j'ai enfin compris, fit Tobias. Je cherchais la trace de la vente d'une autre perruque blonde, mais la seule transaction enregistrée datait de deux jours après le bal des Beaumont. J'ai longtemps buté sur ce détail, avant de trouver enfin un indice éclairant.

— Lequel ? fit Joan.

— Le jour du bal, Swaine avait vendu une perruque brune. Il avait noté dans son registre : *Une perruque brune, dans le style égyptien.*

— Au bal des Beaumont, Aspasia était déguisée en Cléopâtre, précisa Lavinia. Elle était donc allée une fois chez ce perruquier.

Vale fronça les sourcils.

— Cela a suffi à vous faire suspecter qu'elle était l'assassin ?

— Le fait qu'elle ait acheté sa coiffure chez le seul perruquier assassiné lors de notre enquête semblait une coïncidence bien étrange, vous ne trouvez pas ?

Vale sourit.

— Présenté ainsi, je ne peux que souscrire à votre opinion.

— La vente d'une perruque blonde, deux jours seulement après le bal, prenait du coup une nouvelle signification, ajouta Tobias. Je me rappelai alors que c'était à l'invitation d'Aspasia que Lavinia s'était rendue dans le petit cimetière isolé où elle avait été attaquée. Je me suis aussi souvenu, un peu tard il est vrai, que Pierce était gaucher. Un détail confirmé par Emeline et Priscilla. Pierce n'avait pas pu se suicider en tenant son arme dans la main droite. C'était donc qu'il existait un autre assassin.

— Tobias réalisa qu'Aspasia était la seule personne impliquée dans l'histoire qui, non seulement connaissait les événements survenus trois ans plus tôt, mais savait également que nous avions identifié Pierce comme étant l'homme à la bague.

— Tous ces éléments, ajoutés à un autre fait curieux, achevaient de donner forme au puzzle.

— Quel autre fait ? voulut savoir lord Vale.

— Je n'arrivais pas à m'expliquer pourquoi l'assassin avait envoyé une bague à Aspasia. Je pouvais comprendre qu'il cherche à me défier, puisqu'il semblait décidé à imiter Zachary Elland. Mais pourquoi effrayer Aspasia ?

Vale hocha la tête.

— Parce qu'il avait compris qu'il pourrait en tirer un profit.

— En lui adressant la bague, il lui faisait savoir qu'il connaissait son secret et qu'il avait les moyens de la faire chanter, résuma Lavinia.

— Bon, fit Joan, nous comprenons maintenant les raisons qui ont conduit Tobias à se précipiter chez Aspasia hier. Mais vous, Lavinia ? ajouta-t-elle à l'adresse de son amie. Qu'est-ce qui vous a incitée à aller fouiller sa maison ?

— Excellente question, approuva Tobias en décochant un regard noir à Lavinia. Que je n'ai d'ailleurs pas manqué de lui poser.

— Non pas qu'il ait écouté ma réponse, rétorqua la jeune femme. Il était tellement furieux contre moi que j'ai été obligée de le mettre à la porte en lui conseillant de ne revenir que lorsqu'il serait de meilleure humeur.

— Alors ? insista Vale. Quelle est cette réponse ?

Il y eut un silence. Lavinia sentait tous les regards braqués sur elle. Elle haussa les épaules.

— Une impulsion, avoua-t-elle.

Tobias grimaça.

— Je me suis souvenue d'un détail étrange, poursuivit-elle. En décrivant la femme qui l'avait engagé, Ned avait évoqué ses bottines vernies.

Joan hocha la tête d'un air entendu.

— Des chaussures à la mode, commenta-t-elle. Et fort chères. Cela n'allait pas avec les vêtements peu raffinés que portait cette femme, c'est ce que vous vous êtes dit ?

— Pas exactement, répondit Lavinia. Je me suis surtout dit qu'un homme souhaitant se déguiser en femme n'aurait pas pris la peine d'investir dans des chaussures de prix. D'ailleurs, chez les Beaumont, l'assassin portait des souliers de cuir grossier. Bref, hier, quand j'ai vu Aspasia entrer chez une couturière, j'ai pensé que la voie était libre. Malheureusement, elle me faisait espionner. Et rentra dès qu'elle apprit que j'étais chez elle.

Tobias croisa les bras.

— À partir de ce moment-là, Aspasia aussi agit sur une impulsion. Elle comprit que si Lavinia s'était introduite chez elle, c'est qu'elle était désormais suspecte. Elle devait donc se débarrasser d'elle au plus vite et disparaître.

— D'où son idée de capturer un inconnu pour faire pression sur moi, expliqua Lavinia. Mais celui qu'elle avait pris pour un vieil homme inoffensif était en réalité le premier tueur à la bague.

— Mais que faisait-il devant sa maison ?

Tobias sortit de sa poche la bague qu'il avait trouvée chez Aspasia.

— Il attendait tout bonnement son retour. Probablement pour la tuer. Seulement, Lavinia est arrivée la première.

— Où croyez-vous qu'il soit, à présent ? demanda Joan.

— Il a dû regagner son cottage au bord de la mer, suggéra Lavinia. Il n'était venu que pour venger la mort de ses deux apprentis.

— C'est du moins ce qu'il a essayé de nous faire croire, marmonna Tobias. Pour ma part, je n'accorde qu'un crédit limité à ce qu'il raconte.

Lavinia secoua la tête.

— C'est un vieil homme, Tobias. Il ne possédait pas d'arme, à part sa canne. Tu aurais pu facilement te lancer à sa poursuite et le tuer, hier. Alors, pourquoi ne l'as-tu pas fait ?

Tobias laissa son regard se perdre par la fenêtre.

— Je pense qu'il n'a pas résisté à Aspasia parce qu'il savait que tu te trouvais à l'intérieur et qu'elle projetait de te tuer. Ton arrivée l'avait obligé à changer ses plans. Son but, désormais, était de te protéger. Et il y a réussi. Puisqu'il t'avait sauvé la vie, je ne pouvais faire moins qu'épargner la sienne.

Tous méditèrent ce constat en silence. Puis Lavinia se racla la gorge.

— Il y a une autre chose, qui a dicté mon impulsion. Je n'ai jamais aimé Aspasia.

En arrivant le lendemain matin, pour le petit déjeuner, Tobias découvrit l'enveloppe sur le perron. Alors qu'il se baissait pour la ramasser, il sentit la nuque lui picoter.

Il se redressa vivement, et inspecta la rue du regard. Il n'y avait personne en vue, sinon un vieux jardinier, occupé à tailler une haie un peu plus loin. Son visage était dissimulé sous un chapeau à large bord. Tobias l'observa un moment, mais si le jardinier s'en aperçut, il n'en laissa rien voir.

Tobias se pencha finalement pour ramasser l'enveloppe. Le motif imprimé sur le sceau lui arracha un sourire. Quand il se redressa, le jardinier avait disparu.

Il ouvrit la porte et pénétra à l'intérieur.

— Ah, vous voici, monsieur March ! fit Mme Chilton. Je savais bien que j'avais entendu quelqu'un. Vous arrivez juste pour le petit déjeuner.

— Surprenant, non ?

La gouvernante leva les yeux au ciel, puis le poussa vers la salle à manger. Emeline et Lavinia étaient déjà à table. Tobias entra, l'enveloppe à la main.

— Bonjour, lui dit Emeline. Qu'apportez-vous ?

— Une lettre que je viens tout juste de trouver sur le perron.

Lavinia l'examina avec curiosité.

— Sur le perron, dis-tu ? Qui l'a mise là ?

— Ouvre-la et tu auras la clé du mystère, suggéra Tobias en la lui tendant.

Lavinia n'accorda tout d'abord qu'un regard distrait à l'enveloppe. Puis elle remarqua le sceau, qui figurait une tête de mort, et tressaillit.

— C'est le tueur à la bague qui a dû l'apporter, dit-elle à Emeline, cependant qu'elle décachetait la lettre. Je me demande ce qui…

Elle s'interrompit en voyant une traite de banque tomber sur la table.

— Doux Jésus ! Une traite de *mille livres* !

— Lis la lettre, la pressa sa nièce. Vite !

Lavinia contempla quelques instants l'élégante écriture, avant de commencer sa lecture à haute voix :

Chère Mme Lake et cher M. March,

J'espère que la traite de banque accompagnant cette lettre couvrira vos dépenses et vos honoraires dans l'affaire qui vient de se terminer. Pardonnez-moi, l'un et l'autre, pour avoir couru tant de dangers.

J'ai conscience que vous vous posez certaines questions. Je vais donc essayer d'y répondre ; c'est bien le moins que je puisse faire, étant donné les circonstances.

Vous vous demandez sans doute pourquoi je n'ai rien tenté contre Aspasia Gray il y a trois ans. La triste vérité est que je ne l'ai jamais soupçonnée. J'avais accepté le verdict du suicide, notamment parce qu'il semblait vous satisfaire, monsieur March. Et j'avais tendance à avoir confiance en votre jugement.

Mais deux autres raisons m'incitaient à croire que Zachary s'était bel et bien suicidé. L'ayant élevé depuis l'âge de huit ans, je le connaissais assez pour savoir que sa nature romantique et son tempérament porté au mélodrame pourraient le conduire un jour à une telle extrémité.

La seconde raison – et j'espère que vous me pardonnerez, madame Lake –, c'est que je n'avais pas pensé une seule seconde qu'une femme pourrait exercer le métier que j'avais enseigné à mes apprentis –, et encore moins prendre l'un d'eux par surprise. J'ignorais, bien entendu, totalement qu'Aspasia Gray était devenue l'associée de Zachary.

Voici un an, un autre de mes apprentis s'engagea dans la carrière pour laquelle il avait été formé. Il avait grandi en idéalisant son frère et souhaitait par-dessus tout prouver qu'il était son égal.

Peu après son arrivée à Londres, il se rendit à l'ancienne adresse de Zachary et découvrit une lettre dans la cachette du mur. J'ai toujours enseigné à mes garçons l'importance d'avoir en permanence deux cachettes. Quiconque mène des recherches se satisfait toujours de la découverte d'une seule.

— Ce fut une de mes erreurs, il y a trois ans, remarqua Tobias, qui se beurrait un toast. J'avais trouvé la première cachette, parce qu'Aspasia m avait mis sur la voie. Et je n'en ai pas cherché d'autre. Elle non plus, de toute évidence, ne connaissait pas son existence.

Dans sa lettre à Pierce, Zachary expliquait qu'il avait fait d'Aspasia non seulement sa maîtresse mais son associée. Cependant, il avait beau être fou amoureux d'elle, la prudence l'incitait à se prémunir contre une éventuelle trahison de sa part. D'où cette lettre. Il avait probablement l'intention de la poster le jour où il nourrirait des soupçons contre elle. Mais il tarda trop, ou ne se douta de rien. Bref, la lettre ne fut jamais envoyée.

Quand Pierce la trouva, il comprit tout de suite le profit matériel qu'il pourrait en tirer. Et dès qu'Aspasia revint vivre à Londres, il entreprit de la faire chanter.

Il m'écrivit également, pour m'informer de sa découverte. Malheureusement, j'étais en voyage à cette époque. Quand j'entrai finalement en possession de sa lettre, je sentis aussitôt le danger et décidai de venir à Londres sans plus attendre. Mais, ainsi que vous le savez déjà, ce fut trop tard pour sauver Pierce.

J'arrivai à son domicile au moment précis où M. March et les deux jeunes gens qui l'accompagnaient en ressortaient, la mine sombre. Je compris immédiatement que mes pires craintes s'étaient réalisées.

Avec deux apprentis tués dans des affaires impliquant Aspasia Gray, je n'avais cette fois plus aucun doute sur l'identité de leur meurtrier. Je me rendis donc chez elle. Vous connaissez la suite.

Je dois avouer, à mon grand regret que ni Zachary ni Pierce ne se révélèrent faits pour le métier auquel je les destinais. Zachary avait développé un goût prononcé pour l'aspect le plus sombre de la chose. Il avait perdu de vue l'importance de ne sélectionner que des proies méritant d'être chassées. Quant à Pierce, il était trop intéressé par l'aspect financier de l'affaire.

Quoi qu'il en soit, ces deux garçons avaient été mes élèves et il était de mon devoir de les venger. C'est à présent chose faite.

Voilà, je vous ai tout dit. Il ne me reste plus qu'à me retirer dans ma paisible retraite. Soyez assurés que je ne vous importunerai plus.

Oh, si, encore une chose : madame Lake, j'ai rendu visite à l'herboriste que vous m'aviez conseillé. Il m'a proposé une potion de sa fabrication qui, je l'espère,

démentira le pronostic de mon médecin. Peut-être aurai-je encore un peu le temps de rêver.
Votre dévoué,
M.

— Eh bien, fit Lavinia en repliant la lettre, je pense que nous n'entendrons plus parler du tueur à la bague. Évidemment, nous ne pourrons jamais prouver que lady Ferring, lady Huxford et Mme Stockard étaient les commanditaires de Pierce, mais cela ne me chagrine pas outre mesure. Je ne peux m'empêcher d'admirer l'opiniâtreté déployée par ces femmes pour obtenir une justice que la société leur refusait.

— L'identité des commanditaires de Pierce n'est pas la seule question à laquelle notre correspondant anonyme a oublié de répondre, remarqua Tobias. Pour ma part, j'en aurais eu deux autres à lui poser.

Emeline haussa les sourcils.

— Lesquelles ?

— Premièrement, j'aimerais savoir s'il a vraiment pris sa retraite, ou s'il cherche simplement à nous en convaincre pour nous dissuader d'enquêter davantage à son sujet.

Emeline frissonna.

— Espérons qu'il aura en effet renoncé à ses activités.

Lavinia fronça les sourcils.

— Et ton autre interrogation ? demanda-t-elle.

Tobias s'empara de la cafetière.

— Nous savons que Maud lui avait procuré deux apprentis. Mais rien ne nous dit qu'il n'en a pas formé d'autres…

32

Trois jours plus tard, Lavinia et Tobias se promenaient dans Hyde Park. Arrivés près des ruines gothiques qui avaient si souvent abrité leurs ébats, ils étalèrent une couverture sur l'herbe. Puis ils y disposèrent le contenu du panier que leur avait préparé la gouvernante de Lavinia.

— Mme Chilton s'est encore surpassée, observa Tobias en débouchant la bouteille de vin.

— Elle se surpasse toujours quand il s'agit de te nourrir...

La jeune femme fouilla dans le panier et en tira un paquet enveloppé dans du papier de soie, qu'elle tendit à Tobias.

— C'est pour toi. Pour fêter la fin de notre enquête.

Il contempla le paquet avec une drôle d'expression. La jeune femme réalisa alors que, si lui-même lui avait souvent offert des cadeaux, c'était la première fois qu'elle lui en faisait un.

— Merci, fit-il en s'emparant du présent.

Il l'ouvrit avec un tel luxe de précautions que Lavinia regretta de ne pas lui avoir acheté un objet plus imposant et plus coûteux.

Mais quand il eut ôté le papier et découvert la lampe, le plaisir qu'elle lut dans ses yeux eut raison de ses inquiétudes.

Tobias examina le motif sculpté sur le pied.

— Alexandre tranchant le nœud gordien, murmura-t-il.

— J'ai tout de suite pensé à toi quand je l'ai vue en vitrine.

Il posa la lampe sur la couverture et leva les yeux sur la jeune femme.

— Je sens que je vais beaucoup chérir cette lampe, ma douce.

— Je suis ravie qu'elle te plaise.

Tobias remplit leurs verres de vin et ils se mirent à manger en discutant de tout et de rien. Quand le repas fut terminé, Tobias s'appuya sur les coudes et regarda Lavinia.

— On dirait que l'amour flotte dans l'air, ces temps-ci, remarqua-t-il. Anthony m'a fait comprendre que je devais m'attendre qu'il m'annonce très bientôt ses fiançailles avec Emeline.

— C'était inévitable. Ils sont faits l'un pour l'autre.

Tobias s'éclaircit la voix.

— J'ai cru aussi comprendre que Priscilla et Dominic étaient très liés.

— En effet, confirma Lavinia. Et le plus beau, c'est que lady Wortham est ravie. Dominic l'a littéralement subjuguée.

— Bien, bien, bien. J'ai appris récemment d'une autorité en la matière qu'un mariage comportait beaucoup de risques pour une femme.

— Hmm.

Il hésita.

— C'est ainsi que tu vois les choses ?

Cherchant à s'occuper les mains, Lavinia entreprit de ranger les récipients vides dans le panier à pique-nique. Pour quelque raison inconnue, il lui semblait soudain difficile d'ordonner ses pensées. Son cœur commença à battre à toute allure.

— Ça comporte aussi des risques pour un homme, répondit-elle prudemment.

— Sans doute. Mais pas les mêmes.

Il y eut un silence.

Tobias s'éclaircit de nouveau la voix.

— J'en suis arrivé à me demander si notre arrangement ne constituait pas un fâcheux exemple pour Emeline et Anthony.

— S'ils nous désapprouvent, c'est leur problème, pas le nôtre.

— Certes, admit-il en pianotant sur la couverture. Figure-toi que l'autre jour, Anthony m'a expliqué que si nous partagions le 7, Claremont Lane, Emeline et lui pourraient s'installer chez moi.

— Tobias, si tu insinues que nous devrions nous marier uniquement pour le confort d'Emeline et d'Anthony, je ne...

— Non, la coupa Tobias, le regard soudain brûlant. Je suggère que nous nous mariions parce que j'en ai envie. Terriblement envie. Je m'étais promis d'attendre le retour du bateau dans lequel j'ai investi mes économies, mais je n'en peux plus d'être patient.

Lavinia le fixa, le souffle court. Depuis des semaines, elle se demandait comment elle réagirait si jamais Tobias lui demandait sa main. Et voilà que ce moment était arrivé.

— Oh, fit-elle, après s'être humecté les lèvres.

— Je n'ai pas grand-chose à t'offrir, mais je ne suis pas non plus complètement démuni, plaida-t-il. J'ai investi d'autres économies ici et là. Pas de quoi t'acheter des diamants, bien sûr, mais au moins nous ne mourrons pas de faim et nous aurons un toit.

— ...

— Je t'aime, Lavinia, continua-t-il en se redressant pour lui prendre la main. Je n'en peux plus de retourner chaque soir me coucher seul dans mon lit. Je veux passer mes jours et mes nuits avec toi. Partager les bons comme les mauvais. Quand je n'arrive pas à trouver le sommeil, parce qu'une enquête me tracasse, je veux pouvoir te réveiller en pleine nuit pour que nous en discutions ensemble.

— Tobias...

— Je te demande de prendre le risque de m'épouser, mon amour. Mais je jure de faire tout ce qui sera en mon pouvoir pour que tu n'aies jamais à regretter ta décision.

La jeune femme mêla ses doigts aux siens.

— Tobias, tu m'as mal comprise. C'est vrai, le mariage est un risque pour une femme. Mais je n'ai aucune crainte avec toi. Ce que je redoute, au contraire, c'est que toi, tu finisses un jour par le regretter.

— Comment peux-tu seulement suggérer une chose pareille ?

— Je suis tellement différente de ta bien-aimée Ann. C'était un ange de douceur et de bonté. Je ne pourrai jamais l'égaler.

Tobias lui étreignit les mains avec force.

— Écoute-moi bien, Lavinia. J'ai aimé Ann, mais elle a disparu depuis longtemps. J'ai changé au cours de ces années passées sans elle. Par certains côtés, je ne suis plus le même homme, et je ne cherche plus le même genre d'amour. Et je ne puis qu'espérer qu'il en va de même pour toi.

Lavinia sentit une joie indicible l'envahir. Tout à coup, il lui semblait que le soleil brillait plus fort dans le ciel.

— Oh oui, mon amour, souffla-t-elle se penchant vers lui pour déposer un baiser sur sa bouche. La vie m'a changée, moi aussi. Mais avant de te connaître, jamais je n'aurais imaginé que l'amour puisse être quelque chose d'aussi intense et merveilleux.

Il sourit, puis l'attira lentement dans ses bras.

— Dois-je en conclure que tu acceptes mon offre ? murmura-t-il en s'inclinant sur elle.

— Oui. Du fond du cœur.

À l'instant où Tobias s'emparait de sa bouche, les paroles du vieillard dans le square lui revinrent en mémoire.

Certains rêves méritent qu'on prenne des risques pour les concrétiser.